暗夜行者

读心师

A

Crime

Reader

向林／著

湖南文艺出版社
HUNAN LITERATURE AND ART PUBLISHING HOUSE
博集天卷
CS·BOOKY

图书在版编目（CIP）数据

读心师.暗夜行者 / 向林著 . — 长沙：湖南文艺出版社，2019.9

ISBN 978-7-5404-9342-4

Ⅰ.①读… Ⅱ.①向… Ⅲ.①推理小说—中国—当代 Ⅳ.① I247.5

中国版本图书馆 CIP 数据核字（2019）第 149050 号

上架建议：小说·悬疑推理

DU XIN SHI.AN YE XINGZHE
读心师.暗夜行者

著　　者：向　林
出 版 人：曾赛丰
责任编辑：薛　健　刘诗哲
监　　制：蔡明菲　邢越超
特约策划：右力文化（欧阳勇富）
策划编辑：刘　筝
营销支持：傅婷婷　文刀刀　周　茜
封面设计：潘雪琴
版式设计：梁秋晨
封面图片：视觉中国
内文排版：百朗文化
出　　版：湖南文艺出版社
　　　　　（长沙市雨花区东二环一段 508 号　邮编：410014）
网　　址：www.hnwy.net
印　　刷：三河市百盛印装有限公司
经　　销：新华书店
开　　本：875mm×1270mm　1/16
字　　数：260 千字
印　　张：19
版　　次：2019 年 9 月第 1 版
印　　次：2019 年 9 月第 1 次印刷
书　　号：ISBN 978-7-5404-9342-4
定　　价：45.00 元

若有质量问题，请致电质量监督电话：010-59096394
团购电话：010-59320018

目录

CONTENTS

沈跃歉意地道:"其实今天我就非常冒昧了,因为我来这里董院长并不知道。这样吧,如果董院长不反对的话,我可以经常来和你说说话。"苏敏感激地道:"谢谢你,他会同意的。"

董文超曾经的心理也是如此。沈跃继续说道:"一个人穿着新鞋子走在泥泞的道路上,开始的时候他会小心翼翼,生怕新鞋子上沾上了泥浆。但是,即使是特别注意,最终还是会有泥浆沾上去的,一旦沾上去的泥浆越来越多,人的心态就会慢慢变得麻木起来,也就不会再小心翼翼了。人的堕落过程大多就是如此。"

第二天上午甘文峰就离开了家,他离开的时候把丁晓嘉叫到一旁,看着她说了一句:"昨天晚上的事情是一个错误。"然后他头也不回地就走了。丁晓嘉目瞪口呆地看着他离去,一直到他的背影消失在远处那道山梁的下边……那一刻,她的眼泪汹涌而出。

沈跃的眉毛一动,问道:"干净?"侯小君睁开了眼,点头道:"是的,他的整个梦境给人的感觉好像机场大厅里面就他们两个人,没有熙熙攘攘的人群,没有嘈杂的声音,就好像是两位男女主角在那里演戏一样,然后才出现了那第三个人,也就是那个穿黑衣服的人。"

这一刻,沈跃依然有些怀疑现实:这样一个娇小的女人,竟然在逃跑的过程中表现出那么惊人的爆发力,而眼前的她懦弱得像个孩子。沈跃去将彭庄叫了来,然后对吴霞说道:"请你描述一下买你电脑的那个人的样子,越详细越好。"

沈跃沉思着说道:"如果我是她的话,就应该去找一处租户比较多的小区,这样才不至于引人注意。此外,最好是有地下室的,地下室作为实验室是最好的选择,而且地下室比较隐秘,不至于被代孕者发现。"侯小君问道:"会不会金虹住的那个出租屋就有地下室?"

杜可薇的脸色变了一瞬,不过很快就恢复了正常,冷冷地道:"我不知道你在说什么。"沈跃也淡淡地道:"如果金虹还活着的话,她肯定知道我这话的意思。杜主任,你已经被警方盯上了,接下来可要小心哦。"

01 老同学

甘文峰是一名优秀的外科医生，一个月前，他被公派去了一趟日本，回国后他就向公安机关报了案——他固执地认为是他亲手杀害了一个叫金虹的女人，可是日本警方对金虹的死早已有了非常明确的结论：她的死因与甘文峰根本就没有丝毫关系。金虹死于一场意外车祸，而且那场车祸发生的时候，甘文峰正在东京大学的学术厅里面。

所有人都相信日本警方的这个结论，但是甘文峰自己却不相信。人类是一种非常自我的动物，我们明明知道自己看到或者听到的某些事情并不一定就是真实的，但始终固执地相信自己的感官。越是优秀的人往往越容易陷入这样的固执之中，因为自信铸就了一个人的优秀，而固执恰恰是自信的重要组成部分。

"我和她在国际机场的候机大厅见了面。我们在电话上约好要一起去日本度假。她从我手上接过行李箱，去值机处办理托运手续，我就站在距离她不远的地方看着她的背影，她转过身来朝我笑了一下。就在那一瞬，我忽然发现她很漂亮：鹅蛋形的脸，额头圆润得像一个大学生的样子。可是，当她转过身去的时候，我心里忽然感到害怕起来，于是，我悄悄逃跑了。我跑出了候机大厅，叫了一辆回市区的出租车。我关掉了手机。"甘文峰告诉警察说，一切都是从这个梦开始的。

省公安厅刑警总队队长龙华闽是在无意中知道甘文峰的事情的，他觉得沈跃一定会对这件事情感兴趣。在龙华闽看来，像沈跃这样的人就不能让他闲着，一直让他对案件保持着浓厚的兴趣才对今后的工作更有利。

确实是如此，沈跃对这个案子确实很有兴趣，它不但有着非常鲜明的心理疾病特征，而且还带着非常浓烈的阴谋气息。沈跃因此有些感谢龙华闽，要知道，现实中真正的有关心理学方面的案例并不多，很显然，龙华闽算是他的知音。

在喻灵①的案子了结之后，沈跃随即就开始了这起案件的调查。

沈跃决定让徒弟侯小君参与这起案件的调查。真实的案例，再加上言传身教，这样的方式可是比单纯在研究所里面传授理论知识要好得多。

在沈跃面前，甘文峰又一次讲述了他的这个梦。眼前的这位外科医生身材高大，模样英俊，不过此时的他面色显得有些苍白，双手和嘴唇都在颤抖。这是恐惧。沈跃朝他微微一笑，问道："很显然，你梦中的那个'她'其实就是金虹？"

甘文峰点头："是的。她是我大学同学。"

沈跃斟酌着问道："你曾经的恋人？"

甘文峰摇头道："不是。"他忽然就激动起来，"可是你知道吗？就在我做了这个梦的第二天上午，我就在卫生厅出国的名单上看到了她的名字。大学毕业十年了，我和她从来没有联系过！"

不是他曾经的恋人？这就奇怪了。不过这又能够说明什么呢？预感？迷信？不，仅仅是一个梦而已。梦在我们的显性记忆中往往是片段式的，而且往往缺乏逻辑性。其实我们做的每一个梦所经历的时间非常短暂，大多数也就只有数秒的时间。梦是右脑的功能，它是以一幅幅画面的方式瞬间快速呈现，然后由左脑进行翻译、诠释的，于是在我们显性记忆中梦的内容就被拉长了。很显然，甘文峰对自己那个梦的

---

① 《读心师》第一部中古董失窃案主犯。

描述是非常准确的。

也就是说，这个梦里面必定隐藏着某些非常重要而丰富的潜意识方面的东西。不能急，一步步来，先把整个情况搞清楚了再说。沈跃如此想着，点头道："我一点也没有怀疑你这个梦的真实性。后来呢？后来究竟发生了什么？"

一个月前的某天早上，甘文峰像往常一样早早起床。医生这个职业真是苦命，特别是外科医生，年复一年、日复一日都是手术，有时候一台手术下来需要十多个小时，幸好他的身体不错。不过他喜欢这份职业，喜欢的程度近乎痴迷。

甘文峰是一位显微外科医生，与其他外科医生手术过程中的大开大合完全不同，他所做的手术大多是在专业的外科显微镜下进行的。除了专业人员，很少有人知道显微外科手术的难度究竟有多大。每一根血管、每一条神经都需要精准地连接、缝合，然后才是肌腱和肌肉。显微外科手术就如同微雕一样充满着挑战，但也因此而充满着艺术般的美感。一截脱离了人体的手指或者脚趾，在他的手下重新血肉相连，功能恢复如初，这种难以言表的成就感是他人很难感受得到的。

所以，甘文峰的性格是沉稳而细致的，甚至像很多处女座的人一样多多少少有些强迫症。

这天早上，甘文峰第一次在做早餐的时候有些心不在焉，因为早上醒来后记忆中的那个梦。他觉得有些奇怪：梦中的自己为什么会忽然感到害怕而悄悄逃走了呢？

鸡蛋煎得太老，边缘部分都有些煳了。

妻子张倩茹坐到餐桌旁，面前是整整齐齐的餐盘和碗筷，并没有发现对面那只小盘中煎鸡蛋边缘的微黑色，问道："时间确定没有？什么时候去日本？"

甘文峰心里还在想着那个梦，回答道："可能就在最近。我是没问题的，毕竟我是医院显微外科手术的第一把刀。"

张倩茹不再说话，默默吃完了面前所有的东西。甘文峰先离开家，出门的时候张倩茹忽然对他说了一句："你回来后我们就要孩子吧。"

甘文峰默默地看了她一眼，道："好。"

这个家太静了。甘文峰出门的时候戴上了口罩，看了看天空，他不能理解，如今南方的城市竟然都有霾了。

十五年前的这座城市与现在完全不一样，那时候的天空随时都是蓝色的，虽然一样多雾但空气的味道是清新的，那时候城市的雾是一种美，是一种浪漫。甘文峰记得，第一次看到金虹的时候她就在不远处的雾中，朦胧中的美丽让当年的他瞬间心颤。雾散的时候太阳还在城市东边的天空上，甘文峰刚刚进教室坐下，金虹随后就进来了，他感觉到了四周男生的躁动，还有女生的嫉妒。

她为什么会忽然出现在我的梦里？甘文峰已经进入白茫茫的浓雾之中，他知道，现在的这种雾不会因为太阳的出现而消散。昨天碰见的呼吸内科的祖医生告诉他说，内科病房早就没有床位了。

上午有一台手术，甘文峰头天就已经做好了方案，临去手术室前医院办公室打电话来说请他去一趟。就是在那里甘文峰看到了卫生厅文件上的那个名字。他的心一下子就乱了，忽然感觉到视力出现了问题，揩拭了眼镜后依然如此，这时候他才发现是自己眼睫毛上出现了一些不干净的东西，几次揩拭后依然如此，层出不穷。

十年前大学毕业后金虹去了省妇产科医院，甘文峰又花了五年的时间获得了硕士和博士学位，其间甘文峰知道金虹读完了在职研究生。刚才他注意到了那个名字后面的单位，很显然，那个名字和他想到的应该是同一个人。

他给科室的唐医生打了个电话。这是他第一次放弃手上的手术。

本来沈跃想要知道的是甘文峰出国后发生的事情，却想不到他居然会从那天早上的事情开始讲起，而且讲述得如此详尽而琐碎。沈跃明白了，也许让甘文峰心乱的并不是那个忽然出现的名字，而是头天晚上的那个梦。

这是巧合吗？应该不是。不过，像这样的情况足以让一个人开始怀疑固有的世界观，从而变得迷信起来。

甘文峰刚才详尽而琐碎的讲述带着一种强烈的、不可自制的倾诉欲望。沈跃的心里感到有些奇怪：眼前这个人所表现出来的心理状况似乎还算比较正常，可是，他为什么在金虹的死因问题上如此执着呢？当然，这正是沈跃需要搞清楚的问题。他继续充当着倾听者的角色，问道："后来呢？"

甘文峰实在无法理解那个梦为什么会忽然出现，但他毕竟是医生，是一个医学博士，所以他很快就用"巧合"二字解释了这个让他感到震惊的问题。是的，在我们所处的这个世界，巧合也是随时存在着的，而且这样的解释完全可以让他感到信服，也因此得以心安。

于是，他的内心就真的变得平静下来，当然，他也有些期盼——不知道十几年后的她是不是还像以前那么漂亮？

大学时候的金虹真的很漂亮，她出现的地方总是会迎来无数热切的目光。然而，甘文峰是自卑的，虽然他拥有一米八多的身高，虽然他长得并不难看，但家庭的贫困让他清醒地认识到自己和漂亮女人之间的距离。

两天后，省卫生厅组织了一次访日学者的相互见面会，甘文峰第一眼就看到了她，她果然是自己认识的那个金虹。她比学生时代更漂亮了，多了一种成熟的美。甘文峰的内心有些激动，但是无法让自己变得主动。反而金虹倒是显得落落大方，她直接跑到了甘文峰面前："老同学，多年不见啊。"

眼前这个近一米七身高的漂亮女人脸上带着一种俏皮，顾盼的眼神中波光流动，这一瞬，甘文峰忽然想起那个梦，内心战栗着，朝她笑了笑，说道："我也没有想到。你现在在哪个科室？"

金虹笑着回答道："我还是搞妇产科啊……甘文峰同学，你一点都不关心我啊，你没想到这次的出访名单上会有我，我可是想到了。就在前不久我还梦见了你和我一起去日本呢。"

金虹的话让甘文峰大吃一惊：这个世界上怎么会有如此巧的事情?！震惊之下他竟然愣在了那里。金虹见甘文峰失神的样子，诧异地问道："你怎么了？"

甘文峰依然没有能够从内心的震惊中释放出来，就禁不住问了一句："你什么时候做的梦？都梦见了什么？"

金虹的脸一下子就红了，道："就前几天的晚上，我梦见这次去日本访问的人当中有你。怎么啦？你干吗这么紧张？"

也不知道是为什么，甘文峰听到她这样的回答后暗暗松了一口气，说道："没事。我就是随便问问。"

这次出访日本的学者有十几个人，上边的意思是让大家提前相互认识一下，更主要的是为了强调外事纪律。见面会结束后还是金虹主动去跟甘文峰打了招呼："两天后我们在机场见。"

出发的时间是在两天后的下午。甘文峰回应道："嗯。"他有些恼怒，恼怒自己在十几年之后面对这个女人的时候依然不能克服内心深处的那种自卑。

说到这里，甘文峰停了下来，双眼直直地看着沈跃面前空空的桌面。沈跃看到了他脸上的颓丧，还听到他发出的轻微叹息声。沈跃问道："你确定那一刻你的内心真的出现了自卑？"

甘文峰却微微摇头说道："我不知道。但是，我发现自己在她面前竟然说不出更多的话来。这不是自卑又是什么？"

在接下来的两天中甘文峰并没有休息，他接连做了五台手术，甚至连晚上都在加班。他喜欢做手术，那是一种无比享受的美好过程。他发现，只有在手术的过程中才能够真切地感觉到自己生命的真正存在，当那些已经离开病人身体的肢体重新变得鲜活的那一刻，他会因生命脉动的力量而感动。

一直到出发前的当天中午甘文峰才开始准备这次行程的东西，不过他觉得不需要准备太多，一台笔记本电脑和换洗的衣服即可。张倩茹上班去了，家里空荡荡的。甘文峰回望了一眼客厅，拉上防盗门，用钥匙锁紧。

金虹看着甘文峰手上的小皮箱，有些惊讶："你就带这么点东西？需要我去帮你办托运吗？"

甘文峰忽然想起了那个梦，将本可以随身携带的小皮箱递给了她："谢谢！"

金虹朝他嫣然一笑，道："这么客气干吗？"

这时候甘文峰忽然觉得有些不好意思，道："我自己去办吧。"

金虹笑道："没事，你看我，这么大一个箱子呢，顺便就把你的办了。我和那些人都不熟，一会儿值机的时候我们俩坐在一起多好！"

她的话让甘文峰的心里有些暗暗激动起来。金虹拖着大小两个皮箱去了。她带的皮箱确实很大，好像搬家一样。

此次访日的其他学者陆续都到了，甘文峰已经和他们见过面，相互点头算是打了招呼。他的注意力还是在金虹那里，不多久金虹已经到达托运处，她的背影给人一种旖旎的美感。此时，甘文峰忽然有一种感觉：这一次的日本之行他和金虹或许会发生些什么。

"那时候你心里有没有梦中那种想要逃离的想法？"沈跃问道。

"有。就在我觉得自己可能会和她发生些什么的时候，我忽然有些害怕了。不过，那种害怕很快就变成了期盼。"甘文峰回答道。

甘文峰的位子靠窗，金虹挨着他。金虹忽然说了一句："也许你是想将你的箱子随身携带，但是你现在是不是觉得这样更好？身无所绊，这样才更轻松自然些。"

她这是在向我暗示什么吗？甘文峰不得不这样去想。他点头道："好像还真是这样。"

金虹看着他，忽然笑了，问道："大学五年，你和我说过话吗？"

甘文峰愣了一下，苦笑着说道："好像……我记不得了。"

金虹不住地笑："我记得。大三的时候你主动向我问过好。"

也许是因为她的主动，也许是别的什么原因，甘文峰的不自然一下子就没有了，他问道："是吗？我怎么不记得了？"

金虹的脸忽然红了一下，说道："在校门口的时候，当时我和另外一个人在一起。"

瞬间她的脸红如玫瑰绽放，艳丽夺目。甘文峰忽然想起来了，确实有那样的印象，问道："当时和你在一起的是你的男朋友？他好像不是我们学校的。"

金虹点头道："是啊。他是外校的。其他同学见到我们都不理不睬的，只有你主动向我们打了招呼，所以从那时候起我对你的印象特别深，心里也很感谢你。"

甘文峰道："你那么漂亮，追求你的人那么多，他们不理你很正常。失落呗。"

金虹歪着头，看着他，脸上的表情有些古怪，问道："你呢？"

甘文峰心里有些慌乱，急忙避开她那令人心旌摇曳的目光，淡淡说道："我一个穷小子，从来没有过那样的奢望。"

金虹愣了一下，点头道："我理解。我们班上的同学中就你一个一直读到了博士，家庭的贫穷也就成了你奋斗的最大动力。现在想起来，我们都比你肤浅。"

飞机已经起飞，抖动得厉害，轻微的失重感让甘文峰感到不大舒服，不过他还是回答了金虹："那是逼出来的。像我这样的人，只能通过努力去改变自己的命运。"说着，他侧身看着舷窗外面，飞机在黄褐色的霾里穿行。

旁边的金虹也随着甘文峰一起看了看舷窗外边，惊讶地道："好吓人。"

她说这句话的时候飞机已经穿过云层，视线下方有如奔腾不息的黄河之水。甘文峰道："是霾。"

金虹道："想不到我们生活在那样的环境里面。太可怕了。"

甘文峰很淡然，道："其实，我以前就一直生活在这样的霾里面。你们不一样，你们是生活在阳光之中。"

金虹沉默了片刻，微微摇头说道："不。只不过你不了解我罢了。"

甘文峰看着她，发现她的脸上带着悲楚，问道："你说的是你现在？怎么，你现在的生活很不如意？"

金虹没有回答他的话，双眼已经微微闭上了，甘文峰发现她漂亮的睫毛在颤动。在飞机上后来的时间，他们没有再说过一句话。她睡着了，甘文峰也一样。

沈跃有些诧异："一直没有再说话？"

甘文峰点头："是的。我这人本来就不大喜欢说话，她不再主动，我也就觉得无趣了。其实，我还是因为自卑。"

"你已经是博士了，而且在专业上的成就比她要高得多，为什么还会自卑？"沈跃问道。

甘文峰摇头道："我不知道。反正我一见到她就觉得找不到话说。"

沈跃沉吟了片刻，问道："你在科室里、在你妻子面前也这样吗？"

甘文峰愣了一下，回答道："我知道，自卑存在于我的骨子里面，始终也摆脱不了。"

虽然他没有明确回答刚才的那个问题，但是沈跃知道答案就在其中。从日本回来后甘文峰就再也没有做过一台手术，他的手无法自控地发抖。从目前的情况来看，沈跃并不认为眼前这个优秀的外科医生精神上有问题，不过却已经发现了他心理问题的端倪。可是心理问题的解决必须要寻找到源头，这正是沈跃现在需要进一步去了解的。

"不过……"甘文峰说道,"当飞机降落后她对我说了一句:我们终于到了。我想,她肯定是觉得我很无趣,不过我还是朝她笑了笑。"

正在思索着的沈跃习惯性地问了一句:"后来呢?"

甘文峰说:"说实话,我不喜欢大城市,不过东京的空气确实不错……"

飞机降落前就已经是晚上了,稀薄的云层下光点密布。甘文峰可以清晰地感觉到飞机一次一次片段式降落的过程,下方的光点随之一次次变得清晰明朗起来,很快就汇集成一座巨大的灯火辉煌的城市。甘文峰知道,近段时间来,他所在城市的夜空绝不是这样的。

一行人被日本方面接到了酒店,简单的洗漱后被集中在一起去外边吃饭。日本人的夜生活非常丰富,即使早已过了饭点,很多料理店都还开着门,而且大多生意都很不错。甘文峰注意到,金虹在选择座位的时候刻意远离了他。

甘文峰在心里对自己说:无所谓,这样最好。其实他有些痛恨自己,多好的机会啊,自己怎么就不知道主动呢?这样纠结着,生鱼片在嘴里的滋味顿时就变得难以下咽。

接下来的几天都是参观访问,当然是在东京大学医学院的附属医院里面。日本的医学技术确实先进,无论是理念还是设备都非常超前。几天下来,甘文峰感到有些颓丧——他所在的三甲医院与这所医院比较起来差距实在是太大了。

在甘文峰的特别请求下,他终于进入手术室近距离参观了一次这所医院的断肢再植手术。一进入手术室他就兴奋起来,虽然听不懂日语,但是手术的过程是不需要用语言去表达的,毕竟他也是这方面的专家。手术的中途,正在进行手术的那位日本医生友好地请他去看了外科显微镜下已经缝合了一部分的神经,他看了后禁不住跃跃欲试,请求道:"可不可以让我缝合旁边的血管?"

神经是实体组织，而血管却是空心的，血管壁薄而脆，更何况手指的血管更加纤细。那位日本医生摇头道："不，这样的手术不可以尝试。"

甘文峰刚才发现，这位日本医生的缝合手法是有缺陷的，以致重新连接在一起的神经显得有些皱褶，今后势必会影响到一部分的功能。甘文峰在技术问题上有着自己难以克制的强迫症，怎么看都觉得不舒服。他说道："这样的手术我已经做了一千多例，我会做得很好。"

日本人的性格中本来就带有极强的自信，这位日本医生一听甘文峰已经做过一千多例这样的手术，顿时大吃一惊。要知道，像这样的手术他本人也就做了不到五百例，对一个三十来岁的年轻医生来讲，一千多例是个什么概念？他在怀疑的同时也非常好奇，伸出三根手指的同时对甘文峰叽咕着说了什么。

甘文峰明白他的意思：最多只能缝合三针。他点头，过去替换了这位主刀医生的位子。不多一会儿，甘文峰主动让开手术位，让日本医生去观察自己刚才缝合的情况。日本医生一看之下大吃一惊，投向甘文峰的目光瞬间变得炽热起来。他对旁边的一个护士说了句什么，护士匆匆出去后不多久就带来了另外一位医生。

这位刚来的医生懂中文，他对甘文峰说道："田中医生的意思是说，请你继续将这台手术做下去。他说你的技术非常精湛。"

甘文峰没有推却。

手术进行得很慢，每缝合完成一条神经或者血管后那位叫田中的日本医生都会仔细去观察。手术完成后田中朝甘文峰鞠了一躬，说道："辛苦您了。您给我们做一次讲座吧，拜托了！"

甘文峰感受到了对方的真诚，心里的颓丧也已经不再。对医学而言，理念的超前与设备的先进固然重要，但实际的操作技术依然是最根本的东西。甘文峰也因此找到了某些人崇洋媚外的根源——说到底是其本身没有底蕴，以至于缺乏了最基本的自信。他这样的感受极深，因为他自己刚刚来到这个地方的时候也有过那样的心态，并为之而颓丧。

在接下来的数天时间里，甘文峰去往东京的几所医院，由参观访问学者变成了学术讲座的主讲人，他完全沉浸在了学术以及日本人对他的敬佩所带来的极度满足之中，以至于彻底忘记了那位此次与他同行的漂亮女同学。准确地讲，从抵达日本后的第二天开始，他就几乎忽略了她，一直到有一天的晚上……

沈跃一边仔细地倾听着，同时也在分析、甄别着。是的，作为心理学家，对病人讲述的情况进行甄别是一件费心且艰难的过程。心理疾病的表现要么是过于自我，要么是丧失了自我，所以他们讲述的某些事情或者过程不一定就是真实的。不过沈跃发现，至少到目前为止甘文峰所讲述的事情大多是真实的，它们完全符合正常人的心理逻辑和思维方式，而且他忽然意识到，接下来将是问题的关键所在。因为，甘文峰的讲述已经越来越接近金虹死亡的时间。

那天晚上，正在整理资料的甘文峰忽然听到敲门声，去打开房门后才发现是金虹。她俏生生地站在那里，妩媚地笑着问他道："听说你这几天很忙？"

甘文峰谦逊地道："主要是相互交流，——进来坐坐？"

金虹却摇头说道："不坐了吧。要不，我们出去走走？"

这时候甘文峰才注意到她身上穿的是一件米色的风衣，飘逸雅致，显得她气质高雅。也许她本来就是来叫我出去走走的，甘文峰如此想道，同时不忍也不想拒绝，点头道："好啊。就是不知道这个国家的治安怎么样，我们还是不要走得太远。"

金虹不住地笑，说道："想不到你这么胆小，我都不怕，你怕什么呢？我给你讲吧，最近这几天我可是把周围的地方都玩遍了。很安全，没事的。"

甘文峰诧异地道："你没去医院参观？"

金虹不以为意地道："在妇产科领域，我们国家并不比日本差，我们医院试管婴儿的成功率甚至比美国还要高。我就是来玩的。"

她的话好像也很有道理。可是……也似乎有些不大对劲……甘文峰笑了笑没有说话。金虹和他一起进入电梯，忽然间"扑哧"一笑，说道："你是不是觉得我已经不可救药了？我和你不一样，我是女人，没那么多的追求，好不容易出趟国，就想好好玩玩。"

倒也是。甘文峰心道，可是这样的话却说不出口，只好沉默。金虹看着他，说道："在我的印象中，你上大学的时候也是沉默寡言的，想不到现在都当外科医生了还是这样。怎么样？这些年过得好吗？"

甘文峰有些尴尬，说道："我本来就不大喜欢说话。我三年前结的婚，还没有要孩子。你呢？"

金虹没有回答他的话，问道："为什么还不要孩子？你好像和我差不多大是吧？"

甘文峰苦笑着说道："主要是我太忙，她也……也许这次回去就计划吧。"

金虹又问道："她是做什么工作的？漂亮吗？"

甘文峰没想到她会问这样一个问题，却不能不回答："公务员，不算特别漂亮，就那样吧。"

出了电梯，穿过酒店大堂，两个人竟然同时放慢了脚步，行走在城市明亮灯光下的林荫之中。从电梯里面出来后两个人都没有再说话，他们就这样默默地漫步在街头。一丝微风吹过，让她长长直顺的秀发微微飘散，赐予了甘文峰一道美丽的风景。

两个人默默地行走了一段路，甘文峰一直试图去寻找合适的话题打破这种沉闷，但他最终还是放弃了。他发现，自己根本就是一个不会聊天的人。还好的是，金虹又一次主动开口了。她的声音仿佛带着一种郁郁的情绪，轻声说道："其实，这些年我过得不好……"

甘文峰不想让两个人之间的气氛继续沉闷下去，即刻问道："为什么？"

金虹微微摇头，忽然就笑了起来，说道："你说我们两个人，现在都到了国外，怎么还这样沉闷？要不我们去喝酒吧，高兴高兴？"

甘文峰其实很想知道她这些年来的情况，毕竟她是自己曾经的同学，毕竟她那么漂亮。他说："我请你吧。"

金虹道："还是我请你吧，我不缺钱。"

金虹的话一下子触碰到了甘文峰内心的自卑，他坚决地道："不，必须我请你，不然我们就不要去喝酒了。"

金虹看了他一眼，忽然笑了："好吧，你是男的，你请。"

两个人继续朝前面走了一段，发现路边有一家料理店，金虹道："就这里吧。好吗？"

这家店看上去很平常，也比较清静。甘文峰道："就这里。"

菜是金虹点的。甘文峰想不到她居然会日语。金虹点完了菜后笑着对他说道："你忘了？大学的时候我选修过日语的……嗯，那时候你根本就没有关注过我，所以你不知道。"

甘文峰诧异地问道："你为什么要选修日语呢？"

金虹淡淡地回答道："我本来是想大学毕业后能够留学日本的，可是后来一毕业就结婚了。"

甘文峰忽然想起先前她说的那句话来：其实，这些年我过得不好。他问道："我记得大学毕业的时候你和你男朋友还在一起啊，后来你结婚的对象难道不是他？"

她的神情变得凄苦起来，道："是他。可是后来我们还是离婚了。"

甘文峰很惊讶，有些措手不及，道："为什么会这样？"

她看着甘文峰："你们男人不都是这样吗？喜新厌旧。"

甘文峰一下子就被噎住了。金虹看着他笑，说道："也许你不一样。是吧？"

甘文峰不想和她谈论这个问题，虽然她说得很对。甘文峰心里明白，其实他是没有时间也没有精力去喜新厌旧，其实他在那天晚上的梦里面就已经有了出轨的潜意识，而现在，他的心里依然带着一种期盼。他马上岔开了话题："后来呢，你后来又结婚没有？"

她摇头道："不想再结婚啦，我已经彻底失望了。"

甘文峰看着他："可是你还很年轻……"

她笑道："也很漂亮。是吧？所以，我根本就不需要结婚，男人嘛，哪里没有？"她说这句话的时候同时在笑意盈盈地看着甘文峰，妩媚得动人心魄，让他为之心颤不已。此时酒菜都已经齐备，她举起酒杯对他说道："来，我们干杯，为了我们曾经的单纯，为了这次我们的日本之行。"

甘文峰的内心已经浮动，道："干杯。"

甘文峰的酒量不大，几杯下去后就有些醉了。酒精这东西很奇妙，它能够激发出一个人内心深处最原始的欲望和本能。于是他不能够再做到将自己继续封闭起来，内心的期盼更浓，禁不住对她说出了早就想要说出的那句话来："其实，我也和你一样，我的婚姻并不美满。"

她不住地笑，说道："你们男人在欺骗女人的时候都喜欢这样说。"

甘文峰有些急了，正色道："我说的是真的。"

她看着他，笑意盈盈的妩媚眼神中仿佛有波光在流动，问道："是吗？"

甘文峰点头，道："是的。也许我们刚刚结婚的时候还有着一些激情，但是很快，我们的生活就变得平淡起来。白天她上班，我也上班；下班后我回家做饭，我们吃完饭后就各自到自己的电脑面前；她经常出差，在家的时候也是比我先睡觉；第二天早上我会比她先起床，做好早餐的时候她就会坐到餐桌前。我们的生活就是这样，天天如此。"

她饶有兴趣地看着他，问道："你们不过性生活？"

甘文峰没有想到她会问自己这样的一个问题，不过这个问题让他感受到了一种奇异的诱惑力。他回答道："有，但很少。"

她似乎对这个问题很感兴趣，继续问道："是你冷淡还是她？"

甘文峰有些尴尬，道："这样的事情是相互的好不好？家里天天那样的氛围，哪里还有多少情趣？"

她却摇头道："你没明白我的意思。如果是你对那样的事情没兴趣就不说了，如果是她根本就不想和你做爱，这里面就肯定有问题。"

甘文峰不说话。其实，他心里早已怀疑。

她依然在看着他，说道："你说过她是公务员，她现在是什么级别？"

甘文峰不大明白她的意思，回答道："正处级吧。好像是。"

她的眼神中透出一种怪异，道："她应该比你小是吧？三十来岁就正处级了，很了不起啊。她的家庭背景很不错？"

甘文峰摇头，道："她父母都是普通工薪族。"

她若有所思，随后意味深长地看了他一眼，举起酒杯对他说道："我们喝酒吧。"

甘文峰举杯，咬牙切齿般地说道："喝酒！"

她看着他，忽然笑了，说道："其实，你早就对自己的婚姻感到不安了。是吧？"

甘文峰不愿意承认，摇头道："没有。"

这时候金虹却放下了酒杯，说道："我们不要再喝了，喝醉了就无趣了。你说是吗？"

甘文峰说："不，我还想多喝点，很久没有像这样放松了。"

她朝着远处的侍应叫了一声，用日语，接着对他说道："现在我终于明白了，你是一个智商极高情商却非常低的人。"

甘文峰怔住了，问道："你这话是什么意思？"

"因为你根本就不懂女人的心思，你就是一个没有情调的人。到了现在你还不明白我的意思？你一直在怀疑你老婆是吧？其实你也很喜欢我是吧？也许，今天晚上我们……这样的话，你的心理岂不是就平衡了？现在的问题是，你敢不敢和我做那样的事情？"她的语速很快，一连串问了这么些问题，紧接着还直接讲出了挑衅的话。

不，其中更多的是挑逗。这一刻，甘文峰的心里就是这样认为的。她刚才的话和酒精的作用，还有自尊，这所有的一切让他的血液瞬间沸腾了起来，他霍然说道："我为什么不敢？"

她的眼神更加妩媚，问道："那，你说我们为什么还要继续留在这里喝酒？"

"就是在那天晚上，我掐死了她。"甘文峰说。

"为什么？你为什么要那样做？"虽然沈跃明明知道金虹的死与他无关，但他还是必须要问清楚这个问题。作为心理医生，在问题没有搞清楚之前，必须跟随病人固有的认知。

甘文峰沉默了。

沈跃问道："因为她让你堕落了？"

甘文峰摇头。

沈跃又问道："那就是因为她深深地触碰到了你的底线，这个底线就是你的自尊，于是你在冲动之下就伤害了她。是吧？"

甘文峰点了点头，道："是的。"

虽然沈跃并不知道当时的具体情况是什么，但大致可以分析到最大的可能。不过……也许，那一切并不是真实的，或许仅仅是他的幻想。心理疾病非常复杂，病人本人的口述不一定都是真正发生过的事情。而且现在看来，甘文峰对他的信任其实也是有着一定的限度的。沈跃稍做思索后问道："甘医生，其实你心里明白你的心理出了问题。是吧？"

甘文峰点头道："是的。我的心理一直都有问题，这一点我非常清楚。特别是在这次的事情过后，我感到非常害怕。日本警方告诉我说金虹的死与我毫无关系，可是我真切地记得那天晚上她就死在我的手上。"说到这里，他忽然问了一句，"沈博士，你知道幻肢这个医学名词吗？"

"幻肢？"沈跃点头道，"我知道。据说截肢的病人会在很长一段时间感觉到被截掉的肢体依然存在着，而且还会感觉到那段已经不存在的肢体所产生的疼痛。这是一种非常奇异的现象，到目前为止医学界还没有能够搞清楚发生这种现象的机理。"

甘文峰点头道："是的。现在我觉得自己的意识世界就好像是幻肢一样，有一部分意识很可能已经离开了我，但是我又分明感觉到它的真实存在，让我分不清什么是真的，什么是假的。有时候我怀疑是自己的精神出了问题，可是我知道，到目前为止我除了那段可怕的记忆和这双已经无法再做手术的手之外，其他的一切都很正常。"

沈跃明白了他的意思，点头道："所以，我必须要搞清楚你究竟是什么地方出了问题。甘医生，从刚才的交谈中我发现你对我非常信任，这是为什么？"

甘文峰看着他笑了笑，回答道："我早就听说过你的大名了。我还知道，其实你也是一位非常纯粹的学者。"

沈跃顿时被感动。他喜欢别人这样评价自己。是的，我是一位学者，一位非常纯粹的学者，然而很多人恰恰忽略了这一点。沈跃朝甘文峰伸出手去，甘文峰愣了一下也伸出了手。沈跃将他的手紧紧握住，真诚地道："甘医生，谢谢你对我的信任。如果你还想重返手术台，那就请你继续信任我，完全信任我。好吗？"

甘文峰似乎有些犹豫，说道："我当然信任你，也迫切想要重返手术台，可是……"

沈跃明白他的顾虑，点头说道："我知道，信任不仅仅是一句话。甘医生，请你相信我、信任我，其实，我们都是一种类型的人，在学术问题上，我们都很纯粹。"

甘文峰看着他，发现眼前这位大名鼎鼎的心理学家的目光是如此清澈、真诚，他点头道："我相信你。"

沈跃暗暗松了一口气。只有他才明白，作为心理医生，能够取得病人的信任有多么重要，因为信任，病人才会将他内心最最真实的一切都倾诉出来，而心理疾病的根源也才会因此露出端倪。

接下来，甘文峰继续着他的讲述。

甘文峰付了账，很便宜。他知道金虹在点菜的时候特别注意了价格。他心里升起的瞬间不快在刹那间就被她含情脉脉的妩媚眼神融化于无形。他竭力地让自己保持着矜持，对金虹说道："我们走吧。"

此时，甘文峰也觉得金虹对他的评价是正确的。他确实是一个低情商的人。

两人刚刚从这家料理店出来，金虹即刻就挽住了甘文峰的胳膊。那一瞬，他的全身禁不住战栗了起来。是的，就在那一瞬，无与伦比的美妙感受将他笼罩，他身体的每一根神经、每一个细胞都在刹那间兴奋了起来，灵魂也因此而战栗。

很显然，金虹感觉到了他这一瞬间的异样，她温柔地更加靠近他的身侧，紧紧的。那一刻，他所有的感觉都集中在了她所在的那一侧的身体表面，使得他的臂膀处能够清晰地感受到一个圆形的柔软质地，那是她丰满的胸。这样的感觉实在是太过美妙和美好，从臂膀处传来的丝丝入扣般的细微感觉在他的脑海里幻化成了具体的形状……他羞耻地发现，自己的那个部位竟然有了反应。

两个人都没有说话。他沉浸于这样无尽的美好之中，生怕遗漏掉一丁点、一丝丝。她仿佛对他此时的感受浑然不知，她的头已经轻靠在了他的肩膀上，极尽依靠与温柔。他喜欢这样的感觉，奢望着能够无穷无尽、永无休止。

可惜的是这段路程实在是太短，仿佛一切才刚刚开始就已经结束，因为甘文峰忽然发现他们已经到了酒店的大门外，而且前面不远处还有几个熟悉的背影，那是这次与他们同行的人。他有些害怕了，停住了脚步，低声对她说道："他们……"

她离开了他，同时发出了一声轻笑，声音在他耳畔飘荡："你先回房间，我一会儿就来。你洗好澡等着我……"

即便甘文峰一直以来习惯于压抑自己，此时的他也难免内心浮动、激动不已。进入酒店，穿过大堂，踏入电梯，很快回到房间里面，整个过程像梦一般的虚幻。他轻轻掐了一下胳膊，确实很痛。这不是梦，是真正的现实。

褪去身上所有的衣服。酒店的热水很充足。他开始仔细清洗、冲刷着自己的身体，一直到身体的每一个毛孔都舒张开来。没有花费太多的时间，他担心金虹的敲门声会忽然响起。

洗完澡后，甘文峰忽然忐忑起来：她刚才对我说的话究竟是不是真的？如果她是开玩笑的，那我这丑可就出大了……他越想越觉得这样的可能性很大，心里也就更加忐忑：甘文峰啊甘文峰，你这癞蛤蟆难道真的想吃天鹅肉？可是，他的心里依然充满着希望……

时间一秒一秒在过去，甘文峰从来没有感觉时间竟然会像现在这样变得如此漫长。在忐忑、焦躁不安同时又依然带着希望的等待中，他根本就不曾想起过婚姻与伦理的问题。

她终于来了。甘文峰听到了等待已久的敲门声，匆匆跑去将房门打开……果然是她。她漂亮的脸红扑扑的，头发有些蓬松，身上已经不再是那件风衣，而是换成了一件淡黄色的薄毛衣。胸部隆起，纤腰一束，一条牛仔裤显现出她修长的腿。他痴痴地看着她，她"扑哧"一声笑了："你怎么也穿得这么整齐？"

在刚才忐忑漫长的等待中，甘文峰穿上了衣裤。他不能肯定金虹一定会来。他依然怔怔地看着她，她轻笑了一声，进门后即刻将房门关上，朝着他妩媚一笑之后紧紧将他抱住。没有任何的过程，她的吻直接印在了他的唇上。她的吻是如此激烈，差点让他窒息。

房间里面的那张床仿佛是一块巨大的磁石，两个人激吻着在它上面翻滚，他和她相互扯去对方身体上的附着物，它们一件件被两双手胡乱地扔向房间的每一个角落。

猛然间，她停住了，看着他的下面："你怎么了？"

分明感觉到激情荡漾但是偏偏那个部位竟然没有任何反应，甘文峰不知道为什么会这样，一时间尴尬万分："我，我也不知道这是怎么了……你等等我，我……"

她并没有再说什么，笑道："可能你很久没有做这件事情了，我们不急，慢慢来。"

…………

一个多小时后，她彻底放弃了努力。两个人平躺在床上，房间里面静谧无声。他真的不知道自己为什么会出现这样的状况，羞愧不已之下向她解释道："我以前从来没有出现过这样的情况……"

她依然没有说话。

甘文峰继续解释道："我说的是真的。你等等，我再酝酿一会儿。"

她忽然说话了，黑暗中她的声音冷得像冬天的冰："真是一个没用的男人！"

甘文峰愣了一下，怒道："你说什么？"

她的声音更冷："甘文峰，你他妈就是一个阳痿病人！"

他的愤怒瞬间爆发："你再说一遍？！"

"阳痿！没用的男人！穷光蛋！屌丝！狗日的……"她也爆发了，一串串恶毒的语言从她那美丽的嘴唇处喷泻而出……

"我失去了理智，狠狠扇了她一耳光。她依然不住地咒骂着我，用这个世界上最难听的词语。我掐住了她的颈子，她猛烈地挣扎着，一直到再也不能动弹。"甘文峰终于讲述完了整个过程。

"可是，在你记忆中的那一天她去了富士山，在回程的时候出了车祸，车祸发生的时候你正在东京大学医学院做讲座。"沈跃提醒他道。

甘文峰抓着自己的头发，脸上布满痛苦的表情："是啊，日本警方也是这样对我讲的。难道当时和我在一起的是她的鬼魂？"

沈跃当然不会相信这个世界上有鬼魂。他看了看时间，对甘文峰说道："甘医生，今天就到这里吧。我想，你也不会相信这个世界上有鬼魂这种东西的，是吧？这样吧，今天晚上我仔细研究一下你的病情，明天我们继续。"

甘文峰没有动弹，哆嗦着问道："沈博士，我是不是精神上出问题了？"

沈跃斟酌着回答道："从目前的情况来看，我觉得还是心理的问题。你别着急，我们会找到问题的根源的。"

甘文峰一下子抓住了沈跃的手："我不想就这样毁了。沈博士，你一定会治好我的，是吗？"

沈跃朝他点头："我说了，我们会找到办法的。我说的这个我们指的是我和你，你应该明白我的意思。"

他点了点头，缓缓站起身来。沈跃发现，眼前这个外科医生高大的身体是佝偻着的。

02 女处长

甘文峰离开后，沈跃把刚才的录音倒回去重新仔细地听了一遍，听完后问侯小君道："关于甘文峰刚才的讲述，你有什么看法？"

侯小君斟酌着回答道："这是一个具有预示性的梦。家里空荡荡的。霾。他说自己很自卑。喜欢手术。在漂亮女同学面前的讷言。出轨的渴望。对专业的自信。金虹车祸死亡后和他的晚餐……这些关键词似乎都有着某种特别的含义。他分不清虚幻与真实，这对任何人来讲都是一件非常可怕的事情。可是，他所讲述的内容中究竟哪些是真实的，哪些又是虚幻的呢？甘文峰和金虹的那次晚餐及后来发生的一切难道真的是他的臆想吗？不一定，也许是他记忆中时间的错乱。"

沈跃点头道："所以，我们的第一步必须要搞清楚，他讲述的内容中究竟哪一部分是真实的，哪一部分是虚幻的。这非常重要。真实的世界是显性的，是他真正的活动轨迹，而虚幻的世界往往代表着他的潜意识，那才是他真正希望，或者是他最害怕的东西。"

第二天上午，甘文峰准时来了。沈跃请他坐下后问道："我这里有咖啡和茶，你喜欢喝什么？"

甘文峰笑了笑，问道："其他病人也有这样的待遇吗？"

沈跃笑着回答道："看情况。当面对一个沟通困难的病人的时候，我会采用这样的方式舒缓一下气氛。甘医生，你也是学医的，应该明白心理医生和病人间相互信任的重要性。"

甘文峰看着他，道："我信任你。"

沈跃点头，说道："我知道。不过我认为我们之间的信任还需要进一步加深。我知道你有着自己的顾忌，毕竟我正在试图进入你的内心世界，所以，你的内心很可能会有些抵触，一方面你信任我，另一方面你担忧我对你了解太多。甘医生，是这样的吗？"

甘文峰沉默了片刻之后才艰难地点了点头，道："是的。"

沈跃笑了笑，说道："所以，我请你喝茶。当然，你也可以选择咖啡。我们应该算是同行，我会给你更多的时间让你了解我的想法。也就是说，今天上午甚至这一整天的时间我就只接待你一个人。我希望你能够把我当成是你可以信任的朋友。"

甘文峰有些感动，说道："谢谢你。"

作为心理医生，必须时刻与病人保持着平等的距离，而不是高高在上。沈跃朝他微微一笑，说道："你不用谢我，我们一起来解决你的问题。"

甘文峰叹息着说道："在很多人的眼中我的婚姻是幸福的。我是一名优秀的外科医生，她是一位年轻的前途无量的官员。可是没有人知道我和她的婚姻其实早就名存实亡了。"

沈跃问道："在你昨天的讲述中我发现，其实你一直在怀疑她早已出轨。这其实也是你内心渴望与金虹能够发生点什么的根本动因，是这样的吗？"

甘文峰摇头道："这只是一方面。"

沈跃明白了："其实，你早就喜欢上她了。是吧？"

甘文峰道："她很漂亮，而且在我的心里她就像一位公主。"

沈跃想了想，道："甘医生，从目前的情况来看，我认为你的叙述中很可能存在着一些幻想的记忆。当然，你自己分不清究竟哪些记忆是真实的，而哪些记忆又是虚幻的。我也无法确定。不过有一种方法可以将它们区分开来。"

"催眠？"

"是的。只有催眠才可以进入你最真实的内心世界，不过这需要征求你本人的同意。"

"我考虑一下。"

沈跃看着他："你害怕？"

他点头："是的。我害怕。"

"你害怕什么？"

"……我不知道。"

也许，大多数人在面对这个问题的时候会这样回答：不知道。但是他在思考了片刻后回答的是：我不知道。这说明了什么？是"我"真的害怕，还是"我"很在乎那些虚幻的记忆？

"我"是人类独有的词语，它代表着主体意识的觉醒。"我"是一切哲学问题的起点。"我"是我们任何普通人都不能去仔细思考的问题，它极有可能造成精神的迷茫甚至是分裂。

沈跃差点就沉浸在了"我"这个问题之中，这也是他曾经无数次准备去仔细思考但是又最终放弃了的问题。他看着甘文峰，提醒他道："可是，如果我们不搞清楚这些情况，你的问题就不可能得到解决。"

甘文峰露出了痛苦的表情，说道："你让我再想想。"

沈跃道："好吧。我们现在先谈谈其他的一些事情。这样吧，我们采取问答的方式，我问你，你回答。"

甘文峰点了点头。

沈跃将泡好的茶放到甘文峰面前，道："你应该放松一些，就把我当成是你的同事、最好的朋友。就像刚才那样，你问我问题的时候我如实回答，我希望你接下来的回答也一样，随意而真实。"

甘文峰苦笑着说道："我……尽量做到。"

沈跃笑了笑，问道："金虹为什么会成为那次访问学者团的一员，这个问题你想过没有？"

"我为什么要去想这个问题？她的名字已经在名单里面了。"

"你真的一直没有想过这个问题？"

"……想过，不过只有那么一个念头，我没有再去细想。"

"是不愿意去细想。是吧？"

"是的。"

"为什么？"

"不知道。"

"除了她的美丽，你认为她还有哪些优点？"

"……不知道。"

"所以，你对她只有欲望。征服她的欲望。是吧？"

"有欲望，但不是想要去征服她。我自认为没有那样的能力。"

"因为自卑？"

"是的。"

"所以你内心一直在等待，等待着她的主动。是这样吗？"

"是的。"

"于是，当她对你讲出了侮辱性的语言之后，你就愤怒了，甚至无法克制地杀害了她。是这样吗？"

"也许吧。当时我的脑子里面一片空白。"

"你确定她当时已经死了？"

"是的。她死了。这时候我才害怕起来，然后主动去报了案。"

"可是，日本警方并没有在你的房间里面找到她的尸体。"

"所以，我更害怕。"

"所以，只有催眠的方式才可以分清楚你记忆中的虚幻与真实。"

"好吧。我同意。"

　　甘文峰躺在铺着洁白床单的床上，四周的墙壁是蔚蓝色的，房间非常隔音，蔚蓝色的窗帘已经拉上，柔和的灯光如月色般洒满了房间的每一处角落。甘文峰发现自己非常喜欢这样的布置，心里想道：或者，我的家里也应该变成这样。可是，她不会同意。

　　一只蓝色的催眠球有节律地在甘文峰眼前摆动，甘文峰听到沈跃那特有的带着磁性的声音在耳边飘荡，很快地，甘文峰就进入了催眠状态，呼吸匀速，睡态安详。

　　沈跃翻开甘文峰的眼睑，确认甘文峰已经真的进入催眠状态后摁下了录音键，轻声问道："在大学的时候喜欢金虹吗？"

"喜欢。她太漂亮了。"

"你向她表白过吗？"

"我不敢。"

"她和她男朋友在一起的时候你心里吃醋吗？"

"不。我很高兴。"

"为什么？"

"她不属于我，也不属于我周围其他的人。"

"那时候你在她面前自卑吗？"

"是的。"

"她大学毕业后与你有过联系没有？"

"没有。从来没有。"

"你有过想和她联系的念头吗？"

"有过好多次。最终还是放弃了。"

"为什么？"

"她不属于我。"

"但你们是同学。同学间联系一下也可以啊？"

"我害怕见到她。她不属于我。"

"其实，你希望她属于你。是吧？"

"是的。"

一个人在被催眠的状态下是不会说谎的。催眠，是心理医生进入病人灵魂深处的工具和渠道，这也正是甘文峰开始的时候犹豫的根本原因，因为灵魂深处属于我们每个人最隐秘的领地。此时，沈跃已经搞清楚了甘文峰那个梦的心理原因了——那是他内心深处对金虹的思恋，以及想要拥有她的愿望。

沈跃继续问道："也就是说，你认为：如果她是你妻子的话，你的人生才是最圆满的。是这样吗？"

"不。她太漂亮了，她不可能属于我一个人。"

"你的意思是说，她属于很多人？"

"是的。漂亮的女人从来都不会属于某一个男人。"

"所以，你觉得自己也应该是拥有她的男人中的一个，因为你现在已经足够优秀？"

"是的。"

"其实你有些看不起她，你觉得她是一个水性杨花的女人。是吗？"

"不。她是身不由己。女人长得太漂亮了，面对的诱惑就会很多，这不能怪她。"

"嗯，你说得很有道理。那么，你和她一起到了日本后经常在一起吗？"

"没有。到了日本后我和其他学者就开始参观当地的医院，后来在日本同行的请求下做了好几台手术，还做了几次讲座。她一到日本就到处去游玩了。"

"你是怎么知道她到处去游玩的事情的？"

"访问团的成员每天都在一起吃饭，我注意到她不在，于是给她打了电话。"

"她怎么回答的？"

"她说，她到日本就是来玩的。她还说，在妇产科领域，日本的技术并不比中国强，中国试管婴儿的成功率比美国还高。"

"你和她最后一次见面是什么时候？"

甘文峰说了个时间。沈跃听了后心里一沉，因为他说的那个时间与他头天的叙述是一致的。沈跃问道："是她主动来找你的？"

"是的。她说出去走走，一起去喝酒。"

"然后呢？"

"我们一起吃了点东西，喝了些酒，后来她主动提出要和我过夜。就在那天晚上我杀了她。"

"你再仔细想想，时间上是正确的吗？"

"我记得非常清楚。是我掐死了她。"

"可是……"

这时候甘文峰的身体剧烈地颤抖了起来，同时发出痛苦的呻吟。沈跃大吃一惊，急忙敛住心神柔声对他说道："没事，你只是做了个噩梦。没事，只是一个噩梦……"

随着沈跃的引导，甘文峰的情绪才慢慢平稳了下来。沈跃看着他，心里喃喃地道：怎么会这样？他不敢继续下去了，暗暗叹息了一声，随即将他唤醒。

"情况怎么样？"醒来后的甘文峰满怀期望地问道。

沈跃不能告诉他实情，含糊着说道："你对催眠有些抗拒。不着急，我们慢慢来。"

甘文峰诧异地问道："抗拒？"

沈跃点头，道："也许是你的自我保护意识比较强。不过我已经搞清楚了一些问题。我们慢慢来，总会找到原因的。"

甘文峰带着失望离开了，沈跃却陷入了疑惑与迷茫之中——为什么会出现这样的情况？他为什么会在那个点出现抗拒？他究竟在抗拒着什么？

虽然心理学并不排斥宗教的理论，但沈跃绝不会认为甘文峰那天遇到的就是金虹的鬼魂。如果他那天所遇到的真的是金虹的鬼魂，也不应该出现刚才那样的抗拒反应。这件事情实在是太过诡异了。

这是沈跃遇到过的最复杂、最棘手的病例，让他一时间不知道应该从什么地方着手。但是他依然不可能去相信鬼神之说。肯定是有原因的，只不过我还没有找到罢了。他如此对自己说道。

第二天上午，甘文峰再一次准时来到沈跃的诊室。

头天晚上，沈跃又听了一遍录音，忽然发现甘文峰的那个梦其实很有意思。甘文峰进来后，沈跃将已经泡好的茶放到甘文峰面前，微微笑着说道："你和我一样，习惯准时。甘医生，昨天晚上没睡好？"

甘文峰摇头叹息着说道："根本就没办法睡觉。每一次刚刚闭上眼睛脑海里就会浮现出那天晚上的事情。我努力去回忆，试图弄清楚究竟什么是真实什么是虚幻，可是我越想搞明白就越睡不着，越害怕。"

沈跃问道："你妻子呢？她知道你目前的状况吗？"

甘文峰摇头，道："她出差去了。"

沈跃看着他："我问的是，你妻子知道你目前的状况吗？"

甘文峰沉默了片刻，回答道："我没有告诉她。从日本回来后我还是像以前那样每天按时起床、离开家，按时回家做饭，所有的作息时间都没有改变。我不知道她是不是从其他地方知道了我的情况。"

沈跃又问道："其实你从她的眼神或者某些细微的地方感觉到她已经知道了你目前的状况，是这样的吗？"

甘文峰点头，说道："我是有那样的感觉，但不能肯定。现在我很多疑……"

沈跃再一次看着他，道："你本应该将自己的情况告诉她才是，毕竟你们是夫妻。当然，我能够理解你的苦衷，不管你讲述的是真实还是虚幻，毕竟你的灵魂已经出轨。"

甘文峰苦笑着说道："我的婚姻早已经是一潭死水，她知道了也无所谓。"

沈跃道："哦？你的意思是说，你早就有离婚的念头了，是吧？"

甘文峰摇头道："我没有想要离婚，我觉得这样挺好的。"

"为什么？"

"清净。我喜欢清静，她不管我的事情，我也不管她的事。每天回到家里我可以潜心研究下一次的手术方案，或者看看书什么的。"

"离婚了不是更清净吗？"

"我们都需要婚姻的，那样会少很多的烦恼。"

沈跃点头。是啊，无论是单身男人还是单身女人，总是会被许多人关注。有些人替单身男女担心着急甚于他们担心着急自己的事情。当然，都是好意。不过却因此导致了单身男女内心更加不平静，甚至是苦恼和烦躁。沈跃因此意识到了一点：要么是甘文峰在婚姻情感上受到过极大的伤害，要么他根本就属于不需要婚姻的那一类人。

沈跃更愿意相信甘文峰属于前者。人是社会动物，婚姻是我们每个人必须完成的人生过程，传宗接代更是本能。甘文峰的内心充满着情欲，他不可能属于看破红尘的那一类人。沈跃想了想，问道："你和你妻子是怎么认识的？"

甘文峰问道："这个问题和我现在的状况有关系吗？"

沈跃解释道："也许有关系，也许没有。你是医生，应该明白我们每个人的内心都是复杂而多变的。而且从心理学的角度上讲，心理疾病往往与我们童年时期或者过往受到的伤害有关系，所以，全面了解你过去的生活才有助于进一步分析你的病情。"

甘文峰摇头道："现在我一进病房手就抖动得厉害。沈博士，我希望你能够首先解决我的这个问题。手术台是我生命的一部分，如果这样的情况继续下去的话，还不如让我就此死去。"

沈跃的心里一凝：想不到这个人对专业的执着到了这样的程度。也许，这本身就是一种心理上的问题，或者说是一种病态。沈跃继续解释道："你的手发抖，其根源是因为你固执地认为是你的那双手杀害了金虹。你认为自己的这双手是用来给病人希望的，更担负着重要的使命，但是它们杀了人，你的心理无法承受。现在我们需要搞清楚的就是你为什么会存在着那样一个记忆，所以，我们只能一步一步地来。"

甘文峰黯然道："是的。"

沈跃看着他，斟酌着说道："甘医生，你想过没有，如果一个人对自己的专业执着到可以放弃一切的程度，这本身也是一种不正常。这说明除了自己的专业之外，再也没有让你感兴趣的事情，包括你的婚姻，甚至是生命。"

甘文峰怔怔地道："我……"

沈跃若有所思地道："所以，我需要更加全面地了解你，也许你病情的根源不仅仅是这一件事情，或许那次的日本之行只不过是一个激发点。"

甘文峰的脸上露出了明显的焦虑，问道："我的情况真的有那么复杂吗？"

沈跃并没有直接回答他，说道："明天是周末，我们去钓鱼吧。也许我们换一个地方交谈起来会更容易一些。"

甘文峰没有反对，道："好。"

初冬时节的江面上飘荡着一层薄薄的轻雾，如果不是透着凉意的江风时时在吹拂着，很容易让人以为这是夏日早晨的氤氲。

只有一套渔具，沈跃将它让给了甘文峰："你试试。"

甘文峰摇头道："我不会钓鱼。"

沈跃坚持着："我们就是来这里散心的，你试试。"

甘文峰将沈跃已经替他挂好了鱼饵的吊钩抛了出去，他试图将它抛向很远的地方，但是发现只是在前方不远的江面上泛起了丝丝涟漪。他正准备将渔线收回来，却听到沈跃说道："就这样吧。谁知道这江里的鱼会从什么地方经过呢？"

两个人在江边席地而坐，沈跃看着甘文峰拿着渔竿的手，说道："你的手没有抖，而且很稳，这说明这确实是心理上的问题。"

话音刚落，甘文峰的手瞬间就抖动了起来，不过很快就被他控制住了，他叹息着说道："是的。"

沈跃依然在看着他："这说明你是一个很容易被他人影响的人。也就是说，其实你的内心很脆弱。"

甘文峰摇头道："我不知道。"

这时候沈跃忽然笑了起来，问道："你知道我为什么要让你钓鱼而我却在旁边待着吗？"

甘文峰惊讶地看着他。沈跃即刻回答了刚才的那个问题："因为我想成为你最好的听众。在这个地方，除了你和我之外再也没有别的任何人，你可以随便地、肆无忌惮地说出你内心里面的一切。你应该相信我，我对你个人的隐私没有丝毫的兴趣，我只是想弄明白你目前心理问题的根源。"

甘文峰沉默了片刻，道："沈博士，可能你把我的情况想得太复杂了。我这个人其实非常简单，没有你以为的那么多隐私。你想想，我连杀害金虹的事情都敢承认，还有什么事情不能说出口的呢？"

沈跃摇头道："不。也许你的内心深处明明知道金虹的死亡与你无关，只不过你自己并没有意识到这一点而已，但是你已经知道，日本警方对金虹的死有了非常明确的结论。"

"当时是我主动去报的案！那时候日本警方还没有给出任何结论！"

"但是你一直没有告诉你妻子这件事情。这是为什么？"

"我告诉过你原因了。"

"好吧。那请你问问你自己，你告诉我的原因真的是你内心真正的想法吗？"

"……应该是吧。"

"其实，你对你妻子是有真感情的，所以你害怕失去她。是吗？"

"也许吧。我不知道。"

"在金虹之前，你背叛过你妻子吗？"

"……有过一次。"

"为什么？什么时候的事情？"

甘文峰愣了一下。这时候他才真正明白沈跃是真的不关心他的隐私，因为他并没有问他出轨对象的身份，而是继续在了解他出轨的根源。甘文峰沉默了片刻，回答道："有段时间，她晚上回家很晚，带着一身的酒气和烟草味。"

沈跃明白了，问道："你怀疑她出轨了，于是就用同样的方式去报复她？"

他点头："是的。"

沈跃问道："你没有问过她究竟为什么喝酒抽烟？"

他摇头："她身上的烟草味是别人的。"

"也许她心情不好，独自一个人去喝酒、抽烟了呢？你根本就没有去问过她，就那样怀疑她了？"

"她其实很漂亮……"

"也许，你们两个人的感情问题是出在你身上，你想过这个问题没有？"

"沈博士，这件事情和我现在的状况有关系吗？"

"不知道。也许吧。"

"我承认自己是一个情商很差的人，但我是真心对她好。每天再累都会坚持回家给她做饭。结婚后我没让她洗过一次衣服，包括她的内衣、内裤和袜子。"

"所以，你觉得她应该很幸福？"

"难道不是吗？我都做得那么好了，还能要求我做什么？"

沈跃叹息了一声，说道："甘医生，你错了。婚姻的基础是恋爱，恋爱的基础是交流。作为心理医生，我还深知一点：并不是所有的女性都在乎物质的东西，相反，大多数的女性更看重精神生活。"

甘文峰辩解道："可是，她应该能够感觉到我对她是真心的。"

沈跃点头道："也许吧。可是你想过没有，我们脸上的这张嘴不仅仅是用来吃饭的，它更是我们表达情感的器官。甘医生，如果我去向你妻子了解你的情况，你会反对吗？"

甘文峰犹豫了片刻，问道："你会告诉她我现在的一切吗？"

沈跃看着他："我会告诉她你的病情，不过其他的事情得看你的意思。"

甘文峰不说话。

沈跃依然在看着他，说道："其实，应该是你主动去和她好好谈谈，而不是我。你说呢？"

甘文峰依然不说话。

沈跃似乎明白了，问道："你不想去和她谈，一直以来你都在这件事情上犹豫，因为你害怕，害怕你的怀疑变成事实。是这样的吗？"

甘文峰点了点头。这时候他手上渔竿的前方一下子变成了弓形。鱼上钩了，一条鲫鱼被甘文峰钓了上来，他有些激动："我居然钓到了鱼！"

沈跃替他从鱼钩上取下那条鱼，微微一笑后问道："甘医生，你说，这条鱼为什么会来咬你的鱼钩？"

甘文峰不明白他的意思，道："当然是因为鱼钩上的鱼饵。"

沈跃点头道："是的。水里的鱼和我们生活在两个完全不同的世界里面，它并不能看到和意识到美味的鱼饵其实是一个致命的陷阱。也许你和金虹也是两个不同世界的人，那么你想过没有，她为什么要主动来诱惑你呢？"

甘文峰一下子愣住了，摇头道："我不知道。"

沈跃淡淡一笑，说道："所以，连你自己都不明白她诱惑你的理由是吧？那么你想过没有，或许她诱惑你的这件事情根本就是你的一种幻想呢？"

甘文峰摇头道："可是，我记忆中的那一切都是那么真实……"

沈跃提醒他道："有句话叫作'人生如梦'。其实，有时候梦给我们的感觉会一样真实，甚至比现实更美好。你想想，当时你在梦到和金虹准备一起去旅行的时候，你感觉到那是一个梦境了吗？没有是吧？直到你醒来后才发现那只是一个梦而已。"

甘文峰问道："你的意思是说，我杀害金虹的过程只不过是一个梦，而我现在还没有从那个梦里面醒来？"

沈跃点头道："也许就是这样。"

甘文峰忽然激动了起来，问道："如果我还在那个梦中，那么现在的你呢？你也仅仅是存在于我的梦中？还有眼前的这江水，这条鱼，它们都是我梦中的东西？"

沈跃解释道："你没有明白我的意思。现在的我，以及你眼前的江水，还有这条鱼当然是真实的，不过你记忆中杀害金虹的那个片段却不一样。甘医生，我们暂时不要继续探讨这个问题了，这个问题很容易让你变得更加分不清现实与虚幻。其实我的意思是：你为什么不尝试着去相信日本警方的结论，为什么不去怀疑你自己的记忆呢？"

甘文峰喃喃地道："怀疑？"

沈跃点头道："是的。一直到现在为止你都不曾认真地怀疑过自己的那段记忆，也不曾反思过自己在对待婚姻问题上的过失。虚幻与真实的分辨其实与我们的科学研究是一样的，首先应该从怀疑开始。难道不是吗？"

"可是，我无法说服自己。"

"我理解，同时也知道这很难。你不用急，但是你应该从现在开始去怀疑自己，怀疑自己的一切，包括你对专业如此执着的理由。或许你应该把自己想象成这江水里面的一条鱼，当你面对那个鱼饵的时候，你得学会去怀疑那个东西究竟是不是真实的美味。"

"你这样的话让我很害怕。"

"我知道。但是你曾经至少怀疑过一点，那就是你不可能永远自卑下去，于是才有了你一直以来的奋斗。是这样的吧？"

"那是因为我从来都相信自己的能力。"

"这其中的道理是一样的。从你开始怀疑出身论的那一刻起，你的自信就有了。是吧？"

"我被你说糊涂了。"

"你仔细想想就明白了……这样吧，我们暂时把这件事情放一下，我想听你再描述一下那个梦，那个你从机场逃离的梦。"

国际机场的候机大厅里面，我和她都带着一只大箱子。我们要一起去日本度假。她从我手上接过行李箱，去值机处办理托运手续。我就站在距离她不远的地方看着她的背影。忽然，她转过身来朝我笑了一下。就在那一瞬，我忽然发现她真的很漂亮，像一个大学生的样子。可是，当她转过身去的时候，我心里忽然感到害怕起来，我不知道自己害怕的是什么，就是害怕，于是我就悄悄逃跑了……我一口气直接跑出了候机大厅，叫了一辆回市区的出租车。我关掉了手机。

甘文峰回忆着又将那个梦讲述了一遍。沈跃注意到，此时他的描述与上次的在细微处有了些变化。沈跃问道："你现在想起来没有，梦中的你为什么会忽然感到害怕？你害怕的东西究竟是什么？"

甘文峰摇头，道："我不知道。"

沈跃将他手上的渔竿接过来放在地上，然后对他说道："你闭上眼睛，冥想。回忆一下当时梦中的情景……"

甘文峰闭上了眼睛，冥想了一会儿却发现自己根本就静不下心来回到那个梦里。沈跃也注意到他脸上肌肉的紧绷，以及眼睑上眼球运动出现的微微颤动，诱导式地问道："你当时的梦境一开始就出现在机场的候机大厅里面？"

"是的。周围好多人。"

"你第一次告诉我说，是你们在电话上约好了要去日本旅行？"

"是的。"

"你在梦中想起过你马上要去日本学术访问的事情没有？"

"没有。在梦里面一开始我们就出现在了候机大厅里面，醒来后才忽然想起我们好像在电话上约好了要一起去旅行。"

人类的右脑产生出画面一样的梦境，左脑对那些画面进行翻译形成连续的画面场景，同时还会补充出其中的逻辑关系。很显然，这时候甘文峰的叙述更准确。沈跃继续诱导地问："在梦中你们是一对情侣，准备去一个陌生的地方过一段时间的二人世界。是这样的吗？"

"不是的，我和她很多年没见面了，不知道怎么的就约上了。梦里面没有前面的过程。"

弗洛伊德说，梦是愿望的达成。由此看来，他的潜意识里面确实是想和那个叫金虹的女人在一起的。是因为她的美貌还是潜意识里想要报复妻子？或者二者都有。

"她直接从你手上接过的箱子？梦中的你为什么没有主动去办托运？"

"不知道。当我们两个人出现在候机大厅之后，下一个画面就变成了她在办理托运手续了，然后她忽然转过身来朝我笑了一下。"

"你描述一下她的那个笑容。"

"眼神很温柔，她的样子特别漂亮。"

"前面的画面中你没有注意到她的模样？"

"没有。就觉得自己的心情特别好。"

这就对了。很显然，其实这个梦中最开始的金虹应该是他妻子的化身。在甘文峰的潜意识里，他希望自己能够有时间陪同妻子出去旅行、增进感情，同时也希望妻子能够体贴温柔一些。这说明他的内心里面对妻子是有着内疚的，却很快将两人感情的隔阂归咎在了妻子的身上。

梦是隐藏在我们潜意识深处的真实想法，就连我们自己都不自知。心理医生却能够拨开梦的外壳进入核心之中，诠释出其中最真实的内涵。当沈跃试图用催眠的方式去寻找甘文峰出现虚假记忆的原因失败之后，忽然意识到甘文峰的病情或许并不简单，于是才想到了甘文峰这次日本之行的起点。那个梦。

不过此时沈跃还不能完全清楚这个梦全部的含义，他继续问道："当你忽然看到金虹转身朝你一笑之后呢？你在害怕什么？"

"我还是不知道。"

"你想想，假如你梦中的金虹其实是你妻子，这时候你会害怕什么？"

"……我银行卡里面的钱没有多少了。我想起来了，曾经听科室的一个医生讲过，他和他老婆去了一趟日本，他老婆购买了许多东西，一趟下来花费了二十多万。是的，我害怕身上的钱不够。可是，我梦中的那个女人就是金虹。"

不，你并不明白自己潜意识之中真正的焦虑。这一刻，沈跃终于明白了甘文峰所害怕的究竟是什么。金钱只是表象，自卑才是根源。他继续问道："我是知道的，你们外科医生的收入并不低，二十万对你不算什么。难道你连这二十万都没有吗？"

"我才买了房，没有按揭。装修也花了很多钱。"

"为什么不按揭呢？"

"我不想靠借钱过日子。"

"按揭其实借的是你未来的钱。你的收入不错，而且工作稳定，这不应该是什么问题吧？"

"反正我不想按揭。我买房的时候手上有钱，这样心里踏实。"

也许，他的童年过得非常艰难。沈跃问道："你家里的冰箱里是不是随时都装满着各种肉类？"

甘文峰惊讶地看着他："你怎么知道的？"

储存食物、害怕欠账，这都是曾经的极度贫穷在心理上留下阴影后所表现出来的行为。沈跃没有回答他的这个问题，继续问道："好像你家里就你这一个儿子，你父母为什么不搬来和你一起住？"

甘文峰叹息着说道："张倩茹和他们合不来。"

沈跃即刻问道："为什么？"

甘文峰道："张倩茹不喜欢农村人。"

"你不也是从农村出来的吗？"

"我是她丈夫。"

这个回答肯定是有问题的。沈跃想了想，道："你妻子什么时候回来？如果你不反对的话，我想和她谈谈。"

"明天下午。她今天早上给我发了短信，说明天要回家吃饭。"

"你同意我去找她谈谈？"

"也许，我们的婚姻已经走到头了，所以无所谓。"

沈跃没想到他会在这么短的时间内发生这么大的变化，心里不禁就想：难道是我刚才的那个问题引发了他内心对妻子的愤怒？沈跃拍了拍他的肩膀，道："我知道，其实你的心里非常在乎她。你为她所做的一切足以说明这一点。也许你需要更多地去审视自己，千万别在一时的冲动下做出任何决定。"

甘文峰看着他："我现在的情况……"

沈跃点头道："是的，你的情况确实比较复杂，但是我很有信心让你恢复正常。心理疾病和你工作中遇到的病情不一样，我们需要更多的时间。还有就是，我希望你能够更加信任我，你应该明白我是什么意思。"

甘文峰没有说话，缓缓转身，然后离去。

看着甘文峰独自离去的背影，沈跃的心里忽然感到一阵难受。作为心理学家，沈跃见过有着不同心理问题的病人，但是像这样让他感到心塞得慌还是第一次。也许因为他是一位优秀的外科医生？抑或是因为他奋斗的不易？不，他其实和我是同一类人，每当孤独的时候才会忽然发现自己竟然没有朋友。

心理学家大多深沉而内敛，这是职业使然。沈跃想不到一个外科医生也会这样。从心理学的角度上讲，由于外科医生承受着较大的职业压力，张扬的个性，喜欢喝酒、抽烟、运动似乎更容易让内心的压力得到释放。甘文峰对专业的过于执着与内心压力的长期积累，以及情商低下带来的苦恼，这一切都似乎早已注定了他现在的悲剧。

猛然间，沈跃好像意识到了什么。对，在甘文峰的讲述中他说到，金虹曾经当面抱怨过他情商低下。很显然，那天晚上甘文峰和金虹在日本所发生的一切应该是他虚幻的记忆，而甘文峰不大可能对自己有着如此清醒的认识，如今他认同自己情商低下只不过是面对他人评判的自我反思与认同罢了。那么，对于甘文峰"情商低下"的这个判断究竟是出于何人之口呢？

沈跃想不明白这个问题，他对自己说道：也许，当我见到甘文峰的妻子之后，有些问题的答案也就会明了了吧？

午睡的时候沈跃做了一个梦——

机场候机大厅里面，甘文峰和一位模样姣好的女人走在一起，两人的手上都拖着一个行李箱。梦中的画面像电影镜头一样，除了这两个主角之外其他的一切都那么模糊。模样姣好的女人从甘文峰手上接过行李箱，对他说道："你等会儿，我去办行李托运。"

甘文峰点了点头，看着女人去了。他的视线穿过那些模糊的人群，一直跟随着那个女人的背影。女人到了行李托运处，忽然转身朝他粲然一笑。这时候甘文峰想到了什么，脸上出现了慌乱的神色，看了一眼正在办理托运手续的那个女人后转身朝机场大厅外边快速而去……下一个画面就变成了站立在机场大厅外面的甘文峰，同时快速切换到机场里面正在四处寻找甘文峰的那个女人。

这时候沈跃醒来了。他知道，自己刚才的梦只不过是在还原甘文峰描述的那个梦境。不对，刚才我在梦中好像出现了短暂的画面缺失。沈跃忽然想了起来：在江边甘文峰在描述这个梦境的过程中，当说到他逃离机场大厅那个情节点的时候似乎停顿了一下。

沈跃闭目回忆了片刻，没错，他当时确实在那个地方停顿了一下。一个简短的、足以让他感到刻骨铭心的梦境，为什么会在第二次描述的过程中出现停顿？难道在他两次对梦的回忆中还有缺失的内容？

嗯，必须搞清楚这个问题。对梦而言，隐藏得越深的内容越可能是一个人潜意识最真实的东西，或者是不可以让人知道的隐私，也可能是他内心深处极度的恐惧。

这个问题让沈跃有些迫不及待，他很快就拨通了甘文峰的电话："甘医生，现在方便吗？"

甘文峰道："我在科室看病历……没事，我身边没人。"

沈跃心想：看来这个人还真是除了工作之外就再也没有别的喜好了。他说道："上午你在描述那个梦的过程中，当你说到你忽然感到害怕，然后匆匆离去那个点的时候好像停顿了一下。为什么？"

甘文峰疑惑的声音："我停顿了吗？"

沈跃肯定地道："是的。当时我也没有注意，但是现在我可以肯定你当时确实停顿了一下。现在你闭上眼睛冥想一下，在你的梦中是不是还有遗漏的内容？"

电话里面没有了声息，大约两分钟之后，沈跃听到甘文峰说道："我想起来了，在梦里面，当我匆匆离开机场大厅的时候遇到了一个人。"

"然后呢？"

"没有然后。在我的记忆中就觉得那个人很眼熟，男的，身上穿着一件黑色的风衣，实在想不起他是谁了。"

一个熟人？身穿黑色风衣的男人？但是又想不起他是谁了？沈跃苦苦思索着刚才甘文峰回忆起来的这个片段。

梦是人类独有的现象，是智力发展到独立思维的结果，它的内容丰富而神秘，即使是做梦者都不能明白其中的真实含义。按照沈跃此时的分析和理解，身穿黑色风衣的男子似乎是英俊男性的象征。熟人……那是他曾经认识的某个人？难道，这个穿黑色风衣的男子暗示的是金虹曾经的那个男朋友、她后来的丈夫？抑或是，这个穿黑色风衣的男子暗示的是他妻子出轨的对象？不，不对。甘文峰已经回忆起来了，当时他逃跑的原因是因为财务紧张。而且，如果那个穿黑色风衣的人暗示的是他妻子出轨的对象的话，他就不应该那样离开。他是男人，有着最起码的尊严。

嗯，这个梦越来越有意思了。此时，沈跃更加觉得自己曾经的那个推断是正确的——或许，甘文峰严重的心理问题早已存在。

"好吧，如果你再想起什么来就随时告诉我，好吗？还有，最近你不用天天去康德28号①了，你的情况比较复杂，我需要时间仔细研究一下你的病情。甘医生，我建议你出去走走，不要天天待在家里或者病房，你的心理压力已经够大的了，需要释放一下。你觉得呢？"

甘文峰苦笑着说道："我一个人可以去什么地方？"

其实他是一个内心寂寞的人，而且渴望关爱。沈跃想了想，问道："你妻子明天下午回来是吧？她将乘坐哪一班飞机？你可以把她的电话号码告诉我吗？"

当沈跃一眼看到那个身穿淡绿色风衣，近一米七身高的短发女人出现在咖啡厅门口处的时候，直接就站了起来，道："这里。"

张倩茹朝他走了过去，问道："你是沈跃？你看过我的照片？"

沈跃快速地完成了对眼前这个女人细节的观察。很有气质的一个女人，衣服和挎包都是名牌，但并不是奢侈品品牌，颈上一条细细的白金项链，精致而低调。沈跃微微笑着说道："我没有看过你的照片，不过你和我想象中的样子差不多。"

张倩茹并没有马上坐下，脸上带着警惕的神色，问道："你真的是沈跃？传说中的那位心理学家？"

沈跃觉得她的这个问题有些奇怪，反问道："那你觉得我还会是谁？"

张倩茹坐下了，说道："看来你真的是那位心理学家了。我丈夫他出什么问题了？"

沈跃也坐下，叫了两杯咖啡后看着她问道："难道你一点都没有发现你丈夫最近有什么地方不对劲？"

张倩茹愣了一下，道："他很好啊，不是和他以前一样吗？"

沈跃在心里叹息道：看来甘文峰所说的情况是真实的，这两口子之间几乎很少

① 沈跃的心理诊所。

交流。他说道："从日本回来后，甘医生已经不能再做手术了。其实，现在他是我的一个病人。"

张倩茹的脸色一下子就变了，不过依然保持着镇定，问道："他究竟怎么了？发生了什么？"

沈跃道："前不久他不是随团访问了日本吗？和他一起的一个人死于车祸，可是他非说是他杀害了那个人。从日本回来后他就不能再做手术了，一上手术台手就发抖。"

张倩茹的脸色一下子变得苍白，呼吸也急促起来，颤抖着声音问道："那么，那个人究竟是不是他杀害的？"

沈跃没有想到她会问这样一个问题，愣了一下，问道："你觉得你丈夫会做出杀人那样的事情来吗？"

张倩茹也愣了一下，道："对不起，我是被你刚才的话给吓住了。"

沈跃却不以为然，看着眼前这个虽谈不上漂亮但有着不错气质的女人，问道："你刚才的第一反应不是问我他自以为杀害了谁，而是在关心他究竟是不是真的杀了人，这说明在你的心里他是有可能杀人的。是这样的吗？"

她不说话。

沈跃依然在看着她，道："请你告诉我，你为什么这样认为？你不用紧张，日本警方早已结案，那个人不是他杀害的。你丈夫的心理出现了问题，现在我正在寻找其中的原因。如果寻找不到其中的根源，我就没办法拿出有效的解决办法，所以，我需要你告诉我关于他的一切。"

"他好几次做噩梦，在梦中大叫'我要杀了你，我要杀了你！'，刚才我忽然听到你说起这件事情，一下子就联想到他以前做噩梦的事情了。"

"他做噩梦是什么时候的事情？"

"就是他从日本回来之后。我问过他，他说记不起梦中的情景了，我也就没有多问，谁不做噩梦呢？沈博士，他……那个出车祸的人是谁？"

"这个问题有些复杂，我们一会儿再说。据你丈夫讲，你们夫妻之间似乎很少交流，是这样的吗？"

"这和他现在的情况有关系吗？"

"也许吧。你丈夫的情况有些严重，也比较复杂，我希望能够得到关于他更多的信息，从中分析出根源。"

"他不大喜欢说话，在家里也是。他喜欢看书，讨厌有人打搅他。我也很忙，回家后还要起草报告什么的。我们都习惯了这样的生活。"

"你没说实话。就大多数家庭而言，夫妻都应该有着最起码的交流，否则的话这个家庭根本就不可能维持下去。其实，你也早已意识到你们夫妻之间存在着的问题了，是吧？"

"……"

"你在甘医生这次出国之前对他说，等他回来后就要孩子。这说明你已经意识到你们之间的婚姻存在着很大的危机，但你并不希望你们的婚姻破裂。是吧？可是我不能理解的是，甘医生回国后你们的生活却依然像以前那样继续着，甚至连他出了这么大的事情你都不知道。这又是为什么呢？"

"我太忙了。最近一直在出差。"

"难道你不觉得这只是你的借口吗？难道你认为自己的事业比家庭更重要？"

"……"

"好吧，我们把这个问题暂时放一放。刚才我们刚刚见面的时候，你为什么会怀疑我的身份呢？"

"……"

"也许这是你第一次和心理学家接触，我能够理解你的顾虑。我并不关心你们夫妻间的隐私，但是我有责任治好你丈夫的病。这样的话我也对你丈夫讲过，所以他非常配合我的调查。"

"我……我开始以为你是私家侦探。"

沈跃心里一动，问道："你为什么会那样认为？"

她轻声叹息着，说道："因为他以前跟踪过我。"

原来是这样。对她的这个回答沈跃并不感到诧异和怀疑，相反，他认为这才是最合理的解释。沈跃问道："他跟踪你的时候被你发现了？"

她点头，端起咖啡喝了一口。沈跃注意到了她手指上的那枚婚戒，精致、典雅，上面那颗小小的钻石在光线的作用下璀璨了一瞬。他又问道："后来呢？"

她忽然变得有些激动起来："我当然不可能去揭穿他！我假装什么都不知道，因为我知道，夫妻间一旦产生猜疑也就意味着婚姻的结束。反正我没有做过对不起他的事情，随便他调查、跟踪。"

沈跃想不到她会采用这样的方式，很是惊讶，问道："难道你就不能主动去向他解释、沟通？"

她反问道："这样的事情解释、沟通有用吗？我不到三十岁就是副处级了，很快又被提拔为正处级，背后不知道有多少人在说我的坏话，难道要我一个个去解释？解释了又怎么样？人家会相信我的解释吗？这个社会就是这样，对我们女人不公平，对年轻人不公平。所以，我唯一能够做的就是，该干什么还是继续干什么，用自己的成绩说话。"

她在撒谎。她激动的表情将她的谎言快速地掩饰了过去。不过她的话依然让沈跃的内心震惊了好一会儿。是啊，在当下的社会里，女性和年轻人的奋斗尤为艰难，就连我都多多少少有着一些那样的想法和猜测。他看着眼前这位脸上带着凄楚同时又显露出一些坚毅的女人，顿时对她产生了一丝敬意。他知道，并不是每一个女人都能够做到像她那样坚韧。

沈跃叹息着说道："你说得很对，不过我能够理解甘医生的那种想法，毕竟他是你的丈夫。"

张倩茹惊讶地看了沈跃一眼，内心忽然涌起一种感动，点头道："我知道，所以我从来不去责怪他人，包括我的丈夫。不过我还是很伤心，正如你所说的那样，他毕竟是我的丈夫啊……"

沈跃点头道："到目前为止，我大致了解你们夫妻之间存在的问题在什么地方了。说到底就是：你们都是站在各自的立场去衡量对方。当然，你们之间还是有着最起码的理解，或许这正是你们的婚姻能够一直维持到现在的原因。不过也正因为如此，才使得你们的婚姻变得越来越脆弱。你说是这样吗？"

她愣了一下，想了想，点头道："你说得对。"

沈跃看着她，问道："你和他是怎么认识的？"

"通过他人介绍，我们见面后都觉得对方不错，恋爱了不到一年就结婚了。"

"其实，你们之间是有真感情的。是吧？"

"是。"

"那么，你觉得他是真的很在乎你吗？"

"应该是吧。不然他干吗跟踪我？而且他一直都对我很好，再忙都会准时回家给我做饭。"

"你怀疑过他吗？"

"他不会出轨。他的圈子很窄，也比较封闭自己，像他那样的人最多也就是在心里想想。这很正常，男人不都这样吗？"

"从心理学的角度上讲，女人似乎更不能容忍男人心理上的出轨，对身体出轨反而比较包容。当然，这只是理论上的东西。不过理论上的东西肯定是具有普遍性的，你似乎和大多数女性的想法不大一样。"

"他不可能身体出轨，思想上出轨的自由难道就不能有？而且即使是他思想上出了轨，我也不会知道，我去管那么多干吗？这不是自寻烦恼吗？"

这一刻，沈跃顿时感到有些恍惚起来——甘文峰究竟有没有身体出轨呢？如果他只是时间记忆上的错误的话……他不能继续像这样分析下去了，好不容易才让自己从刚才的恍惚中清醒过来，说道："我之所以要在这个时间找你谈甘医生的事情，主要是因为他已经对你们的婚姻感到失望了。但是他在目前这样的情况下再也经受不起婚姻破裂的打击了，这一点也许他自己都还没有意识到。从最近几次和他的交谈中我发现，他的内心是自卑的，同时也是非常脆弱的，所以，我觉得你应该抽时间和他好好谈谈。"

张倩茹看着他："你还没有告诉我那个出车祸的人是谁呢。"

沈跃想了想，道："是甘医生大学时候的同学，女同学。"

她的脸色一下子就变了，问道："他们是什么关系？"

这个问题是没办法回避的。沈跃斟酌着说道："也许就像是你说的那样，很可能就是精神出轨。按照甘医生自己的说法，他是在床上掐死了那个女同学，可是他所说的那个时间那个女同学已经在另外一个地方出车祸死亡了。很显然，这不过是他的幻想罢了。现在的问题是，我们必须寻找到他出现那种幻想的原因，让他彻底从那样的幻想中解脱出来。"

她被沈跃的话吓得打了个寒战，喃喃地道："怎么会这样？"

沈跃看着她，道："我之所以把这一切都告诉你，是因为你是他的妻子，是他现在唯一的心理依赖。"

她问道："你的意思是，现在我暂时不要去问他具体的细节问题？我当然不会去问，他都这样了，我不是那种斤斤计较、不讲道理的人。"

真是一个聪明的女人，而且还非常识大体，难怪年纪轻轻就达到了那样的级别。沈跃在心里赞叹着，嘴里却这样说道："不仅仅如此，我还建议你多关心他，最好是能够陪着他出去走走、散散心。你和他是要在一起过一辈子的，而你的职务不会。你说是吧？"

她想了想，道："我尽量安排时间。"

这时候沈跃忽然犹豫了起来，因为他还有一个非常重要的问题没有问。他一边斟酌着，一边说道："我想问你一个非常私密的问题。当然，你可以不回答。"

她淡淡一笑，说道："只要能够让他恢复到正常状态，我什么问题都可以回答你。"

沈跃刻意地让自己去正视着她，问道："你和他一般多久过一次夫妻生活呢？他那方面的能力怎么样？"

她再一次愣住了，却发现眼前这个男人的眼神是如此干净清澈。她的脸一下子就红了，道："大概一周一次吧，他那方面还可以。"

这时候沈跃也感到有些不自在起来，解释着说道："甘医生的病情中涉及这方面的问题……那么，你在经济和夫妻生活的问题上伤害过他的自尊吗？"

她想了想，摇头道："我们除了买房的时候一起商量了一下，平时很少去谈钱的问题。他和我的收入都不错，比上不足比下有余，所以在金钱的问题上我们都比较淡漠。"

看来你还是不了解他啊。沈跃这样想着，听到她继续说道："我们的夫妻生活可能比较少，但每一次都非常尽兴。我们没有要孩子的原因主要是才装修完房子，手上的钱所剩不多，本来想过一两年后再考虑的，不过最近我忽然觉得我们两个人之间的话越来越少了，加上他跟踪我的事情，这些都让我感觉到了危机，所以就觉得还是应该提前要孩子最好。"

听了她的话，沈跃越来越觉得甘文峰的病情没有头绪。他又问道："据我所知，甘医生家里就他这一个儿子，他父母怎么不搬来和你们一起住呢？"

她坦诚地道："过不到一块。他父母是农村的，习惯很糟糕。他父亲老是在家里抽烟，还到处吐痰。他母亲又特别唠叨，反正就是对我各种看不惯。"

沈跃心里一动，问道："你的意思是说，他父母在你们家的时候还有过争吵？那么，甘医生是什么态度呢？"

她说道："道理在我这一方，他当然得听我的。"

沈跃又问道："也就是说，后来是甘医生把他父母送回乡下的？"

她点头，说道："我实在是受不了。其实，他父母在这里也影响到了他，每天回到家里后他根本就没办法看书。对了，他父亲还特别喜欢喝酒，而且非得要儿子陪着喝，喝了酒还怎么看书？"

沈跃在心里暗暗嗟叹。很显然，甘文峰在这件事情上也是承受着很大的心理压力的，而且内心充满着矛盾，不过这样的心理压力和矛盾似乎还不足以让他的内心崩溃。此时，沈跃再一次想起甘文峰讲述的金虹对他性能力的羞辱。对大多数男性来讲，性能力被女性当面羞辱往往是不能承受的，那是男性心理上的底线，因为它直接关乎男性的自尊。而对本来内心就极度自卑的人来讲，那更是一个不能触碰的爆发点。

如果甘文峰只是记忆上的错误，那么一切就都好解释了。但是，假如那段记忆确实是他的幻想呢？如果是这样的情况的话，那就很可能真有那样一个人曾经如此羞辱过他。

也许甘文峰并没有讲出他内心的全部，不过也可能存在着这样的情况：他的潜意识将曾经所受到的羞辱包裹了起来，以至于那样的经历不再出现在他的显性记忆当中。此外，沈跃还非常清醒地意识到，甘文峰和他妻子对他们婚姻状况的叙述是不一样的，这要么是甘文峰夸大了其中的危机，要么是眼前这个女人没有说实话。

03 小 护 士

　　甘文峰的这个病例极具挑战性，这反倒更加引起了沈跃的兴趣。他再一次仔细听了一遍前面两次的录音。也不知道怎么的，他总觉得好像有什么地方不大对劲，可是又一时间不知道那个不对劲在什么地方。旁边的书架上大多是专业方面的书籍，也有小说。随意抽出一本来开始翻阅，注意力却怎么也集中不起来，眼前昏花一片，清醒过来的时候才意识到自己的注意力根本就没在眼前的这本书上面。我刚才在想什么呢？一时间竟然想不起来了，他发现自己竟然出现了很长一段时间的记忆缺失。他知道，这是思维处于游离状态下显性记忆的丢失，如果通过冥想的话，可以找回其中的一部分。

　　不过这没有什么意义，因为思绪纷呈状态下的思考并不能解决眼前的问题。办公室里面静谧得可以听见日光灯管发出的电流声，一直对这种清净非常享受的沈跃忽然有些烦躁，同时还感觉到两边的太阳穴在隐隐作痛——这是一个复杂的病例，复杂到让他越来越找不到方向，甚至时不时也差点陷入虚幻与真实的迷茫之中。

　　虚幻与真实？可是为什么催眠的方式帮助不了甘文峰？难道……这一瞬，一丝灵感在沈跃的脑海里面闪现了一下，而正在这个时候电话响了："沈博士，我是江余生。"

沈跃的脑子里一下子就浮现出这位刑警支队队长的模样来，与此同时，一种极为不祥的预感瞬间将他笼罩，他急忙问道："出了什么事情？"

江余生说道："甘文峰，他把他老婆掐死了。龙总队让我直接联系你。"

沈跃的脑子里面瞬间一片空白，手机差点从手上掉落……

根据江余生提供的地址，沈跃很快就赶到了案发地点。甘文峰的家临江，小区就在他妻子工作的单位附近，位于一栋高层楼房的十一层，三居室的房子。沈跃到达的时候甘文峰已经被警察带走了，他妻子的尸体也已经不在。警方已经完成了案发现场的勘查工作。

是甘文峰主动报的案，就如同他在日本的时候那样，不过这一次确实是他亲手掐死了他的妻子。警察在勘查现场后完全确认了这一点。

甘文峰所在医院的院长也到了现场，江余生将这个人介绍给了沈跃："这是董院长。"

董院长热情地与沈跃握手："沈博士，久闻你的大名了。我是董文超。"

沈跃朝董文超点了点头，心不在焉的样子让这位院长有些尴尬。江余生发现沈跃的脸色苍白得可怕，问道："沈博士，你怎么了？"

沈跃叹息着说道："也许是我错了，也许我不该对甘医生的妻子谈及有些事情……"

江余生不以为然地道："你事先又不会预料到会发生这样的事情……"话未说完，就见沈跃在摇头，说道："我本应该可以早些想到的，是我太愚蠢。不然的话这样的惨剧就不会发生。"

江余生有些惊讶于沈跃的这种自责，问道："究竟是怎么回事？"

沈跃摇头叹息着说道："我也是在来这里的路上才忽然想明白，甘医生很可能是被人催眠了。"

江余生神色一凝，道："催眠？"

沈跃点头，随即将甘文峰的病情简要地讲述了一遍，最后说道："我一直都觉得奇怪，怎么可能在被催眠的状态下依然不能进入他全部的潜意识里面去呢？很显然，是那个催眠他的人在其中做了手脚。"

江余生被他后面的话搞得有些糊涂了，问道："催眠？怎么回事？"

沈跃斟酌着词语，说道："我们每个人的行为和语言都是内心世界在起作用，而心理上有问题的人，他们的行为和语言很可能是怪异的。为了找到其中的根源，我们常常通过催眠的方式进入他的内心世界里面去。而我们每个人的内心世界是封闭的，里面存在着我们每个人最原始的欲望、最真实的想法，所以，催眠就是通往他人内心世界的一把钥匙。江队长，我这样讲你能够听懂吗？"

江余生点头："嗯，我大致听明白了。"

沈跃继续说道："一个人在被催眠的状态下也就完全打开了内心世界的大门，而且在那样的状态下我们大多数人基本上会失去自主思维，他们会非常诚实地回答催眠师所有的问题，因此，心理医生常常通过这样的方式去寻找病人心理疾病发生的根源。但是，如果催眠师的心术不正，给被催眠对象的潜意识里面加入了某些不良的信息，被催眠对象也就会把那样的信息当成是他内心真实的想法而且难以自制。"

江余生的神情更加凝重，问道："也就是说，催眠师甚至可以在他人的潜意识中施加杀人的念头？"

沈跃点头："是的。催眠术仅仅是一种治疗手段，一直以来我总是愿意相信绝大多数心理师的职业底线，像云中桑①那样的心理学家毕竟是极少数，也就因此忽略了甘文峰被人催眠过的可能。现在我真正想明白究竟是怎么回事了，包括甘文峰在日本所发生的事情。"说到这里，沈跃的神情有些激动起来，"我给甘文峰实施过一次

① 曾与沈跃交手过的催眠大师，催眠手段高超却毫无职业底线。

催眠，不过在我给他实施催眠的过程中却遇到了他强烈的抗拒，开始的时候我以为是他自身的潜意识出现了问题，不过现在我明白了，更可能的情况是有人曾经催眠过他，同时还设置了催眠密码，其目的就是为了让别的催眠师无法进入他更深的潜意识里面去，以此隐瞒事情的真相。就甘文峰的病情而言，其实从一开始我就错了。一直以来我以为他在记忆上出现了时间上的错乱，也就是说，很可能他和金虹真的发生过暧昧的事情，只不过时间是在金虹遭遇车祸之前的某一天晚上。"

这时候董院长忽然插了一句话："难道不是那样的吗？"

沈跃摇头道："不是的，而且那样的分析完全错了。现在我基本上可以肯定，这是一起策划非常严密的犯罪，虽然我并不知道策划者真正的意图是什么，但有一点基本上是可以肯定的，那就是甘文峰在潜意识中强烈地抗拒着那个被人施加给他的杀人信号，正因为如此，他在日本的时候才出现了那样的幻觉。"

董院长对沈跃得出的这个结论很惊讶，问道："你的意思是说，甘文峰的心理其实很正常？"

沈跃再次摇头，道："不，他的心理确实有问题，不过还不至于糟糕到无法自控地要去杀人的程度。"

江余生问道："现在我们假设确实是有人催眠了甘文峰，那么你觉得这个人的目的究竟是什么呢？"

沈跃苦笑着说道："到目前为止我还无法做出任何判断。我是心理学家，思考这样问题的角度和警察是不一样的。这里面存在着不少问题需要我去解答。第一个问题就是：那个人为什么选择了甘文峰？然后才是那个人的目的究竟是什么——他真正的目标究竟是金虹还是甘文峰的妻子？或者是别的什么人？"

江余生惊讶了一下，诧异地问道："别的什么人？"

沈跃点头道："有那样的可能。因为到目前为止我对甘文峰的了解还非常有限，不知道在他的生活中还有没有别的……从上次他的幻觉以及这次他掐死自己的妻子这两件事情来看，催眠甘文峰的人很可能是在他的潜意识中植入了杀害某个人，并且还特别强调了'掐死'这个具体的杀人方式……对，还有一种可能，那就是凶手就是针对甘文峰的，他想毁掉这位天才般的外科医生。"

江余生悚然动容，道："你的意思是说……"

沈跃忽然激动了起来，说道："甘文峰的那双手是用来治病救人的，而且甘文峰对自己专业的热爱近乎神圣，一旦他的双手成了杀人的工具，这位天才般的外科医生也就彻底被毁掉了。现在我似乎有些明白了，在今天之前，其实甘文峰并不完全相信真的就是他杀害了金虹，那个幻觉不但是他内心对抗他人施加给他潜意识的杀人命令的结果，更是一种发自他内心深处的极度恐惧。"说到这里，沈跃对眼前这位医院院长道，"董院长，我想见一下甘文峰所在科室的护士长。"

董文超不大明白："那位护士长和这起案子有关系吗？"

沈跃忽然笑了："护士长往往是科室里面最八卦的人，难道不是吗？"

眼前这位近四十岁的女人就是甘文峰所在显微外科的护士长。沈跃说出了自己的身份后这位护士长一下子变得热情起来，问道："你是为甘医生的事情来的吧？听说他出事了？怎么会呢？"

果然很八卦。沈跃摇头道："我只是听说他出了事，具体的情况并不清楚。现在我想从你这里了解一些关于他的情况。想必护士长非常了解他，是吧？"

护士长笑道："非常了解谈不上，不过对他的基本情况还是了解的。"

"那麻烦你告诉我他是一个什么样的人，越详细越好。谢谢你。"

"怎么说呢？他是一个好医生，好多病人都要求让他做手术，因为他的手术确实做得非常漂亮，手术的后遗症很少。"

"他收红包吗？对不起，其实我并不关心他违纪方面的事情。"

"病人给他送红包的很多，就是想要他亲自做手术，不过那样的红包他不会收。"

"你的意思是说，有些红包他是要收的。是这样吗？"

"病人在手术前都要送他红包，不过手术后他肯定会退还。病人总是觉得医生不收红包就不会好好做手术，甘医生是非常了解病人心理的人。"

"他和什么人结过仇没有？"

"不大可能吧？你干吗问我这个问题？难道……"

"甘医生的事情……嗯，我觉得这件事情很可能另有隐情。现在我想知道的是，甘医生究竟和什么人结过仇没有，比如他和某个医生，或者病人。"

"不可能。他就是有时候脾气不大好，不过很少与人发生矛盾。"

"有时候脾气不大好是什么意思？"

"外科医生的压力很大，有时候一台手术需要做大半天。他最长时间的一台手术做了近二十小时，发脾气也很正常。"

"我想要知道的是，他发脾气究竟是因为什么事情？"

"我想想……好像没因为什么，忽然就发脾气了。有一次他正在开医嘱，护士在旁边接了个电话，他忽然就生气了，差点把护士的手机给砸了。那件事情过了不多久，还是那个护士，她又在值夜班的时候打电话，他就真的把人家的手机给砸了。结果第二天他又跑去给人家买了个新的回来。"

"他给那个护士道歉没有？"

"好像没有。"

"他除了朝护士发脾气之外，对其他医生和病人也这样吗？"

"他对病人特别好，和其他医生的关系也不错。"

"科室的护士是不是都很害怕他？"

"还好吧。他大多时候还是很温和的，对人也比较客气。"

"那个被他摔了手机的护士是不是很恨他？"

"不啊。她因此得到了一个新手机，好几千块呢，她高兴得不得了。"

"你怎么看这样的事情？"

"医生和护士本来就不平等，这有什么好说的？"

"你们科室的其他医生也这样？"

"其他的医生要好些。甘医生比较傲气，毕竟人家的技术是最好的。"

这可不是什么傲气。那是因为他内心积聚的压力太大，需要一个发泄口。

从心理学的角度上讲，童年时期的贫困或许会在一个人的内心烙印下自卑的影子，但奋斗和成功的过程是可以让一个人变得真正自信起来的。而很显然，甘文峰在学术上是非常自信的，即使是他到了日本、面对同行的时候也是这样。因此，沈跃不得不去思考这样一个问题：这样一个已经取得博士学位，在医疗技术上有着一定地位的人，为什么却依然无法克服他内心深处的自卑呢？

沈跃一边思索着，问道："其他的呢？比如他主要的缺点是什么，还有，他以前是否有过你认为比较怪异的行为，等等。"

"……好像没有。"

"他的经济状况怎么样？你了解吗？"

"我们科室的医生收入都不错，他是骨干，手术多，收入不比其他人差。对了，我忽然想起了一件事情。有一次科室发奖金，每人五千块钱。当时我手上拿着钱让他签字，结果他一把就从我手上把钱拿过去了，猴急猴急的，周围的人都惊讶地看着他，这时候他才反应了过来，脸一下子就红了。"

"这是什么时候的事情？"

"两年前吧。"

这应该是一个潜意识作用下的动作。当时他特别缺钱？或者是潜意识中对钱特别在乎？沈跃又问道："平时他请客吃饭吗？"

"请啊。科室的医生会轮流请客吃饭，他请客的时候很大方，都是高档酒楼。"

"他请客的时候会不会喝醉？"

"他酒量小，每次都醉。"

"醉了怎么付账呢？"

"刷卡啊，还不至于醉到忘记银行卡密码的程度吧。"

"他有过什么绯闻没有？"

"怎么可能？那么老实的一个人。"

沈跃的内心有些失望，他发现这位护士长对甘文峰的了解其实非常有限。那个十分在乎钱的潜意识动作和请客时候的大方恰恰就是自卑的表现，除此之外并无其他的发现。不过这反倒很正常——像甘文峰那样的人应该没有什么朋友，也许真正了解他内心的人就是他自己。也许，他对自己的了解也很可能十分有限。

刚才在来这里的路上沈跃反复回忆了那天催眠甘文峰的过程，心里更加坚信自己的判断。沈跃相信，任何人做任何事情都是有着心理动机的，那个人选择甘文峰绝不是兴之所至、随机而为。他想了想，问道："护士长，那个被他摔了手机的护士今天在上班吗？她叫什么名字？"

很显然，叶新娅已经知道了甘文峰家里发生的事情，当她面对沈跃的时候脸色苍白得让人不忍再看她一眼。不过沈跃却一直在观察着她，因为他第一眼就发现了从她眼里闪过的那一丝惊恐。她，究竟在害怕什么？

这是一个二十多岁的女孩子，一米六二左右的个子，不算漂亮但模样清秀。沈跃注意到，她的指节显得有些粗大，想必她是出身于贫寒家庭，曾经长期做体力活。刚才沈跃问过护士长，眼前这个女孩子是护理本科毕业，目前还没有谈过恋爱。而沈跃注意到了她那显得有些散乱的眉毛，心里顿时一动，问道："甘医生的事情你已经知道了，是吧？"

她点头。鼻翼微微颤动了一下，眼眶里面一片晶莹。她是在强忍着不让自己哭出来。沈跃更加觉得自己刚才的那个感觉是对的，温言说道："甘医生的情况我比较清楚，反正我是不相信他会故意杀人的。不过现在我们必须要把有些事情搞清楚，这样的话或许可以帮帮他。"

他将"我们"这两个字说得比较重，这是心理学家常用的暗示性语言。叶新娅的眼泪瞬间就流下来了，轻声抽泣着问道："你需要我做些什么？"

沈跃看着她，真挚地道："什么都不需要你做，你只要对我说实话就行。请你相信我，我只是一位心理学家，会保护好你的隐私的。"

叶新娅揩拭了一下眼泪，仰起头来看着沈跃："你想知道些什么？"

沈跃看着她，问道："你和甘医生是什么时候好上的？"

她的脸一下子就红了，哆嗦地道："我……"

沈跃依然在看着她，问道："是不是在他赔了你手机之后？"

她点头。沈跃似乎明白了，又问道："虽然他没有当着别人的面向你道歉，但私底下还是对你说了对不起。是这样的吗？"

她却在摇头，说道："不，是我主动去找的他，因为我知道他压力很大，虽然他摔坏了我的手机，但不应该赔那么昂贵的。"

其实沈跃并不关心她和甘文峰的情感问题。很显然，或许这件事情使得他们两个人的关系一步步靠近。不过沈跃现在最关心的是另外一个问题：究竟是谁选择了甘文峰作为催眠对象，或者是，究竟是谁采用了那样的方式去报复他。沈跃问道："你谈过恋爱没有？"

她摇头，脸再次一下子红了。

沈跃问道："也就是说，你的第一次是和甘医生？"

她的脸更红了，却没有回答他的这个问题。沈跃不愿意放弃这个问题的答案，他知道，人与人之间的冤仇无外乎利益，感情的冲突其实也是利益的一部分。刚才，沈跃注意到叶新娅杂乱的眉毛，这说明她很可能不再是处子之身。

沈跃是心理医生，他一直都认为街头的那些算命先生所应用的也不过是比较简单的心理学知识，所以，他曾经特地去和他们交流过。他发现，那些算命先生除了通过细心观察他人表情、精神状况之外，还特别注重面相的研究。其实心理学也是要研究面相的，不过中国传统文化中的面相之术却更加神秘，虽然至今无法解释其中的原理，但确实有着一定的准确性。沈跃认为所谓的面相之术或许是一种统计学规律。比如，眼角向上的女性比较轻佻，嘴唇厚的男性往往不善言辞、为人忠厚，等等。当然，沈跃并不完全迷信这样的东西，只不过是将它作为观察他人的一种参考方式罢了。

此时，沈跃见她红着的脸闪过一丝怒意，急忙解释道："对不起，刚才有个情况我没有向你说明。情况是这样的，现在我非常怀疑甘医生是受到了某个人的催眠，所以才做出了那样可怕的事情来。既然你和甘医生有着比较亲密的关系，我就必须要排除某些可能。你明白我的意思吗？"

她似乎明白了，摇头道："不可能是他。"

她刚才的反应和此时的话似乎已经回答了刚才的那个问题——甘文峰并不是她的第一个男人？沈跃即刻问道："你说的这个'他'是谁？"

她沉默着。

沈跃依然在看着她，说道："我知道，你是真心爱着甘医生，他也是如此。不过他并不是为了你才杀害了他的妻子，现代社会，离婚并不是一件特别困难的事情。甘医生是被人催眠了，是有人要毁掉他。你明白我的意思吗？"

04 董院长

两年前那个秋天的晚上，叶新娅独自一人在校园内徘徊。马上就要毕业了，班上的同学大多与用人单位签了约，她却依然处于犹豫之中。找到工作是没有问题的，如今的护理本科非常受欢迎。可是，难道我必须得回到那个偏远的小县城，每个月领着两三千块的工资，一辈子就像父辈那样在贫困中过去了吗？不，我不甘心……

这时候她忽然想起白天时候那位护理部主任的话来："董院长的爱人长期瘫痪在床，他家里需要一位护理，如果你答应的话，今后留在这家医院就是一件非常简单的事情。"

叶新娅问道："他家里以前有护理吧？那个人呢？"

护理部主任道："她要结婚了，不能再兼职去做那份工作。"

叶新娅的心里隐隐有些不安，问道："就只是负责护理他老婆？"

护理部主任的眼神闪过一丝怪异，却被叶新娅真真地看在了眼里。护理部主任说："当然。你放心好了，董院长家里有钱，他不会亏待你的。还有，你实习鉴定的事情医院这边会为你处理好的。"

叶新娅似乎读懂了护理部主任那一闪而过的怪异眼神，正因为如此她才在犹豫中没有马上答应，也因此才会一个人在这虫鸣声不断的夜色中徘徊。万一是我理解错了呢？即使就是那样，只要能够留在这家医院工作似乎也值得。她知道，这家医院的护士一个月可以拿到七千多块。

一个人的选择说到底就是心理的问题，一旦想明白了其中的利弊，抉择也就变得果敢起来，甚至会不顾一切。叶新娅停止了徘徊，放弃了犹豫，拿出手机拨打了护理部主任的电话："我答应。但是只做到毕业之前。"

护理部主任说："这得你自己去和他商量。"

不多一会儿后，护理部主任给她打来了电话，告诉了她一个地址，让她马上去那个地方。她心里还是有些害怕的，问道："现在？"

护理部主任说："你以为董院长很闲啊？现在他正好在家。"

于是她匆匆地去了。那是一处位于市中心的小区，花园洋房，护理部主任正在小区的门外等候着她。护理部主任见到她后仔细瞧了她一眼，责怪道："你这一身穿的是什么啊？土里土气的。"

在来这里的路上叶新娅一直在想着一个问题，这时候她直接就问出来了："为什么选我？"

护理部主任也斜着眼睛看着她，说道："难道你不需要钱？不想留在这大医院？"

护理部主任的话戳到了她内心深处最虚弱的那个地方，而且使用的是高高在上的也视眼神。叶新娅刚刚挺起的腰一下子就软了下去。卑微的人想要拥有尊严是一种奢侈，除非你心甘情愿继续卑微下去。叶新娅在心里悲哀地对自己说。

董院长的家好大，里面的装修比医院里面的单人病房还豪华。不过里面太空旷，冷清得让她禁不住打了个寒战。董院长看着护理部主任和她微微一笑，招呼道："进来坐吧。"

护理部主任说："我还有别的事。董院长，我和她都说好了，具体的事情您直接吩咐她做就是。"然后又看了叶新娅一眼，道，"这是你的福气和机会，你要好好听话。"

护理部主任离开了，带上了房门。叶新娅一下子就紧张起来，她感觉到自己的双腿在颤抖，脚趾尖紧紧地抓着鞋底。董院长看着她，点了点头，道："你跟我来。"他的声音不大，但是带着不可抗拒的威严。他说完后就朝楼上走了去，叶新娅哆嗦着身体跟在他身后，她看不见前面那道楼梯的尽头处。

楼梯尽头有三间房，客厅左边一间，右边两间。董院长去打开了右边靠近楼梯处的那道门，叶新娅一下子就闻到了一股医院特有的来苏尔混杂着药物的熟悉气味。她跟着走了进去，一眼就看到床上躺着的那个人。

她就是董院长的妻子，一个四十多岁的女人，脸色有些苍白，短发，看上去干干净净。她看到了叶新娅，没有说话。董院长柔声对她说道："小张走了，这是小叶，是医院的实习护士。"

董院长的妻子朝叶新娅笑了笑，依然没有说话。董院长道："你实习的事情我明天就去给医务科打招呼，不会有任何问题。从明天开始，你每天要定时给她做按摩，家里的饭你也要做，菜谱在厨房的墙上，我会给你钱去买菜。有时候我晚上会回来吃饭。"

叶新娅已经放下心来，问道："她会说话吗？"

董院长摇头，道："你每天陪她说说话，她能够听得见。小叶，你出来下。"

叶新娅跟着他出去，走了两步后转身看了床上的董夫人一眼，忽然发现她的眼角处有眼泪在流出……

下楼回到客厅，董院长告诉她如何开电视，然后带着她去了厨房。果然在厨房的墙上有一张菜单。厨房很大，董院长打开了冰箱，里面还有不少肉类和蔬菜。

再一次来到客厅，董院长打开了一道门，道："这是你的房间。"

房间有些小，除了一张床之外就没有了多余的空间。叶新娅点头。董院长看着她，问道："你会按摩吗？"

叶新娅回答道："在康复科实习的时候学过。"

董院长点头，转身道："你跟我来。"

再次上楼，不过这次董院长打开的是楼梯口左侧的那道门。这个房间特别大，那张宽大的床特别显眼。里面有电视和沙发。董院长去打开了衣橱，从里面拿出一套内衣，还有护士服，指了指旁边的那道门："里面是洗漱间，你去洗洗后换上。"

虽然叶新娅早有思想准备，但刚才已经打消了顾虑。这一刻，她的全身再一次哆嗦起来，连同声音也在颤抖："你、你要干什么？"

董院长用下巴点了点床头柜处，说道："我得体验一下你的按摩技术究竟怎么样。如果你的技术不错，这钱就是你的，工资另外算。"

他的目光中充满着欲望，叶新娅固然单纯也瞬间明白了他的意思。不知道是为什么，这一刻的她反而变得非常冷静，说道："我还是第一次。"

董院长忽然笑了，走到床头柜处打开抽屉，从里面又拿出一沓钱来，道："够了吗？"

叶新娅看着他，脸上带着决绝，摇头道："毕业后我要去你们医院上班，最好的科室。"

董院长微微一笑，道："没问题。显微外科，一个月的收入不会低于一万块。"

沈跃可以从叶新娅细微的面部表情和情绪变化中敏锐地抓住她内心最柔弱之处，从而让她做出最终的选择。很显然，她对甘文峰是有着真切的纯粹的感情的，即使那样的感情不道德。可是，当单纯的叶新娅真的讲出了那一段隐藏在她内心已久的、难以启齿的往事的时候，沈跃瞬间感觉到有一种让人窒息的难受将他笼罩。

叶新娅似乎感受到了沈跃的内心，顿时变得不安起来，颤抖着声音对沈跃说道："沈博士，你可是向我保证过要替我保密的……"

沈跃朝她点了点头，道："当然。其实现在你的内心已经开始在怀疑了，怀疑一切都是那个人所为，是吗？"

她没有回答，猛然间站了起来朝外边跑去。

董文超的眼神中带着惊讶，不过很快就变成了热情："沈博士，你怎么亲自到我办公室来了？"

沈跃对眼前这个人早已没有了一丝的好感，淡然地道："董院长，我专程来问你一个问题。"

董文超笑道："哦？那你随便问吧。"

沈跃看着他："董院长，你是不是真的希望甘医生的病能够治好？"

董文超惊讶了一下，紧接着脸色一下子就沉了下去："你这话是什么意思？"

沈跃淡淡一笑，问道："恐怕你内心的真实想法并不是这样的吧？"

虽然董院长的涵养一贯很好，此时也按捺不住有些生气了。沈跃明显看到了他眼神中闪过的那一丝凌厉，却依然目不转睛地看着他。没有人知道此时沈跃内心的兴奋：眼前的这个人很可能就是催眠甘文峰的人，现在，他就要完蛋了！

"那天晚上，我把自己的贞操卖给了他。"此时，沈跃正凝视着眼前的这位医院院长，耳边叶新娅的声音在回响。

董文超站了起来，身体朝着沈跃所在的方向前倾了过去，看着他，从牙缝中漏出冰冷的声音："你这是在怀疑我？为什么？！"

沈跃哂然一笑，道："甘文峰抢了你的女人，所以你就要毁掉他。难道不是这样吗？"

董文超愣了一下，忽然就笑了，摇头道："你把我想得也太不堪了，我会为了一个女人去干那样的事情？"

沈跃当然不会被他的话所蒙蔽，说道："难说。至少你有那样的动机。"

董文超坐了回去，点上一支香烟："那你为什么来找我，而不是直接让警察来将我带走？"

沈跃摇头道："我没有确凿的证据。而且我希望你能够去自首，马上解除施加给甘文峰的催眠密码。"

董文超一下子就笑了起来，不住咳嗽："我……我可不是什么心理师，根本就不懂得什么催眠术。"

沈跃道："可是你有钱，要找一位愿意替你做那种事情的心理师并不难。"

董文超将烟头摁进烟缸里面，冷冷地道："沈博士，我原以为你真的像传说中的那样超能，想不到竟然是徒有虚名。既然你没有任何关于我的证据，那我们之间的谈话就可以到此为止了。"

沈跃戏谑地看着他，说道："且不说别的，就是你猥亵单位的女职工，用那样的手段迫使实习护士满足你的兽欲，这就足以让你身败名裂了。接下来警方要调查你犯案的证据也就容易多了。是吧？我的董大院长？！"

说完后，他毫不犹豫地转身，忽然听到董文超沉声说道："沈博士，你等等！"

沈跃转身去看着他，微微笑着问道："怎么，你害怕了？"

董文超却在摇头，直视着他说道："我为什么要害怕？我根本就不是你以为的那种人。"说到这里，他竟然长长地叹息了一声，眼神也变得温和了许多，温言说道，"沈博士，你想过没有，如果催眠甘文峰的那个人根本就和我没有任何关系，你却因此伤害了叶新娅，那时候你将如何自处？"

他说的是真话。沈跃心里一震，问道："不是你？"

董文超叹息着说道："叶新娅这孩子，太单纯了……沈博士，你错了。你想想，如果我真的要害甘文峰，会把他推荐给卫生厅去参加访日的学者代表团吗？半年前我还把他提拔为科室的副主任，在我们这样的医院里面，有这样的先例吗？我是真正地爱惜他的才华，而且希望他能够走得更远。"

沈跃发现他脸上的表情非常真诚，问道："他和叶新娅的关系你早就知道了是吧？难道你真的一点都不在乎？"

董院长淡淡一笑，道："我为什么要在乎？我妻子瘫痪在床多年，我不想放弃她，我和她是真感情，别的女人对我来讲只不过是为了满足生理上的需要。仅此而已。你是心理医生，应该理解我这样的需求。"

沈跃问道："你妻子瘫痪在床很多年了？"

董院长点头，叹息着说道："医院里很多人都知道。二十多年了……"

沈跃心里震动了一下，说道："那是你的私事……但是叶新娅不一样，你应该明白我的意思，对那样的女孩你不可能一点不动情。因情生恨，这才符合心理逻辑。更何况你是医院的院长，掌控着这所医院所有医生的命运，甘文峰染指了你的女人，难道你就一点不在乎？不，你是男人，是雄性动物，叶新娅的第一次属于你，在你的潜意识中或许她就是你的私有财产，有人侵犯了她就是侵犯了你的尊严。董院长，我说得没错吧？"

董院长不得不承认沈跃刚才的分析是正确的，点头道："是的，你说得没错。一年前，当小叶来告诉我说从此不再和我有任何来往的时候我差点接受不了。我问她是不是谈恋爱了，她说是。我又问她对方是谁，当她说出'甘文峰'这个名字的时候，我愤怒得想要马上找个借口开除那个家伙。"

"一年前？"

"是的。"

"她的要求不是只干到实习结束之前吗？"

"想不到你什么都知道。小叶太单纯了……"

"我明白了。你两次说到她太单纯了，所以你对她是既爱又愧疚，你对她很快从单纯的金钱和利益关系变成了真感情。可是我不明白的是，作为三甲医院的院长，要找女人还不容易？为什么非得对医院的护士、实习生下手？"

"我和我妻子情深意笃，我不可能舍弃她。但是我需要女人，没有女人，我的内心随时都可能崩溃……"

"也就是说，其实你妻子知道你的这些事情，而且这也得到了她的默许？抑或是，这本身就是她的意思？"

"是的。这个世界上最了解我、知道我的人就只有她了。她需要我，不希望我的精神崩溃。我也需要她，她是我这辈子唯一的精神寄托。我知道，她不能离开我，一旦离开了我，她的生命随时就会结束。所以，我不能出任何事情，必须一直伴随在她的身边。我不能违法，我的收入足以维持这个家庭，甚至还比较富足，所以，我不会使用手上的权力去和他人做任何交易，跟我有关系的女人都是自愿的。此外，我是医生，也不可能去娱乐场所发泄欲望，那种地方太脏。"

沈跃愣了一下：难道我的分析错了？眼前这个人根本就不是催眠甘文峰的人？不然的话他根本就没有必要在我面前承认那些事情。他承认，说明他胸怀坦荡，只不过不希望因为这样的事情名誉受损，不管怎么说他的那些事情是见不得光的，所以，在这样的情况下，坦承，反倒成了最好的方式。

正这样想着，就听到董文超继续说道："但是小叶不一样，她真的很单纯。最开始的时候我以为她和其他女孩一样，无外乎就是要钱，要一份不错的工作。可是后来我发现她做事情非常尽心尽力，我妻子也非常喜欢她。家里的钱就是放在显眼的地方她也从来不会去拿，有时候还用她自己的钱去买菜。当她实习结束的时候，我和妻子都发现这个家已经离不开她了，我对她说，你继续做下去吧，医院的岗位我给你留着。她不同意，说那样今后没有保障。我理解她的顾虑，就对她说，还是住在我家里，我再去请一位钟点工。她答应了，不过提出了一个条件。就这样，她又在我家里干了一年，一直到她和甘文峰产生了感情。"

"她向你提出了什么条件？"

"……一周只能要她一次。我答应了，因为我发现自己其实并不是真的特别渴望那样的东西，有她在这个家里，我的内心就很容易得到平静。可是我万万没有想到她会和甘文峰发生感情……"

"然后呢？"

"开始的时候我确实很愤怒，不过就在那几天遇到了一件事情，那件事情彻底改变了我的一切。"

"哦？什么事情？"

"前不久不是爆发了全国各大医院骨科的医疗器械收受回扣的事情吗？我们医院也受到了波及，上级部门不但调查了我们医院的骨科，同时也调查了我和医院的几位副院长，我们的骨科主任和一位副院长被抓了，我当然是没有问题的了。不过这件事情对我的影响特别大，我忽然意识到，有些事情虽然并不足以让我进监狱，但完全可以让我从现在的位子上下去，如果真是那样的话，我这一辈子的努力，我的名誉都会化为虚有。如果我完蛋了，我的妻子也活不了多久。那一刻，我彻底醒悟了，所以，我主动提出了让小叶离开我家。那段时间我感到非常痛苦，是的，我喜欢她，但是我反复问我自己：她可能一直留在这个家里吗？我可以因为她而放弃我的爱人吗？答案显然是否定的……"

"可是你还是害怕，因为你不能失去现有的一切。"

"是的，我不能失去，我不能冒险。你是心理学家，或许你能够理解我所做的那些事情。小叶离开了我家之后，我忽然觉得自己好像变了一个人似的，我发现自己的内心真的变得平静起来，欲望也不再像以前那么强烈了。有一天我对妻子说了自己的这种感受，她微微一笑，对我说：我知道，总有一天你会彻底回到这个家里的。当时我大吃一惊，问她道：你不是不能说话吗？她掉下了眼泪，说：我早就可以说话了，只是不想说罢了。我问她：为什么？她流着眼泪对我说：我在等你，等你全部回到我的身边。如果你真的选择了某一个年轻女孩，想要和她过一辈子，我就会自己死去。当时我也流泪了，我忽然开始痛恨我自己……"

"你们的孩子呢？"

"我妻子生孩子大出血，昏迷了近一年才醒来，然后就一直瘫痪在床。孩子没有了。这些年来我一直对妻子不离不弃，很多人视我为榜样，从道德的高度给予了我很高的评价，其实他们并不知道我内心的痛苦，其实我也曾有过多次的犹豫。"

"但是你也因此得到了许多，比如年轻的女孩，还有一直非常稳固的现在的位子。"

"是的。所以，无论是从我对妻子真实的感情上还是自己所拥有的现有的一切来讲，我都觉得自己这辈子所有的付出都是值得的。人生就是这样，必须要去选择。"

"也就是说，后来你根本就不在乎甘文峰和小叶的事情了？"

"甘文峰是一个非常优秀的外科医生，这一点不容置疑。其实他的婚姻似乎也并不幸福，优秀的男人不大可能只有一个女人。难道不是吗？"

"可是，小叶毕竟曾经是你的女人，你也对她产生了真正的感情，难道你就一点都不为她的选择感到痛惜？"

"那是她自己的选择，就如同她当初选择了到我家里一样。到了我这样的年龄，在经历了差点到来的危机之后，我仿佛在一夜之间就看透了人生……人生其实很简单，少一些欲望，多一些真实。仅此而已。可惜的是我以前不懂。"

沈跃沉默了，他发现，眼前这个人刚才所有的话都是发自内心的。

董文超又点上了一支香烟，同时拿起烟盒对沈跃说道："我在单位抽软中华，在家里抽的却是普通的十来块钱一包的香烟。其实这就是人生，因为在家里我不需要在他人面前显示自己的优越。"

沈跃准备离开，他的内心已经被震撼。这时候他忽然发现董文超的眼神中闪过一丝决绝，顿时心里一动，问道："你是不是准备退了？"

董院长的眼神中闪过一丝惊讶了，点头道："是的。人无百日好，花无百日红，人这一辈子要知退让、懂屈伸。沈博士，谢谢你今天警醒了我，现在我急流勇退，或许才能够真正保全自己这一生所拥有的一切。"

从董文超的办公室出来，沈跃的心里嗟叹不已。其实这才是一个有血有肉的真实的人——他自私，充满着欲望，但是始终坚守着职业的底线，而且数十年如一日地陪伴着自己的爱人；他睿智，大事不糊涂，能够超乎常人懂得进退之道……

是的，正如董文超所说的那样，或许只有他这个心理学家才能够理解他曾经做过的那一切。沈跃知道，一个人要克制自己内心的欲望是多么艰难。此时，沈跃不由得开始重新去思考那个让他一直以来都觉得非常神圣的词：爱情。他顿时感到有些迷茫——所谓爱情，它究竟是什么？

从楼上下来的时候，沈跃看到一个年轻漂亮的女孩子正在上楼，她身上的白衬衣看上去特别醒目。像这样的女性在医院里面经常可见，一眼就可以看出她是一位医药代表。沈跃也禁不住多看了两眼……权力之下，欲望与诱惑往往是共生的，董文超能够经受住这样的诱惑，这本身就说明了他的与众不同。

可是，接下来该怎么办？沈跃在心里问自己这个问题。他想了想，拿起电话给江余生打了过去。

"正说要找你。甘文峰的情况好像有些不大对劲。沈博士，麻烦你到我们这里来一趟。"沈跃刚刚拨通电话，还没有来得及说话就听到江余生这样说道。

05 触发点

　　也许不少人都对刑警队这样的地方有一种发自内心的畏惧，沈跃认为这或许与人类潜意识中的原罪暗示有关系，也可能是源于对国家机器的恐惧。刑警队门口处的牌匾仿佛有一股无形的威压，让许多人禁不住停下脚步。不过沈跃早已熟悉了这样的地方，基本上可以做到无视。沈跃一见到江余生就问："甘文峰究竟出了什么状况？"

　　江余生道："甘文峰到了刑警队后情绪变得有些激动，还出现了用头撞墙的自残行为。为了防止意外，我让人给他注射了镇静剂。今天上午他的情况还比较好，再一次向我们讲述了他杀害妻子的过程。可是后来他就变得有些狂躁起来，他用右手掰断了左手的手指。就那样一下，他左手的食指和中指一下子就被他掰断了，我们猝不及防……"江余生摇着头对沈跃说道，一边在叹息，"他对自己真狠啊，就那么'咔嚓'一下，折断的手指关节处穿破了皮肤……"

　　沈跃禁不住一哆嗦，连声音都变得有些颤抖起来，问道："现在呢？他现在的情况怎么样？"

　　江余生道："一会儿你跟我去看看吧。医生已经处理过他的伤了，再次给他注射了镇静剂，现在他变得像个傻子一样，看到我们就傻笑。"

沈跃皱眉想了片刻，对江余生道："我想听听当时甘文峰的报案录音，以及你们在现场发现的具体情况。"

"110，110吗？我杀人了！我好像把我老婆杀死了！"110接警员听到电话里面传来惊慌失措的声音，心里一惊，不过依然用平静的语气问道："你好，请问你叫什么名字？家住在哪里？"

"我叫甘文峰，我杀死了我老婆。你们快来，快来啊！"电话里面传来的是几乎歇斯底里同时又非常绝望的声音。接警员问道："请你告诉我你现在所在的地方好吗？"

甘文峰即刻说了住址，紧接着是喃喃自语般的声音："我再去看看，看看她是不是真的死了……我怎么会那样做呢？这究竟是为什么啊……呜呜！"

警讯立即被接警员传到甘文峰住家所在的刑警支队，因为事涉命案，江余生亲自带人前往。夜幕下的城市警灯闪烁，警笛凄厉，路人纷纷驻足。

甘文峰家里的门是开着的，江余生带着一行警员持枪蜂拥而入。客厅里面所有的灯都是开着的，明亮得有些晃眼。江余生朝其他警员做了个手势，所有人都保持着警戒停在了客厅里面。江余生朝着里面大声叫道："我们是警察，甘文峰，你双手抱头，慢慢走出来！"

不多一会儿，甘文峰出来了。他身上穿着睡衣，头发凌乱，脸色苍白得可怕，嘴唇抖动得厉害，双手抱着头，刚刚走到警察面前就一下子摔倒在了地上，嘴里喃喃说道："我杀人了，我杀了她！怎么办，怎么办啊……"

江余生手下的刑警个个都训练有素，其中两人即刻去给甘文峰戴上了手铐，法医和另外的人快速进入里面的卧室。

床上的女人穿着睡衣，双眼凸出，舌头也长长地伸出在嘴巴外边，死者的双腿挺直，双臂弯曲状，这显示死者生前奋力挣扎过。人类和其他动物一样，求生的欲望极其强烈——在她死亡前的那一瞬,最后的挣扎结束,双腿紧绷着放下,由此放弃了求生的努力,而她的双手必定依然死死地抓住杀人者身上的某个部位,那是在哀求,在做最后的无谓的反抗……

法医检查完毕,朝着江余生微微摇头叹息着说道:"已经没有了生命特征。死者是被人捏住颈部窒息死亡的。"

作为刑警队队长,江余生见过的血腥犯罪现场实在是太多了,眼前这样的场景更是司空见惯,他点了点头,从卧室走了出去。此时甘文峰已经被警察带到客厅的沙发上坐下,他的脸上依然带着恐惧,但是情绪已经平静了许多。江余生坐到了甘文峰面前,看了一眼他手上的手铐,对一位警察说道:"把他手上的那东西解开。"

警察打开了甘文峰手上的手铐,江余生点上了烟,随即抽出一支朝甘文峰递了过去:"来一支?"

甘文峰摇头,抬起头看着眼前这位警察,哆嗦着说道:"我杀人了,怎么办?"

江余生吸了一口烟,说道:"说说,你为什么要杀害她?究竟发生了什么?"

甘文峰回答道:"我们吵架了……她骂我是个神经病,还是一个没用的男人。也不知道怎么的,我一气之下就把她给掐死了。"他将双手抬起放到眼前,手抖得非常厉害,"我,这双手怎么会杀人?我为什么要那样做……"

情况很清楚了,也非常简单,就是激情杀人。江余生对一个警察说道:"你们几个先把他带回去吧,先做好笔录。尸体已经检查完了,也一并带走。剩下的人好好检查一下这个地方,看还有别的情况没有。对了,马上通知医院的负责人来一趟。"

听完江余生的情况介绍,沈跃问道:"甘文峰到了你们这里后讲述的情况和他前面说的有什么不同吗?"

江余生道:"到了这里后,甘文峰的讲述要详细得多。你听听他当时的供述录音吧……"

张倩茹回到家里的时候甘文峰正在用笔记本电脑上网。张倩茹问道："在忙什么呢？"

甘文峰的视线没有离开电脑屏幕，说道："你已经和沈博士见过面了，是吧？"

张倩茹的声音非常温柔："嗯。对不起，是我对你的关心不够，我不知道你……"

甘文峰淡淡地道："你什么时候关心过我？"

张倩茹原本是一腔柔情，却想不到迎来的是如此淡漠的回应，顿时就有些生气了，道："那，你又什么时候关心过我呢？"这时候她忽然意识到甘文峰是一个病人，"文峰，我觉得我们是应该好好谈谈了。这些年来，我们都在忙各自的事情，平时交流得太少，特别是我这个当妻子的，对你发生了那样的事情都毫不知情，我感到很内疚……"

甘文峰叹息了一声，道："也许，现在已经晚了。我再也做不了手术，已经成了个废人。"

张倩茹看了下时间，说道："你会好起来的，沈博士对我说了，只要找到你问题的根源，就一定能够治好你。文峰，今天我去做饭，吃完饭后我们再好好谈谈。"

其实甘文峰的内心充满着颓丧和失望。在与沈跃的交谈中，他从对方的脸上看到了无能为力的无奈，而沈跃那些鼓励的话仅仅是一种安慰。他的内心是带有希望的，可是却总是被失望所笼罩。

张倩茹做饭的手艺其实不错，只不过平时很少动手，她已经习惯了回家享受甘文峰所做的美食，但是从来没有想到会让一直默默付出的甘文峰的内心因此而产生不满。而现在，当张倩茹将几道精心烹制的菜肴端上桌之后，甘文峰淡淡地说了一句："原来你会做菜啊？"

张倩茹并未留意到甘文峰语气的不对劲，笑着说道："不一定有你做得好吃。你尝一下，如果你觉得好吃的话今后我经常做就是。"

甘文峰简单尝了几口，味道是不错，不过他实在没有吃东西的兴趣，很快就放下了筷子，起身离开了餐桌，说道："你慢慢吃吧，我不大舒服。"

其实他们两个人的生活一直都是这样，也许两个人都已经习惯了这样的方式：淡然，清净，也还算得上温馨。可是这一刻，无论是甘文峰还是张倩茹，都感受到了两个人之间巨大的隔阂。张倩茹也顿时没有了吃东西的兴趣，放下碗筷后快速收拾妥当，走到甘文峰身旁对他说道："文峰，我们真的得好好谈谈了。你觉得呢？"

甘文峰没有去看她，视线依然在电脑上，说道："我心里烦得很，改天吧。"

张倩茹看了他一眼，轻轻叹息了一声，道："好吧……"

甘文峰一直在网上看着有关催眠的介绍，他不能理解自己为什么对沈跃的催眠出现抗拒。后来他累了，双眼涩得厉害，随即去洗了个澡。从洗漱间出来后才注意到张倩茹早已经洗漱完毕，正躺在床上翻看着一本时尚杂志。头发蓬松、面色红润的她看上去是那么美丽，她在看着甘文峰，目光中含情脉脉。

甘文峰在心里叹息了一声，到床上她的身侧躺下。张倩茹放下手上的杂志，将身体依偎在了甘文峰的怀里，柔声对他说道："文峰，我们要个孩子吧。"

甘文峰差点伸出手去拥抱她，不过双手却停留在距离她身体不到五厘米的空气中，他很快就将手退缩了回去，说道："睡吧。我有些累。"

张倩茹撒着娇嗲声道："文峰，你答应了我的，答应了从日本回来后我们就要孩子的。"说着，她的手就到了他的双腿之间，温柔地揉搓……这一刻，甘文峰忽然想起在日本时候的事情，内心也莫名其妙地升起一种厌恶的情绪，他侧过身去，用背对着她，闷声道："睡吧。"

张倩茹却没有要罢休的意思，她的手再次伸去他的那里，努力着。一会儿之后她才发现有些不大对劲："文峰，你这是怎么了？难道你真的不喜欢我、厌恶我了？"

甘文峰转过身去看着她，说道："你不要以为我什么都不知道，你身上的有些气味是永远洗不掉的，你不是学医的，但我是。你不知道男性荷尔蒙是可以浸润在女人的血肉之中的，我见过你的那位领导，你现在身上都还有那个男人的气味。我早就知道了，只是不愿意挑明而已。实话对你说吧，我也早就在外边有别的女人了，所以，我们还是离婚吧，就这样客客气气、平平和和地分手。"

张倩茹一下子僵在了那里，她听到甘文峰继续说道："虽然我也出轨了，按道理说我们两个人应该是互不相欠，不过我是男人，我做不到明明知道自己的妻子和别的男人上床却假装什么都不知道，我无法容忍有人在我背后指指戳戳。所以，我们离婚吧，这样对我们两个人都好。"

张倩茹惊呆了，双眼直直地看着他。忽然之间，她爆发了，一记耳光狠狠地扇在了甘文峰的脸上，拳头、手指疯狂地在他的身体上雨点般落下、抓扯，她的整个人在这一瞬间疯狂了："你这个神经病，你这个疯子，你这个没用的男人！你这辈子就不该结婚，你和你父母一样就应该住在农村……你浑蛋，没用的男人，你怎么不去死?！"

也就在那一瞬间，甘文峰的脑子猛然间"嗡"了一下，"腾"的一下从床上翻转身，用他那双长期给病人做手术训练出来的强有力的双手紧紧掐住了张倩茹的脖子。那一刻，他的脑子里面仿佛就只剩下了一个念头：掐死你，我要掐死你……

即使是长期接触各种恶性案件，即使是第二次听到这样的供述，江余生依然感到毛骨悚然，背上的寒毛瞬间直立，特别是在他后来意识到甘文峰很可能并不是激情杀人，而是被人催眠所致之后。作为一名资深警察，他还从来没有接触过这样的案例，所以他不禁想，如果有人将催眠术广泛应用于犯罪的话，其后果不知道会有多么可怕。可是让他感到诧异的是，此时眼前的这位沈博士却平静得出乎意料，禁不住问道："沈博士，你发现什么不对劲的地方了吗?"

沈跃一直在静静地听着录音，其间好几个地方让他出现了怦然心动的感觉，他注意到的不仅仅是甘文峰所讲述的过程，而是其中的某些细节。他一边思索着一边说道："我觉得他的供述有些奇怪。我和甘文峰探讨过他婚姻的问题，我认为他们夫妻之间的关键问题是相互沟通不够，甘文峰也十分认同这一点。张倩茹也默认了我的这种看法。可是甘文峰为什么依然拒绝和自己的妻子沟通呢？"

江余生道："也许是甘文峰忽然想到自己的妻子在外边有别的男人，他实在无法说服自己去和她沟通。这一点在甘文峰的供述中说得非常清楚。"

沈跃摇头道："可是张倩茹似乎并没有承认那个事实。对不起，我只是从心理学的角度在分析其中的问题。甘文峰说，男人的荷尔蒙会浸入女人的血肉之中，他可以闻到自己妻子身上别的男人的气味。这似乎更像是一种想象，或者说是对妻子是否真正出轨的试探，更像是在为他自己出轨寻找借口。当然，这也可以从另外一方面去理解。不过他其中有句话似乎有些特别，不知道你注意到没有……他说：实话对你说吧，我也早就在外边有别的女人了，所以，我们还是离婚吧，就这样客客气气、平平和和地分手。"

江余生诧异地道："这句话有什么特别的？"

沈跃道："自从我接触甘文峰开始，他的言行以及刚才他供述的语气和内容，很明显地给人一种感觉就是他已经不希望和张倩茹继续生活下去，甘文峰早已有着强烈的离婚愿望。而且从他的供述中可以得知，离婚这两个字也是甘文峰提出的。他提出离婚的理由很简单，那就是他认为张倩茹早已出轨。从大多数人的心理来讲，这一条理由就已经足够了，可是他为什么要把自己已经出轨的事情讲出来呢？"

江余生愣了一下，点头道："是啊，这确实有些奇怪。"

沈跃却在摇头，说道："其实也不奇怪，他那样讲只不过是为了在张倩茹面前获取一些自尊罢了。作为男人，很少有人能够容忍自己妻子出轨的现实，所以他也用出轨的方式去获取心理上的平衡。不过他的内心依然是屈辱的……张倩茹对我讲过，她和甘文峰的父母合不来，因为那两位老人特别唠叨，而且甘文峰的父亲习惯不好，喜欢在家里抽烟、随地吐痰。甘文峰没办法，只好将父母送回乡下，但这对甘文峰来讲依然是一种屈辱……"

江余生忽然道："等等。既然这样，甘文峰在受到张倩茹突如其来的辱骂下做出了极端的事情也就不奇怪了啊？"

沈跃摇头道："不，关键是他在日本的时候曾经出现过幻觉，在他的那个幻觉里面他杀害了金虹，而且也是用掐死的方式，这就很不正常了。更关键的是，我在催眠甘文峰的过程中他出现了抗拒。"

江余生道："这件事情我听你讲过。一个人如果没有被人催眠过，会出现那种抗拒的情况吗？"

沈跃摇头道："不会。一个人在被催眠的状况下几乎是没有任何自主思维的。我说过，催眠就如同一把进入某个人潜意识的钥匙，一旦进入对方的潜意识之中就会畅通无阻。所以，很显然，甘文峰曾经受到过他人的催眠并在他的潜意识里面设置了催眠密码。"

江余生若有所思："原来是这样……"

沈跃道："甘文峰心理上的最大问题是他在日本的时候出现了杀人幻觉，而在他的那个杀人幻觉中，也是因为金虹对他的辱骂才触发了他的催眠点，让他瞬间进入催眠状态并开始执行杀人的指令。也就是说，如果真的是有人催眠了甘文峰，那么触动他那个催眠点的就应该是张倩茹辱骂他的那些话中的其中一句。嗯，让我想想……据甘文峰回忆，他在幻觉中听到金虹这样辱骂他：阳痿，没用的男人，穷光蛋，屌丝，狗日的……我明白了，触发甘文峰催眠点的那个词很可能就是'没用的男人'！肯定是这样！我要马上见甘文峰，或许现在我就可以证明这一点！"

江余生一下子站了起来："我马上带你去见他。"

甘文峰的右手被铐在床栏上，左手打着醒目的石膏。沈跃一见之下顿时皱眉，同情心顿起，对江余生说道："他现在还只是犯罪嫌疑人是吧？这样对他是不是太残忍了？"

江余生解释道："主要是为了防止他自残。我们有专人在看着他，他有任何合理的要求我们基本上都会满足。"

沈跃没有再多说什么，来到甘文峰床前。甘文峰的双眼是睁着的，目光呆滞，眼神空洞得像失去了灵魂。

这一瞬，沈跃的心里猛然间升起一股悲悯，轻声呼喊着他："甘医生，甘医生……"

甘文峰的头缓缓转向了他，目光依然呆滞，眼神还是那么空洞："你是谁？"

沈跃的心里一紧，问道："你不认得我了？我是沈跃啊，你不记得我了？"

甘文峰摇头道："我不认得你。"

沈跃的心情愈加沉重，问道："那你还记得这里是什么地方吗？记得你是怎么来到这里的吗？"

甘文峰的目光再次投向天花板，他在回忆，一会儿之后摇头道："记不得了。"

沈跃在心里叹息：他的病情越来越严重了，现在，他是彻底将自己封锁了起来。人类的动物本能之一就是逃避危险，在极度的危险面前出现昏迷以及失去片段记忆就是具体的表现形式。很显然，现在甘文峰的潜意识就已经启动了这样的本能。不过这并不影响沈跃马上要进行的验证，而且这样的验证也并不会对甘文峰造成任何伤害，因为那样的方式仅仅是刺激到了他人给甘文峰的潜意识里面设置的那个激发点而已。

沈跃看着他，声音忽然变得森然起来："我知道你为什么会在这个地方，因为你是一个没用的男人！"

甘文峰愣了一下，目光瞬间变得凶狠起来，他死死地盯着沈跃，怒道："你说什么？"

没有人知道这一刻沈跃心里的紧张，他依然在看着甘文峰，冷冷地道："我说，你是一个没用的男人！"

甘文峰的面目变得更加狰狞，他一下子就从床上坐了起来，全然不顾那只被铐在床栏上的手，双手手指紧绷弯曲着朝向沈跃，嘶声咆哮着吼叫道："我要杀了你，我要杀了你！"

果然如此。这一刻，虽然沈跃已然证实了自己的猜测，但是心情却更加沉重。他实在想不明白究竟是谁会对这样一位优秀的外科医生下手，而且采用的是这样的方式。这样的方式是从灵魂上毁掉一个人，其中所包含的怨恨，令人不寒而栗。不过，策划者也很可能有另外一种目的……

过了十来分钟，甘文峰终于清醒了一些，他痴痴地看着自己的那双手，喃喃自语着说道："刚才我这是怎么了？我好像杀人了？"

本来沈跃是可以马上唤醒他的，但是他必须仔细观察甘文峰被激发了催眠点之后全部的过程。这虽然残酷，但必须这样做。沈跃见甘文峰终于清醒了些，温言对他说道："没事，你就是做了个噩梦而已。"

"他不可以继续待在这个地方。刚才我已经证实，他确实被人催眠过，所以，他并不是真正意义上的犯罪嫌疑人。以他目前的状况，你们应该送他去接受治疗。"沈跃对江余生说道。

江余生从身上摸出香烟来，里面还剩下最后一支，他点上，深吸了一口，用空空的烟盒接着香烟灰，说道："沈博士，有些事情不像你以为的那么简单。甘文峰是自首，他杀人也是事实，即使我现在完全相信了你的结论，但从法律程序上讲还需要进一步去论证，除非是能够马上抓到那个催眠甘文峰的人。沈博士，你是心理学家，这个案子我们需要得到你的帮助。"

沈跃有些急了："可是甘文峰目前的情况，如果再这样继续下去，他就彻底被毁了……"

江余生朝他摆手道："我看这样吧，他还是住在这里，接下来就请专家专门为他治疗。沈博士，你看这样可以吗？"

沈跃感到有些无力，道："好吧。"

江余生将烟蒂在烟盒里面撚灭，高兴地道："太好了。沈博士，你现在对这个案子有什么好的建议？"

沈跃沉吟着说道："我觉得接下来首先要搞清楚这起案件所针对的究竟是甘文峰还是张倩茹，或者有别的什么目的。"

江余生道："对方催眠的是甘文峰，针对他的可能性当然是最大的。你说呢？"

沈跃点头，道："是的。不过其他的情况必须首先排除，不然的话后面的调查就很容易出现方向性的错误。很显然，嗯，这就是我要说的第二步……催眠甘文峰的这个人想必非常了解甘文峰，而且必定近距离和他接触过，不然的话根本就不可能对他实施催眠。"

江余生心里一动，问道："和甘文峰一起去日本的学者中有没有心理医生？他会不会是在那个时候被催眠的？"

沈跃苦笑着说道："从我怀疑甘文峰曾经被人催眠过就想到了这一点。我专门上网查看了那次去日本访问的学者名单，其中并没有心理科的医生。不过这也不能排除其中的可能性，说不定在他们当中就有人学习过催眠术。此外，日本的心理学发展在全世界都是比较超前的，如果是有人雇用了日本的催眠师也很难说。所以，现在我们只能一步一步地来，先确定对方所针对的人究竟是谁，然后找到背后的策划者，这才是最关键的。"

江余生拍了拍沈跃的胳膊，真挚地道："沈博士，毕竟你是心理学家，你的思维方式和我们警方完全不一样，我想拜托你完全按照你自己的思路去调查这起案子。

对了，龙总队也是这个意思。如果你在调查的过程中有什么需要的话，尽管对我讲，好吗？"

　　沈跃没有拒绝。无论是为了甘文峰的病情还是出于对这起案件的好奇，他都认为自己必须要把这件事情搞清楚。不过他一直没有把甘文峰和叶新娅的事情讲出来，不仅仅是因为承诺。甘文峰已经是受害者，如果没有确凿的证据，最好不要让更多的人受到伤害。特别是叶新娅，董院长在沈跃面前不止一次说到，她是一个单纯的女孩……

06 传言

　　董文超兑现了他当初的诺言，叶新娅大学毕业后就到了这家三甲医院的显微外科上班。其实叶新娅并不知道，现在的护理本科专业非常受欢迎，董文超仅仅是给护理部主任打了个招呼就解决了这个问题。

　　也许是心理上的原因，叶新娅从第一天上班开始就总觉得周围的人看她的目光有些不大对劲，而且她也在鄙视着自己。董文超对她确实不错，不过那毕竟不是爱情，而是交换。所以，刚刚上班的那段时间叶新娅总是处于一种恍惚的状态，她试图集中精力工作却偏偏又不能。直到有一天，她终于出事了。

　　这天，叶新娅刚刚执行完一个病人的医嘱不久，这个病人就出现了严重的药物过敏反应，很快就进入休克状态。护士长叫嚷地询问叶新娅究竟什么地方出了问题，这时候甘文峰已经开始抢救病人，同时批评护士长道："病人的生命和医护人员的责任究竟哪个重要？这一点你还分不清？"

　　病人终于从死亡线上被抢救了过来，很快地，其中的问题也搞清楚了：叶新娅将医嘱上前后两个病人的抗生素用错了，而这个病人恰恰对青霉素类药物过敏。董文超在叶新娅就业的问题上做得比较隐秘，即使是护士长也不知道叶新娅的背景。科室里面出了这么大的事情，护士长的第一个想法就是舍卒保车，她对甘文峰说道："这是严重的医疗事故，我们不能因为她个人的责任让全科室没有了这个月的奖金。"

甘文峰知道，如果护士出了严重的医疗事故，她这个护士长也会有责任的，因为科室的每一位护士在执行医嘱之前护士长都必须仔细核查并签字。虽然大多数科室并没有认真执行这一条，但医院的规章制度在那摆着。护士长的意图很明显，那就是将全部责任归于叶新娅一个人。

甘文峰道："小叶的家庭情况似乎不大好，找到这份工作不容易。这件事情我来处理吧。"

甘文峰如实地将情况对病人和病人家属讲了，也告诉了他们叶新娅的情况，最后真挚地说道："我希望你们能够原谅她，不管怎么说这起事件也不会对病人的身体造成什么后遗症，当然，我们也会在你们的治疗费上面酌情减免一部分的。"

其实大多数病人还是善良的，就如同人群中总是好人占多数一样。这个病人是一个车床工，因为操作失误造成了右手大拇指、食指被削掉，幸亏断指没有被污染，甘文峰又及时地做完了手术才使得他的两根手指得以保全，现在甘文峰亲自出面请求他们的谅解，病人和病人家属也就没有再计较什么。事情就这样圆满地解决了，无论是护士长还是叶新娅都因此对甘文峰心存感激。

叶新娅非得请甘文峰吃饭，甘文峰推辞不过只好去了。吃饭的地方是一家五星级酒店，两个人坐下后叶新娅局促不安地、感激地对甘文峰说道："甘医生，谢谢你帮了我。我不知道该如何报答你，只好请你到我所知道的最好的地方来吃顿饭。我的钱不多，也就只请得起你吃这一顿饭。"

甘文峰一听，站起身来就拉着她离开，说道："走，我们换个地方。"

当甘文峰拉着她手的那一瞬间，她感觉到内心骤然间战栗了一下，竟然就毫无反抗地跟着他走了。到了酒店外边后甘文峰才松开了她的手，真诚地对她说道："你没有必要这样，我大致了解你的家庭情况，知道你不容易。现在我们是同事，我帮你也就是举手之劳。走吧，我们随便找个地方去吃就是。"

那天，甘文峰带着她去了一家大排档，吃完饭后是叶新娅付的账，甘文峰一点没有抢着要付钱的意思。叶新娅很高兴，心里对他更是感激。后来两个人慢慢熟悉起来，中午的时候甘文峰还请她吃过几次饭。有一次两个人正在吃饭的时候叶新娅的电话响了，叶新娅拿出手机后急忙转身，说了两句后就挂断了电话，然后快速将手机放回衣兜里。就在第二天，甘文峰第一次摔了她的电话。

那天，沈跃听到这里的时候问叶新娅道："当时你的那个电话是谁打来的？"

叶新娅回答道："我家里的电话。"

沈跃似乎有些明白了，问道："当时你使用的手机是什么牌子的？"

叶新娅的脸红了一下，回答道："很便宜的一个手机……"

不需要她进一步叙述，沈跃就已经明白了甘文峰摔她手机的大致原因，不过他依然不明白叶新娅为什么要那样选择。他问道："甘文峰已经结婚，这一点你应该是知道的。可是你为什么还是选择了他？"

叶新娅过了好一会儿之后才回答道："像我这样的女孩子，已经失去了最宝贵的东西，能够被他喜欢，这已经是我的福气了，而且他答应过要一直对我很好。"

当时，沈跃唯有在心里叹息，问道："甘文峰后来是不是经常给你钱，或者给你买东西？或者，他专门为你和他买了房子？"

她的身体哆嗦了一下，说道："没有。我不会要他的钱。"

沈跃没有怀疑她刚才的话。对眼前这个女孩来讲，男人的钱在她的潜意识中或许就是代表着耻辱和失去，而那样的耻辱和失去却是她曾经的选择。

沈跃又问道："甘文峰知道你和董院长的事情吗？"

她微微地摇着头说道："我不会告诉他，永远也不会。"

从刑警队一出来，沈跃就禁不住开始回忆起那天与叶新娅见面时候的情景来。

此时他忽然意识到一点：其实甘文峰的情商并不低，只不过他的表达方式有些与众不同罢了……不，也许不是这样的。嗯，甘文峰的内心除了在专业上其他方面都是充满着自卑的，也许他觉得叶新娅和自己是同一类人，也许他是被叶新娅的朴实、清新所吸引，于是他才想出了如此大胆而又别出心裁的追求方式。

从甘文峰曾经的叙述中可以感觉得到，他在金虹面前、在妻子面前，情商几乎等同于零，可是当他开始对叶新娅实施追求的时候，他的情商却在骤然间出现了井喷的状态。这究竟是为什么？嗯，也许还是因为潜意识中的自卑。

这一刻，沈跃忽然想起那天叶新娅对他说过的那句话来：像我这样的女孩子，已经失去了最宝贵的东西，能够被他喜欢，这已经是我的福气了……是的，这应该是叶新娅内心最真实的想法，其实她的内心也充满着自卑，而且在做出了那样的选择之后，她内心的自卑也就变得更加严重。不过她依然能够承受，因为她认为那是她应该付出的代价。

也许，从叶新娅想到要请甘文峰吃饭的那一刻起，她的潜意识里面就已经准备好了更多的付出。当时她在那家五星级酒店对甘文峰所说的话或许就是一种发自潜意识的暗示。或许，她依然认为那是一种必须，当然也是一种心甘情愿。

董院长说，小叶是一个单纯的女孩子。是的，从某种角度上讲，她确实足够单纯——获取了他人的帮助、受到了他人的恩惠就必须要报答，在如今这样的社会，像她那样的女孩子已经不多了。

不过很显然，后来叶新娅是真正爱上了甘文峰，否则的话她不会告诉沈跃这一切。

也许，甘文峰对叶新娅的感情也是真挚的。他们有着同样的家庭背景，他们的内心也是同样的充满着自卑，这样的两个人在一起的时候当然非常容易就碰撞出火花，而且，或许甘文峰也因此而享受到了爱的自由。

爱的自由？当脑海里面忽然出现这个词的那一瞬间，沈跃禁不住眼前一亮——

是啊，我怎么觉得每次和甘文峰交谈的时候总是压抑得慌？想必是他灵魂中透出的阴郁影响到了我的情绪。很显然，甘文峰的生活是极度压抑的，特别是他的婚姻。此外，他的奋斗并不一定都是为了改变过去而产生的动力，其中或许也是为了内心阴郁的宣泄。

所以，甘文峰的灵魂是不自由的，从来都没有自由过。但是，他追求自由的渴望依然存在，而且越来越强烈。比如，他和叶新娅的感情，还有他幻想中与金虹的出轨都是他极度渴望灵魂自由的表现。

甘文峰没有对我讲实话，或许张倩茹也是如此。难道造成如今这一切的根本原因还是在他们两个人的感情生活上面？想到这里，沈跃忽然觉得自己被黑暗笼罩着的思维仿佛被撕破一条缝隙，一丝光亮瞬间从那条细细的缝隙照射了进来。

张倩茹生前是省外经贸委某部门的处长，沈跃看完了警方提供的关于她的全部资料后对江余生说道："从这些资料中我看不出什么来，这些东西都太正式了，根本就没有反映出这个人最真实的那一面，所以我想进一步去调查一下，不过这需要有你们的人配合，不然的话张倩茹生前单位的人可能不会接受我的询问。"

江余生问道："你想调查死者哪方面的情况？"

沈跃道："我总觉得甘文峰和张倩茹之间的婚姻存在着很大的问题。其实到现在为止有一个问题始终是没有明确的答案的，那就是张倩茹究竟是否早已出轨？在上次我听到的录音中甘文峰的讲述，其实说到底都是甘文峰的猜测，而张倩茹始终都没有承认她出轨的事实，她的话从不同的角度去理解就会有不同的答案。"

江余生点头道："我也注意到了这个问题，不过这个问题有些敏感。据我们目前所了解到的情况来看，张倩茹是外经贸委的一把手一手提拔起来的，外经贸委可是正厅级单位，如果我们没有明确的怀疑指向，最好不要轻易去调查这样的事情。"

沈跃道:"但有些可能必须要排除。你说呢?"

江余生沉吟了片刻,忽然问道:"上次你说甘文峰是被人设置了催眠密码?催眠密码究竟可以起到什么作用?这个催眠密码是不是你说的那个触发点?"

沈跃回答道:"触发点和催眠密码完全是两回事。触发点就是当有人在甘文峰面前说到那个词的时候就会让他进入催眠状态,并毫不犹豫地去执行催眠师施加给他的杀人指令。催眠密码是不让另外的催眠师进入被催眠者的潜意识。从甘文峰的情况来看,他潜意识中的催眠密码设置的地方比较特别,我可以进入他的潜意识,但进入的深度非常有限。很显然,这个人并不在意有人发现甘文峰被催眠过,他的目的只是为了防止甘文峰回忆起究竟是谁催眠了他。可惜当时我在催眠甘文峰的时候并没有意识到这一点,所以根本就没有去做那样的尝试。"

江余生问道:"你现在可不可以再次催眠甘文峰?"

沈跃摇头,道:"他目前这样的状况,我担心会出危险,搞不好就会造成他的精神分裂。"

江余生沉吟了片刻,问道:"沈博士,你能不能想办法解开甘文峰身上的那个催眠密码?"

沈跃苦笑着说道:"基本上不可能。催眠密码太具有随意性了,它可能是数字,也可能是一句话,或者是一段音乐,等等。你想想,假如你是那个催眠甘文峰的人,你设置的密码将会是什么?所以,那个催眠密码就只有催眠师自己知道,其他任何人根本就不可能猜得到。"

江余生似乎明白了,叹息着说道:"看来这件事情确实有些麻烦。"

沈跃也感到有些头疼,道:"还是一步步去调查吧,有些事情是不能走捷径的。"

江余生想了想,对沈跃说道:"这样,你可以去找外经贸委的副主任陈廙了解一下关于张倩茹的情况,一会儿我给他打个电话。"

沈跃点头，忽然想到了一点："这位陈副主任是不是和他的一把手关系不大好？"

江余生微微一笑，说道："沈博士真不愧是搞心理学的。这件事情你去调查最好，毕竟你不是我们警方的人，这样一来也就不会对我们造成太大的压力。"

沈跃不禁苦笑。权力这东西确实非常神奇，即使是相互间互不统属，但级别决定着一个人地位的尊卑，而且具有强大的威力。唯有像他这样的人，因为身处权力的范围之外，反倒不会受到权力的影响而游刃有余，细细想来还真是很有意思。

陈赓不愿在办公室见沈跃，他说下午下班后约个地方一起吃饭。沈跃知道对方是有所顾忌，由此看来张倩茹的死在他们单位反响很大。

沈跃在电话里面对陈副主任说道："这样吧，我现在就过来，在距离你们单位稍远的某个地方找一家茶楼。你看这样可以吗？"

陈副主任沉吟着说道："这样吧，我说个地方，你现在直接去那里。"

沈跃连声答应。沈跃知道，其实对方是很想见他的。正职不出事情，他这个副职也就永无出头之日。这不是官场规则，是人性的阴暗使然。沈跃还明白，那位陈副主任不愿去往他选择的地方，这不单是因为其地位使然，同时也是一种潜意识下的自我保护。

陈赓给沈跃的第一印象并不好。秃顶，架子端得有些大，一见面就不住打量着他，官腔十足地道："我早就听说过沈博士的大名，原来你这么年轻。"

虽然内心反感但是沈跃却依然保持着淡然。作为心理学家，他见过各种各样的人，甚至有的人一见面就用极具侮辱性的语言进行辱骂，而在一位心理学家的眼里，所有人的言行都只不过是其内心的映射罢了，他们其实很可笑，也很可怜。沈跃微笑着点头，说道："是的。我是沈跃。"

　　沈跃的这种不卑不亢让陈庚有些反感，皱眉说道："如果不是因为江队长的电话，我是不会和你见面的。"

　　沈跃淡淡笑了笑，说道："我知道。其实我也是义务为警方服务，尽一个公民的义务罢了。不过我还是很感谢你，毕竟你是领导，能够抽出时间来很不容易。"

　　陈庚听了这番话后心里觉得稍微舒服了些，道："你想知道些什么？"

　　沈跃问道："张倩茹的工作能力是不是特别强？"

　　陈庚点头道："当然。不然怎么会那么年轻就到正处级了呢？"

　　沈跃看着他，问道："这是你的真心话？"

　　陈庚淡淡地道："当然。我们单位像她那样的年轻女性当处长的可不止一个，能力都很强。"

　　沈跃微微一笑，补充了一句："年轻女性，还很漂亮。是吧？"

　　陈庚面无表情地道："我们单位比较特殊，干部年轻化很正常。"

　　沈跃岂会听不出他的言不由衷，问道："那我就直接问吧。陈主任，张倩茹的生活作风怎么样？"

　　陈庚摇头，道："具体的我不清楚。不过关于她的传言很多。"

　　沈跃看着他："关于她和你们一把手之间的传言？"

　　陈庚："传言罢了。"

　　沈跃："传言总有来源吧？无风不起浪，是吗？"

　　陈庚："我就知道一件事情：有一天张倩茹的男人到了我们单位，给了孙主任一耳光后就直接离开了。"

　　竟然有这样的事情？由此看来甘文峰对我隐瞒了很多事情。沈跃又问道："那是什么时候的事情？"

　　陈庚仰起头想了想，道："两年前吧？嗯，是那个时候，当时是冬天，正在下雪。"

这座城市的冬天很少下雪，在沈跃的记忆中确实只有两年前曾经下过一场大雪，由此看来这个时间点没有错。

沈跃问道："后来呢？那位孙主任被扇了一耳光后有什么样的反应？"

陈庹道："没什么反应，他就说这个人疯了。这件事情在单位影响挺大的，不过他毕竟是一把手，大家也只能在背后议论。"

沈跃觉得有些奇怪，问道："这样的事情都没有影响到他的位子？"

陈庹淡淡地道："人家有背景呢，这样的事情算什么？"

背景？沈跃在心里苦笑，作为心理学家，有时候他还真是搞不懂权力的复杂性。他又问道："你们单位的收入应该不错吧？像张倩茹那样的部门和级别，她一年下来能够拿到多少钱？"

陈庹道："二十来万应该有吧，当然，我指的不是工资。"

接下来沈跃又问了一些问题，陈庹都一一回答了，虽然个别的问题他的回答显得有些含糊，但沈跃依然可以得到明确的答案。很显然，眼前这个人并不全然是为了配合警方的调查才回答了这些问题，不过对沈跃来讲，这些信息确实很重要。

现在沈跃基本上可以确定当时张倩茹确实是撒了谎。一个单位的一把手总是喜欢提拔年轻漂亮的女干部，这本身就非常说明问题了。对张倩茹来讲，即使她的能力再强，如果不把握住某些机遇也不一定能够那么快得到升职，所以，她当时所面临的也一样是诱惑与选择，这一点从本质上来讲与当初叶新娅的选择没有任何区别，不过从现在的结果上来看，张倩茹付出的代价无疑更加惨烈。

此外，沈跃同时也非常清醒地认识到，甘文峰向他隐瞒的事情更多，而且还都是最关键性的问题，不过他能够理解，毕竟那些事情涉及一个人最难以启口的隐私，还有尊严。但作为心理学家，他无疑是比较失败的，这一点沈跃并没有替自己做任何辩解，即使是在他的内心里面。

是的，沈跃不能原谅自己这样的过失。现在甘文峰的状态已经让沈跃失去了与他继续交流的可能，他已经彻底将自己封闭了起来，寻找真相的难度也因此而变得更加艰难。

"真相的一部分应该就在现在所掌握的资料之中，我需要静下来慢慢分析……"沈跃在心里如此对自己说道。

07 妻 子

　　对沈跃来讲，他真正想要关注的并不是这起案件本身，但这起案件恰恰又是甘文峰被人催眠后所造成的结果。甘文峰的心理肯定是有问题的，但这不是关键，关键的是他受控于他人。或许正是有人利用了他的心理问题，才策划了这起令人匪夷所思的案件。

　　沈跃知道，就目前而言，尽快破解甘文峰潜意识里面的那个催眠密码才是最为关键的事情。沈跃相信，任何一起刻意策划的事件都是有着目的和动机的。为什么会选择甘文峰而不是别的人？所以，沈跃认为破解这个谜题的关键还是在甘文峰本人身上。

　　听了沈跃的分析，江余生问道："沈博士，我一直有个问题想问你，有没有这样一种可能：其实甘文峰早就策划好了这起杀人案，于是才在此之前伪装自己心理出现了问题，甚至被人催眠的假象呢？他可是医生，不可能不懂得心理学方面的知识。"

　　沈跃举起手朝他摆了两下，说道："不，不可能，至少甘文峰不可能。"

　　江余生问道："为什么？"

　　沈跃道："原因很简单，因为甘文峰最在乎的是他的那双手，他的那双手比他的生命还重要，如果他是装病的话，绝不会出现那样的自残行为。"

江余生沉吟着又问了一句："你就这么肯定？"

沈跃坚定地点头，说道："是的。他是一位优秀的显微外科医生，一直以来他都在试图摆脱内心深处的自卑，这就是他取得成功的根本动力，如果他失去了精巧、灵动的手指，也就等同于自杀。他的手指就如同警察手上的武器，他的事业就像警察的荣誉，等同于生命。而且，我曾经催眠过他，一个被催眠的人是不会撒谎的。"

江余生轻呼了一口气，点头道："你说得很有道理，可是甘文峰现在这样的状况，我们要如何才能够找到更多的线索呢？"

沈跃思索着说道："虽然甘文峰对我和你们警方隐瞒了一些关键性的事情，但是我们可以通过他的性格因素，以及他所有讲述中透露出来的只言片语作为我们寻找线索的依据。毋庸置疑的是，甘文峰的内心是自卑的，而且他的自卑很可能是源于自幼家庭的贫困。不过人群中自幼家庭贫困的人多了去了，并不是每个人都因此而自卑，更何况甘文峰后来的事业发展得非常不错——医学博士毕业，如今更是显微外科的一把刀，可为什么他内心的自卑却依然难以消除呢？很显然，那是因为在他成年之后又遭遇了一些重大事情，从而刺激了他内心深处最敏感的自卑。是的，他自尊心特别强，请客吃饭的时候他会选择最好的地方，明明知道妻子出轨却选择了最大限度的隐忍，因为他的妻子很优秀，放弃这样的婚姻也就意味着他人生的失败。"

江余生提醒他道："可是，甘文峰最终还是生出了离婚的想法……"

沈跃点头道："是的。甘文峰一直试图说服自己维持现状，为了获得心理上的平衡，他也出轨了。虽然到现在为止我们依然不清楚他和金虹究竟有没有过真正的、实质性的两性关系，但是从他所做的那个梦中可以看出，出轨对他来讲根本就没有任何心理压力，仿佛是一件非常自然、理所当然的事情。然而，这样的内心平衡是不可能永久保持下去的，无论是张倩茹提出要孩子的那一刻，还是有人对他施加了催眠的外力作用之下，他内心的平衡就会化为乌有。"

江余生不大明白，问道："张倩茹提出要孩子的那一刻？为什么？"

沈跃解释道："一旦孩子来到这个世界上，也就意味着他们的婚姻将一直维持下去，也就是说，张倩茹是在变相恳求甘文峰原谅她的过去，从此让这个家庭进入正常的轨道。由此，甘文峰就不得不权衡其中的得与失。得，就是他依然是一位优秀的、家庭幸福的外科医生；失，当然就是强制自己继续忍耐，去修复那颗早已被伤害得厉害的自尊之心。而且，从这件事情上我们还可以分析出甘文峰和张倩茹一直以来的这样一种状况：在这个家庭中，张倩茹是高傲的，甘文峰却是屈辱的。也许在张倩茹的内心，甘文峰本来就是一个不需要尊严的男人。张倩茹的出轨表面上是因为升职的诱惑，而本质上却出于她对甘文峰的轻视。她为什么要背叛甘文峰？那是因为甘文峰不能给予她最需要的东西，比如地位、金钱、性的满足，等等。"

江余生问道："那么，这些状况与催眠他的那个人又有什么关系呢？"

沈跃叹息着说道："是啊，这确实是一个问题，是一个关键性的问题。不过我相信，只要我们仔细去梳理，认真去分析，就一定能够找出其中的关联的。江队长，现在有一件事情需要你们核实一下：甘文峰名下究竟有几套房产？他现在住的这套房产究竟是全款购买的还是银行按揭？"

江余生诧异地问道："你为什么要调查这件事情？"

沈跃回答道："我总觉得甘文峰的经济不应该那么拮据。甘文峰和张倩茹一年的总收入加起来有近百万，而且他们又不是刚刚参加工作。甘文峰的父母住在农村，年龄都大了，即使甘文峰给他们一部分钱，也不至于出现他梦中，以及在五千块钱面前产生的那样大的反应。要知道，无论是梦中还是当时他在护士长面前那种奇怪的举动，都是他潜意识中最真实的东西，这说明他在金钱的问题上确实非常没有安全感。"

江余生道："这件事情马上就可以查到。沈博士，你继续。"

　　沈跃并没有将叶新娅的事情讲出来的想法。叶新娅其实是这个社会的弱者，她当初做出的任何选择说到底还是出于自愿，至少她认为那是一种等价交换，而她对甘文峰却是真爱，所以她不会有毁掉甘文峰的想法和动机。沈跃沉吟着说道："甘文峰是一位优秀的显微外科医生，他拯救了不少病人，很显然，他受到报复不应该来自医患关系。像甘文峰那样的人，他的社交圈子其实很小，而且平时也不大多言多语，所以因为工作上的事情与他人结怨的可能性相对较小。我记得甘文峰的供述中，他对张倩茹说，其实他早就出轨了。江队长，你不觉得这句话有些奇怪吗？"

　　江余生不以为然地道："奇怪吗？我不觉得。当时甘文峰不过就是想与张倩茹好说好散罢了。他们两个人之间的感情早已破灭，甘文峰也就没有必要再隐瞒自己的有些事情。不过倒也是，看来接下来我们应该好好去查查甘文峰的婚外恋才是，说不定还真的能够从中找到一些线索。"

　　沈跃却摇头说道："不对！甘文峰在杀害了妻子后立即报了警，按道理说他没有必要在警察面前撒谎，因为他杀人已经成为事实，任何辩解对他来讲都是毫无意义的。而且他也没有对自己杀人的事情做过任何辩解，这是因为他已经将他人强加给他的杀人意识当成了是他自己的。不过他还是撒谎了，他在供述中没有将他妻子早已出轨的事情讲出来。这其实很容易理解，因为他不希望人们知道他一直以来忍受、默认妻子出轨的事实，因为那是懦弱、丧失尊严的表现。所以，他在供述中把妻子出轨的时间放在了最近，而且他在和我交谈的时候也是如此处理的，他只是说他一直怀疑他妻子出轨但是没有任何证据，这样一来人们就可以理解他、认可他的处理方式了，他的自尊也就不至于受到多大的影响。不过他在供述中说他自己早已出轨，这就很有意思了。"

　　江余生的神色一动："哦？"

　　沈跃点头，继续说道："一般来讲，夫妻之间首先提出离婚的那个人应该是无过错方，在张倩茹并不知道甘文峰已经出轨的情况下，甘文峰不应该将自己那样的事情讲出来，这样的话才更有利于他自己才是。可是他偏偏讲出来了，而且还特别强调他早已出轨。所以，这是一件非常奇怪的事情。"

江余生不禁叹服于眼前这位心理医生独特的思维方式，也点头道："是啊，确实是有些奇怪。那你认为这究竟是为什么呢？"

沈跃道："我认为可以从两个不同的方面去理解。不仅仅是去理解他的那句话，而更应该去分析他的潜意识。第一种解释就是：由于一直以来张倩茹对甘文峰的轻视，所以甘文峰试图用那样的方式在张倩茹面前获取自尊。甘文峰为了自尊而维持着婚姻，甚至不得不将父母送回了老家，当婚姻终于破裂，再也不可能维持下去的时候，他谎称自己早已出轨似乎也很正常。还有一种解释就是：他说的是真话，其实他真的早已出轨……"说到这里，他心里一动，"或者是，他真的早已做过对不起张倩茹的事情。"

刚才，沈跃忽然想到陈庚告诉他的那件事情。据陈庚讲，甘文峰在两年前就已经发现了张倩茹与她上司之间不正常的关系，而甘文峰与叶新娅发生关系却是在一年之前。那么，甘文峰说他"早已出轨"是不是另有所指？沈跃继续说道："所以，我建议你们应该进一步去调查甘文峰过去所有感情经历。甘文峰的社会交往很窄，但是他长得很帅，在专业上的成就也比较高，像这样的男人不可能没有追求者。然而这个人有着最大的问题，那就是内心压抑、自卑，由此给人情商极低的印象……"

正说着，江余生的手机响了，他接听了电话后对沈跃说道："甘文峰的名下就他现在住的这一套房子。"

沈跃笑了笑，说道："这就对了。由此看来甘文峰确实早已出轨，养着别的女人，说不定还有孩子。不然的话他那么高的收入怎么会经济上那么拮据呢？"

江余生问道："难道张倩茹不知道他的收入情况？"

沈跃道："张倩茹是一个非常独立的女人，她本身的收入就不错，而且还和上司有着那样的关系，她只需要维系家庭的稳定，免得他人说更多的闲话对自己的事业不利。还有，医生的收入是多方面构成的，像他们两个人这样的夫妻关系，甘文峰也不一定会如实告诉妻子自己真正的收入状况。"

江余生点了点头，满怀期冀地看着他："沈博士，这个案件就拜托你啦。"

沈跃点头。

沈跃离开的时候，江余生朝着他的背影嘀咕了一句："像这样的案子，也就只有他能够破解了。"

天上的阳光有些刺眼，沈跃斜靠在那棵银杏的树干旁，阳光斑驳地洒落在他的脸上。当他看到韩素芬出现在前面不远处的时候，这才缓缓从树下的阴影中走了出来。沈跃并没有直接去办公室找她。观察一个人的方式有很多，一个人在自然的状态下所表现出来的特征更真实。

沈跃来到这位护理部主任面前，微笑着自我介绍："韩主任，我是沈跃。想必董院长已经在你面前说起过我了。"

韩素芬满脸诧异的样子，问道："原来你一直在这里等我？干吗不直接去我办公室？"

沈跃没有回答她的这个问题，道："我想找你谈谈甘文峰的事情。你应该知道这是为什么，是吧？"

韩素芬一下子就笑了起来："你真是可笑，我哪里知道为什么。对不起，我现在很忙，你去找别人吧。"

在刚才对这个女人的观察中，沈跃发现一直有人在热情地和她打招呼，而且她在顾盼之间随时都保持着高傲。她是董文超的人，手上掌握着某些权力，这样的表现很正常。而此时，沈跃分明从她的眼神中看到了惊慌。

沈跃看着她，道："你知道我为什么不去你的办公室吗？因为我并不希望有些事情被传得满城风雨。如今警方已经将甘文峰的案子委托给了我，我发现有些事情或许与你有关，你想要置身事外已经不可能了。韩主任，我的意思你明白吗？"

韩素芬停住了脚步："沈博士，我知道你想问我什么事情，我可以明确告诉你，催眠甘文峰，不，指使人去催眠他的那个人绝不是我。"

沈跃看了看四周，提醒道："韩主任，这里不是谈事情的地方。我也没有怀疑你，只是希望从你这里了解到更多的情况。仅此而已。"

就在医院的对面，那天沈跃和张倩茹谈话的那家咖啡厅，里面的人很少，连轻音乐也没有，不过沈跃感到非常满意。面对眼前的这个女人，以及甘文峰如今的状况，任何文艺的元素都是奢侈的。而且在此时此刻，他的内心也充满着与职业相对立的、极度的好奇——眼前的这个女人，她究竟在董院长的生活中充当着什么样的角色？

两个人刚刚坐下，韩素芬就对跟过来的服务生说道："来两杯咖啡，好点的。再来一些果盘、小吃什么的。"

她是医院的护理部主任，是医院的管理者之一，这样的主动或许是一种习惯性强势的表现，即使是在现在这样的情况下。沈跃顿时想起了张倩茹，她当时最开始所表现出来的也是这样的优越感。韩素芬的话音刚落，沈跃却即刻对服务生说道："两杯速溶咖啡就可以了，其他的都不需要，我们只是在这里谈点事情。"

服务生看了韩素芬一眼，韩素芬似乎有些烦躁，朝他挥手道："好吧，就按照他说的办。"

其实这是一种谈话的技巧，因为询问者要随时保持着主动，而不能被对方所左右。沈跃微微一笑，当服务生离开后问道："韩主任，董院长都对你说了些什么？"

直到此时，韩素芬才真正感受到了眼前这位心理学家的非同寻常之处。她忽然发现眼前这个人的脸上虽然一直保持着淡然的微笑，但是始终给人以可以感知得到的压力，而且他的眼眸是如此明亮，仿佛可以看穿他人内心的一切……她艰难地回答道："他就告诉我说，你知道了所有情况。他还说，你很可能会来找我了解情况，让我把一切都告诉你。"

沈跃愣了一下，不过很快就明白了董院长的想法：在现在这样的情况下隐瞒已经没有任何必要，更重要的是，他完全相信沈跃的职业操守。如此的话，是不是也就可以从侧面真正证明董院长是清白的？他想了想，问道："既然如此，那你刚才为什么要拒绝和我交谈？"

韩素芬的脸淡淡红了一下，反问道："如果你是我，你会不会像我一样拒绝？"

沈跃点头。他明白了韩素芬的意思——无论眼前这位护理部主任是出于什么样的目的去给董院长介绍女人，那样的事情都是见不得光的，她的拒绝说到底就是一种发自内心的、本能的自我保护，以及羞愧感。是的，她的内心应该是存在着羞愧感的，甚至还比较强烈。在这个世界上，即使是大奸大恶之人也会有羞愧感，只不过那样的人是在自私的欲念下一次次将人性善良的那一面抛在了一边罢了。

这一刻，沈跃才真正去注意眼前这个女人的容貌。这是一个五十来岁的女人，皱纹早已爬上了她的眼角，身体发福得厉害，不过从她的身高和脸上鼻子、嘴唇的轮廓可以看出，年轻时候的她或许并不难看。此时，沈跃直接就想到了某种可能，不过却发现接下来的这个问题有些难以问出口，他想了想，问道："除了你之外，还有别的人知道叶新娅和董院长的事情吗？"

韩素芬摇头，此时的她已经渐渐克服了内心的那道障碍，说道："这样的事情怎么可能会让其他的人知道？沈博士，我知道你想要问我什么事情，我直接都告诉你吧。"

当时董文超刚刚在这家医院的外科工作不久，韩素芬将自己的中学同学苏敏介绍给了他，那时候苏敏刚刚大学毕业不久，是一位小学老师，结果这两个人一见钟情，恋爱一年多之后就开始谈婚论嫁，可惜的是后来苏敏因为生孩子大出血而陷入永久的昏迷。董文超对昏迷的妻子不离不弃，一直到她苏醒过来。十多年的时间就这样一天天过去，董文超从普通医生成长为科室主任、医院的副院长，也从医院的集资房搬到了外边商业小区的花园洋房，然而，苏敏依然处于瘫痪的状态，虽然意识清醒但是始终说不出话来。

这些年来，韩素芬也一直保持着和苏敏的友谊，每过一段时间都会去看望她。有一天，当苏敏见到她的时候忽然掉下了眼泪，韩素芬问她怎么了，苏敏抬起右手来朝她比画了几下。韩素芬看明白了，惊喜地问道："你能够动了？我这就去给你拿笔和纸。"

可惜的是苏敏只是恢复了身体右侧的一部分功能，她在纸上歪歪斜斜地写下了几个字：他太苦了，请你帮帮他。

韩素芬不明白她的意思，问道："我怎么帮他？"

苏敏又写道：他需要女人。

韩素芬一下子就明白了，脸也瞬间红透，摇头道："我已经结婚，我和你又是好朋友，不可以。"

苏敏就那样看着她，眼神中带着哀求。韩素芬叹息着说道："这还得看他的意思。"

不多久，董文超回来了，苏敏看了一眼他，然后又去看着韩素芬。韩素芬红着脸将苏敏刚才写下的内容递给他。董文超一下子就将那张纸撕成了碎片，责怪道："这不是胡闹吗？！"

韩素芬的脸更红了，内心瞬间涌起一股羞耻："我……"

董文超看了她一眼，声音柔和了下来："你出来一下。"

就在外边的楼梯口处，董文超看着下面的客厅，叹息着轻声说了一句："我实在忍不住，可是她没有反应，还出了血。是我对不起她。"

韩素芬的心里痛了一下，这才明白苏敏为什么会向她提出那样的请求，低声道：

"她是心疼你。"

董文超转身去看着她，说道："我们不可以。你丈夫和我的关系不错，一旦那样的事情暴露了出去，无论是对你还是对我都不好。"

韩素芬忽然有了一个主意，说道："医院刚刚工作的护士，家庭比较困难的，实习护士也可以，你可以帮她们安排工作。只要是对方愿意，就不会出什么问题。"

董文超想了想，道："等等吧，我很快就要当一把手了，到时候我提拔你做医院的护理部主任，有些事情你安排起来方便一些。"

韩素芬的讲述让沈跃感到非常失望，虽然他并不完全相信其中的真实性，而且也已经发现了她讲述过程中撒谎的地方，但是有一点是十分明确的——眼前的这位护理部主任与甘文峰之间似乎并无交集，也就是说，她似乎并没有要毁掉甘文峰和他家庭的心理动因。

不过沈跃对眼前这个女人是鄙视的。从她刚才的讲述中沈跃注意到了几个细节上的漏洞：从心理学的角度上讲，作为董文超妻子的苏敏向韩素芬提出那样的请求是不合常理的，要知道，爱情总是自私的，更何况那样的请求很可能会将她置于被抛弃的边缘。

性爱是夫妻生活最重要的方面之一，用那样的方式去满足丈夫的性欲，再牢固的情感都可能会破裂。苏敏多年瘫痪在床，丈夫对她不离不弃，这其中的因素或许有很多：董文超对她真正的情感、他事业的需要，以及苏敏的聪慧，等等。

沈跃没有继续询问韩素芬更多的问题。既然她与甘文峰之间并没有太多的交集，询问过多其实也就变成了道德拷问。

在心理医生的眼里，无论是人性中的善还是恶，它们在我们每一个人的潜意识中都是存在着的，能否表现为行为往往是在一念之间，说到底就是每个人的选择——如果选择了善，积极的人生就是对他的回报；如果选择了恶，也就自然会有面对法律和道德准则制裁的风险。而作为心理学家，他们研究的重心应该是心理问题产生的根源，需要回避的恰恰是对善与恶的评判。

于是，沈跃就极其自然地想到了这样一个问题：既然董文超曾经对叶新娅产生过真感情，那么，作为他的妻子苏敏会不会因此而感受到威胁？一个已经瘫痪多年的女人，如果一旦真的失去了自己的丈夫，接下来面对的必将是死亡的结局。死亡，是人类一个挥之不去的噩梦，更是能给人带来无法抗拒的本能的恐惧。这么多年来苏敏选择了坚强地活着，想必她的内心有着比其他任何人都强烈的对死亡的恐惧。

也不知道是怎么的，当沈跃进入这个小区的时候心里忽然产生了一种惶恐。那个瘫痪在床二十多年的女人，她究竟有着什么样的魅力让董文超心甘情愿一直守护着她？她，究竟是不是催眠甘文峰的那个幕后之人？如果真的是她，那……沈跃不敢继续猜测下去，因为他已经感觉到有一股寒意正毛骨悚然地在从后背升起。

来开门的是一位四十多岁、模样普通的女人，她疑惑地看着沈跃，问道："您找谁？"

眼前的这个肯定不会是董文超的妻子，她的身体太壮硕了，应该是董文超后来请的保姆，像这样的一个女人不会再起到叶新娅那样的作用，仅仅是负责照顾苏敏而已。沈跃这样想着，心里也就更加相信了董文超曾经的讲述。他微笑着回答道："你好，我是董院长的朋友，今天特地来看望苏老师的。"

女人客气地请他进去了。其实沈跃使用的是我们大多数人存在着的一种思维惯性，他刚才的话给人的印象隐隐暗示着他的到来是征得了董院长的同意的，这样就能够很快获取对方的信任。

沈跃跨进了眼前的这道门，他在心里对自己说：也许，答案就在这道门的里面……

眼前的这个家看上去非常漂亮，很精致。是的，精致。北欧的装修风格，白色的主色调，米色的沙发方方正正，每一样家具摆放的位置都给人以恰到好处的感觉，似乎没有任何一样多余的东西。到处干干净净，沙发转角处的那一缕绿色竟然给人以惊艳的感觉，它绿得实在是太过沁人心脾。沈跃看了一眼自己手上的那一束康乃馨，跟随着前面的保姆上楼。

保姆轻轻推开了房门，沈跃一眼就看到了躺在床上的那个女人。屋子不是很大，空气中散发着一股淡淡的来苏尔气味，窗外的绿树叶在微微颤动。

"苏老师，这位是沈博士，董院长的朋友。"保姆对床上的女人说道。

"您好。我叫沈跃。"沈跃朝床上的女人打了个招呼，过去将手上的那束康乃馨放在她旁边的床头柜上。他发现，眼前的这个女人面色红润，双目清澈，头发一丝不乱，根本就不像是一个瘫痪在床多年的病人模样。

苏敏脸上露出疑惑的表情，道："我好像不认识你……"

沈跃微微一笑，点头道："是的，我们是第一次见面。我是一位心理学家。"

苏敏皱眉道："文超没有对我说过你要来，我也不需要心理医生。"

沈跃对保姆说道："我和苏老师说会儿话，有什么事情我叫你。"随即才对苏敏解释道，"其实您是需要心理医生的，您说呢？"

苏敏咳嗽了几声，沈跃温言问道："您需要喝水吗？"

她点头。

沈跃刚刚进来的时候就注意到了，眼前的这张床比较特别，是高级病房才会有的全自动病床。沈跃很快就找到连接在床上的那个控制器，摁了其中一个按键，苏敏的身体随着床缓缓抬升……苏敏道："可以了。谢谢！"

沈跃将水杯递到她嘴唇边，她喝了一口，道："谢谢你，沈博士。"她的声音其实很好听，可惜的是稍微有些含混不清。沈跃将水杯放回到床头柜上，随意地问道："苏老师，您知道甘文峰这个人吗？"

苏敏的眼神中露出了惊讶，问道："甘文峰是谁？"

她眼神中露出的惊讶极其自然，与她脸上的表情完全同步，没有丝毫做作的成分。其实从进入这个家的那一刻开始，沈跃就已经对这个女人产生了一种好感，即使是最开始还没有见到她的时候——这栋房子里面处处表现出来的清新自然、干干净净，都弥漫着女主人的气息。董院长的烟瘾很大，但是在这个家里却嗅不到一丝一毫烟草的气味，由此可见他在家里面很少抽烟。也就是说，这个家里所有的布置、所有的干净很可能都是女主人要求的。特别是楼下客厅里面那一缕生机盎然、沁人心脾的绿色，分明就代表着眼前这位女主人的生机勃勃的存在。

沈跃的心里暗暗松了一口气：也许，我开始的猜测是错误的。不过他还是继续问了一句："叶新娅，你还记得她吗？"

苏敏的神色中一下子露出警惕，问道："沈博士，你究竟是什么人？"

沈跃看着她，缓缓说道："甘文峰是一位外科医生，他亲手掐死了自己的妻子，而叶新娅是甘文峰的情人。现在我基本上可以肯定，甘文峰是被人催眠后才做出了杀害妻子的事情。我希望能够尽快找到那个催眠他的人。最开始的时候我怀疑过董院长，不过董院长把你们家的事情都告诉了我，我也曾怀疑过你的好朋友韩素芬……"刚刚说到这里，他发现苏敏皱了一下眉，痛苦的表情一闪而逝，继续说道，"可是我错了，他们都不是我想要找的那个人。"

苏敏直视着他，声音有些冷："所以，你开始怀疑我？"

这是一个非常聪明的女人。沈跃点头："是的。不过现在我感觉到我可能错了。"

苏敏惊讶地问："为什么？"

沈跃温言说道："如果你的内心真的有恨，也不会在过了一年多之后才实施报复。而且我觉得你的内心似乎并没有多少恨，而更多的是痛苦。还有，你是如此的热爱生活，如此的热爱这个家，以及你的丈夫，你的内心充满着阳光，不应该是那样的人。"

其实当沈跃刚刚说出他到这里来的目的的那一瞬，苏敏的内心是非常震惊而且反感的，可是偏偏被他后面的话吸引了过去，随后竟然被感动——她忽然发现，这个世界上最了解自己的人竟然是这位从未见过面的陌生人。苏敏情不自禁地就对沈跃说了一句："沈博士，谢谢你。"

本来沈跃刚才的话就带有一种试探性的意思，而刚才苏敏的话正好证实了他的分析。沈跃摇头说道："既然你与甘文峰的事情没有关系，那我就不需要继续问你更多的问题了。苏老师，打搅了。"

可是苏敏却即刻叫住了他："沈博士，陪陪我说说话，可以吗？"

沈跃想了想，点头道："苏老师，你说。"

苏敏却欲言又止，苦笑着说道："我好像不知道该说什么了。"

沈跃微微一笑，说道："那，我帮你说吧。苏老师，董院长是爱你的，这一点不容置疑。也许他对你的爱不是那么的纯粹，也许他以前一直在考虑着自己的前途，因为守护你可以赢得人们道德上的赞赏，但是他并没有舍弃你，这一点对大多数人来讲实难做到。所以，你是幸运的，同时也是幸福的。"

苏敏的眼角忽然有眼泪在流出，她轻声叹息了一声，说道："我们对不起很多人……"

沈跃明白，她说的是叶新娅以及其他那些曾经和董院长有过关系的女性。可是恰恰在这个问题上沈跃偏偏不知道该如何去开解她，这个问题涉及伦理，却又是人性的问题，不可能简单地用对和错去评判。沈跃也叹息了一声，温言说道："那些事情都过去了。你是一个好妻子，我相信，董院长对你的感激一定是发自内心，他也一定会陪伴着你走完这一生。"

苏敏的眼泪流得更厉害了，抽泣着说道："沈博士，今后有空的话你可以经常来吗？"

沈跃歉意地道："其实今天我就非常冒昧了，因为我来这里董院长并不知道。这样吧，如果董院长不反对的话，我可以经常来和你说说话。"

苏敏感激地道："谢谢你，他会同意的。"

沈跃起身告辞，当他走到门口的时候忽然听到苏敏说了一句："其实，韩素芬并不是我的朋友。我早就不把她当成是朋友了。"

沈跃转身，诧异地看着她。她也在看着沈跃，说道："没事，我是第一次对外人说这件事情，不过那都是以前的事情了……"

她的话没有说完，随即就用右手去摁了控制器上的一个按键。她闭上了眼睛，身体缓缓变成平躺的状态。

沈跃离开了，轻轻关上了房门。

不需要多问了，现在沈跃已经明白了一切——韩素芬早已与董院长有了那样的关系，苏敏也早就知道，不过她宽容了他们，甚至宽容了他们后来所做的一切。对此，苏敏别无选择。

不过她的内心是痛苦的，因为她不是一个合格的妻子。也许，正是因为她的宽容才使得这个家至今保持着完整，更准确地讲，是她用自己的宽容和痛苦成就了董院长的今天。

这就对了。韩素芬对苏敏不是友谊，是为了她现在护理部主任的位子。这就对了。沈跃一边朝外边走去，一边在心里对自己说道。

可是，催眠甘文峰的那个人究竟是谁呢？一直到现在沈跃才忽然发现自己的调查完全搞错了方向。

沈跃的心里有些郁闷，他开始思考自己的问题究竟出在什么地方。他刚刚上公交车就接到了董院长的电话："沈博士，你去我家里怎么不提前给我打个招呼？我妻子长期瘫痪在床，接触的人非常有限，你怎么能够怀疑她？"

沈跃的心里也很内疚。他心里的内疚当然是针对苏敏的，同时也发现了自己的残忍和肤浅，他说："对不起。是我不对。"

董院长叹息了一声，道："你应该想想我的感受，更应该想想我妻子的感受。算啦，事情已经过去了，我也可能马上要下了……"

虽然董院长对他说过这件事情，但他还是感到有些惊讶，问道："董院长，你真的……"

董院长道："是的，我已经决定了，刚刚向上面提出了辞去职务的申请。我现在看自己过去的人生才发现，其实自己这一辈子很失败，是欲望害了我，是我让苏敏伤心了一辈子……"

沈跃并不怀疑他的话。其实我们很多人都是这样，曾经拥有得太多，后来才发现自己的内心早已不堪重负。人生就是如此，总是需要很长时间才能够大彻大悟，可是到头来才发现，曾经的"自以为应该"对亲人是一种巨大的伤害。是的，我们往往会忽略身边亲人的感受，甚至总是在有意与无意间去伤害他们，因为我们太容易得到亲人的谅解，于是伤害也就几乎没有了成本。

08 破窗效应

　　调查的方向错了，当然是一无所获，不过沈跃并没有因此产生出焦躁的情绪，他相信，也许真相距离自己并不遥远。错误的方向至少排除了某些可能。

　　沈跃对侯小君说道："我们还是回到原点，从分析甘文峰的心理着手。小君，你说说，甘文峰究竟是一个什么样的人。"

　　侯小君想了想，道："这个人给我的感觉有些复杂。他的性格因素中充满着自卑与懦弱，同时又敏感、自尊心极强，他热爱自己的专业并在专业领域显示出极强的自信。此外，他很孤独，不喜欢社交，似乎把自己包裹得很紧。"

　　沈跃暗暗赞叹，可是表情上却是一副不以为然的样子："你说的这些都是表面上的东西，甘文峰的同事也这样认为。我们是心理学家，应该透过这些表面的东西进一步去分析他的心理才可以。"

　　侯小君有些尴尬："沈博士，我……"

　　沈跃的目光柔和了许多，说道："小君，没关系，慢慢地你就会习惯从心理学家的角度去分析他人了。其实你刚才对甘文峰这个人的性格因素归纳得很准确，但是你忽略了作为心理学家最应该去探寻的东西，那就是造成他复杂性格因素的根源究竟是什么。"

侯小君似乎明白了，问道："是不是因为他小时候的贫困？"

沈跃点头道："那只是其中的一方面。你要知道，如今我们国家的中坚大多数都在儿童时期经历过贫穷，其中也有很多人是从农村出来的，但是他们并不自卑。幼年时期的贫困更可能成为一个人后来成长的动力，其实甘文峰现在的成就恰恰说明了这一点。"

侯小君问道："你的意思是说，甘文峰后来遭遇过某些事情，以至于加深了他内心深处的自卑？"

沈跃沉吟着说道："可以这样认为。其实我们大多数人的内心都存在着自卑，包括你和我都是如此。比如说我，在我的潜意识中，对自己的相貌和身高都是不满意的，但是我内心的这种自卑却并没有体现出来，那是因为我其他方面的优秀让我忽略了自身的不足。"

侯小君笑道："是这样的，我有时候也因为自己的相貌和皮肤感到自卑，只不过我并不特别在意。"

沈跃继续说道："可是甘文峰的情况明显就不一样，他的自卑随时在表现出来，这很可能是因为在他的成长过程中受到了伤害，有人不止一次刻意拿他的出身说事，由此激发出了他内心深处的自卑。与此同时，他的内心不住在抵抗着自己的自卑，于是才有了他后来的成就。"

侯小君认同沈跃的这种说法，却皱眉问道："可是，这和他现在的状况有关系吗？"

沈跃顿时就笑了，道："当然有关系。我始终相信任何事情都是有因果的，一个人不会莫名其妙地被人催眠是不是？这个世界上没有无缘无故的爱，也不会存在无缘无故的恨……"说到这里，沈跃若有所思地道，"嗯，甘文峰这个人很有意思……小君，你注意到没有，甘文峰的情商其实并不低，这一点从他和叶新娅之间的关系上就可以看得出来。"

侯小君诧异地道："为什么这样说？"

沈跃一边思索着一边说道："从常规上讲，像叶新娅那样的女孩子，她本应该对男性抱有警惕，而且在经历了那样的事情之后对爱情应该感到失望才是，可是她却偏偏那么容易就被甘文峰所俘虏……"沈跃微微一笑，"嗯，我好像明白是怎么回事了。"

可是侯小君却并不明白，她问道："沈博士，听你这样一说，我也觉得有些奇怪了，这究竟是为什么呢？"

沈跃微微一笑，道："平衡，心理上的平衡。其实我们每个人的心理都存在着异常，但我们大多数人都能够自觉或者非自觉地进行自我心理调适，以此实现我们心理上最基本的健康。很显然，甘文峰的内心是自卑和压抑的，但有一点是非常肯定的，那就是在这次去日本之前，他并没有表现出心理上的异常，这是因为他也和我们大多数人一样自觉或者不自觉地一直在进行自我心理调适，一方面，他甘于贫困，以超乎常人的毅力攻读完成了博士学位，并在显微外科方面取得了巨大的成就；另一方面……如果我的分析不错的话，甘文峰曾经应该有过不止一个女朋友。"

侯小君诧异地问道："沈博士，你不是曾经和甘文峰交谈过吗，他撒没撒谎难道你看不出来？"

沈跃摇头道："当时我对他并不十分了解，所以询问的问题出现了偏差。他确实没对我撒谎，但他对我隐瞒了很多事情。接下来让江队长他们去调查甘文峰的恋爱史吧，从他上大学后开始。"

沈跃的方式是正确的。方向确定之后让警方出面去做效率要高得多，像这种繁杂的调查工作毕竟是警方的强项。警方不多久就有了调查结果：甘文峰在大学期间没有谈过恋爱，但在他攻读研究生和博士期间几乎每半年都要换一个女朋友。

虽然沈跃已经向侯小君分析过这样的结果，但是她依然感到惊讶："为什么会这样？"

沈跃看着手上甘文峰曾经那些女朋友的资料，淡淡地道："原因很简单，还是为了心理上的平衡。我曾经听说过一个现象：改革开放后不久，经常出入娱乐场所的往往是中老年人。这其实并不奇怪，因为这批人在年轻的时候情感生活是封闭和压抑的，而开放的大环境给他们提供了放纵的机会，所以肆无忌惮地宣泄就再也难以自控。甘文峰的情况也是如此。大学时期的他是羞涩、青葱的，他羡慕那些出双入对的同学，但是家庭的贫困与内心的自卑以及青葱的年龄让他不得不克制着内心欲望的冲动，而研究生和博士期间的学习和生活相对宽松了许多，经济上又有了国家的补贴，更重要的是，他的头上有了高学历的光环……你看看，他所谈的这些女朋友当时都是本科学生，而且都是在学校的舞会上认识的。高学历的光环、一米八多的身高、不俗的相貌，这些条件都会让他在谈女朋友的问题上变得易如反掌，而这正是他证明自我、宣泄自卑的心理需要。"

侯小君明白了，问道："你的意思是说，催眠他的那个人很可能是他那些女朋友中的其中一个？"

沈跃回答道："至少需要排除这样的可能。"说到这里，他看着侯小君问道，"你从这份资料上看到了什么？"

侯小君一边思索着一边说道："从时间上看，他是从读研后下半学期开始谈恋爱的，他和第一个女朋友谈了半年就分手了，紧接着几乎是三个月到半年换一个，他读博士期间反而只谈了两个女朋友，他换女朋友的频率，在读研期间几乎近于疯狂。"

沈跃微微一笑，又问道："这说明了什么？"

侯小君也笑，回答道："就是你刚才说的肆无忌惮，放纵。由此可见，一直以来积聚在他内心的压抑是有多么的厉害，所以他需要发泄。"

沈跃点头道："是的。这才符合甘文峰最真实的心理状况与发展逻辑。还有呢？"

侯小君道:"从资料上看,甘文峰在读研和攻读博士期间所谈的这八个女朋友当中,如今在本地工作的有三个,而且这三个人与他保持恋爱关系的时间最长,爱有多深恨就有多深,所以,我觉得这三个女人催眠或者指使他人催眠甘文峰的可能性最大。"

沈跃的眼睛瞬间明亮了一下。侯小君的进步确实很大,她已经逐渐掌握了从纷繁复杂的资料中提炼出关键问题的能力。沈跃提醒道:"心理分析不能以怀疑为基础,而是要通过一个人心理发展的轨迹去寻找出相关的各种可能。可是我们每个人的心理都是非常复杂而且多变的,所以,当所有线索出现在我们面前的时候都必须一一去排除。"

侯小君问道:"可是,这八个人当中有五个人在外地,难道我们都要去面对面和她们交谈?"

沈跃微微一笑,道:"面对面是必须的,不过可以通过网上视频的方式。"

这件事情当然需要警方的配合,而且对警方而言这并不算是什么困难的事情,一句"协助调查"就可以将需要调查的对象请到电脑面前。沈跃一个一个询问,采取的方式非常直接——"你和甘文峰谈过恋爱吗?""后来因为什么分了手?""你恨他吗?""他被人催眠了,这件事情和你有关系吗?"

结果是,这五个人的嫌疑都被沈跃排除了。然而,这五个人的情况竟然真的与沈跃所预料到的情况完全一致——她们都是被甘文峰以各种借口抛弃的。此外,沈跃还从问话中得知,她们都曾与甘文峰有过实质性的两性关系。

"你恨他吗?"当沈跃分别问她们这个问题的时候,她们当中的三个人都是摇头,说,都过去了;还有两个人这样回答:他其实很可怜。沈跃诧异地问,你为什么这样说?其中一个没有回答他的这个问题,而另一个人是这样回答的:他让我恨不起来。沈跃依然不解地问道:为什么?她回答道:不知道,我就是恨不起来。

这五个人都被排除了,但甘文峰神秘的特质也显现了出来——很显然,他是一个始乱终弃的人，但是能够做到让那些被他抛弃的女人并不恨他，他的身上究竟有着什么样的魅力？

　　蔡兰是甘文峰的第一个女朋友，她和甘文峰保持了半年多的恋爱关系。大学毕业后蔡兰回到了家乡的县医院工作，如今是一名内科医生。考虑到蔡兰如今工作的地方距离省城较远，沈跃还是采取了通过网络的方式与她面谈。

　　电脑屏幕上的她模样很普通，看上去有些娇小，当她面对摄像头的时候显得有些紧张。沈跃朝着她微微一笑，道："你别紧张，我就是随便问你几个问题。你还记得甘文峰吗？"

　　蔡兰点了点头，神情却依然紧张。屏幕中她后面有警察的身影，沈跃似乎明白了，问道："你已经结婚，是吧？"

　　她依然用点头在代替回答。沈跃对身旁的侯小君说道："你去给江队长讲一声，让他马上给那边的警方打个招呼，我要和这个人单独谈谈。"随即朝着摄像头对蔡兰说道："我理解你为什么紧张。你和甘文峰的事情已经过去了这么多年，如今你已经有了自己的家庭，县城地方太小，闲言闲语很容易影响到你现在的生活。"

　　蔡兰似乎有些感动，忽然间轻声问了一句："甘文峰他……他出了什么事情？"

　　她的表情带着真挚的关心，由此沈跃一下子就将她排除在了嫌疑之外，不过沈跃现在对甘文峰的神秘有着浓厚的兴趣，心想，或许这个女人能够为我提供些什么？他看着屏幕上的女人，回答道："他杀害了自己的妻子，不过我认为他很可能是被人催眠了。"

　　"催眠？"蔡兰的身体激灵了一下，惊讶的表情显露无余。她是学医的，当然明白沈跃刚才话中的意思。

　　沈跃点头道："是的。所以我们希望能够从你这里多了解到一些关于他的情况。"

　　蔡兰很聪明，即刻就问道："你们在怀疑我？怀疑是我催眠了他？"

沈跃摇头道："不，你刚才的惊讶已经说明了你与这件事情没有任何的关系……蔡兰，最近你和他有过联系吗？"

沈跃注意到，蔡兰的眉头微微皱了一下，眼神中闪过一瞬的痛苦。她在摇头。沈跃轻声叹息着说道："他是你的初恋，所以你一直记得他，其实，也许你也是他的初恋。现在我想知道的是，当时你们究竟是因为什么分的手呢？"

蔡兰犹豫了一下，问道："我可以不说吗？"

沈跃愣了一下，顿时明白了，柔声问道："其实，你一直还爱着他，因为那是你的初恋。是吧？"

蔡兰却在摇头，说道："我没有一直爱着他，只不过当时他把我伤害得太厉害了。"

沈跃的眉毛一动，道："哦？嗯，我明白了。不过他当时总给了你一个分手的理由吧？"

瞬间的痛苦表情很快延伸到了她全部的表情上，她摇头说道："他没有给我任何的理由。我发现他和另外一个女孩在一起，那个女孩比我漂亮。我去质问他，他不回答我，只是不住对我说'对不起'，我一怒之下扇了他一耳光，他没还手，依然不住在对我说'对不起'……"

沈跃的心里更加诧异，问道："你们就这样彻底分手了？你没有再去找他？"

此时，蔡兰早已经在不知不觉中受到了沈跃纯熟的询问技巧的引导。她轻声回答道："哪里那么容易就放下？那毕竟是我的初恋啊。可是过了不多久我就发现他又换了女朋友，这才发现这个看似老实的男人竟然是一个人渣……"

这下沈跃彻底明白了，也就没有继续去问她其他任何问题。侯小君问道："沈博士，你说这是不是甘文峰使用的计策？不然的话他可没那么容易甩掉蔡兰。"

沈跃叹息着说道："我始终不愿意从人性最阴暗的角度去评判一个人的内心。也许甘文峰最开始并没有想到那样的方式还可以帮助他尽快摆脱前任女友，很可能是他后来发现那样的方式更有效。不过有一点是肯定的，那就是他在放纵自己后感受到了无尽的欲望满足及内心释放，与此同时，那样的放纵还几乎没有任何风险和代价。"

侯小君问道："从心理学的角度上讲，这是一种什么样的心理？"

沈跃思索了片刻，回答道："准确地讲，这是一种心理效应，也就是心理学上常说的破窗效应。"说到这里，沈跃禁不住想起董文超来。董文超曾经的心理也是如此。沈跃继续说道："一个人穿着新鞋子走在泥泞的道路上，开始的时候他会小心翼翼，生怕新鞋子上沾上了泥浆。但是，即使是特别注意，最终还是会有泥浆沾上去的，一旦沾上去的泥浆越来越多，人的心态就会慢慢变得麻木起来，也就不会再小心翼翼了。人的堕落过程大多就是如此。"

侯小君道："这其实就是破罐子破摔，是吧？"

沈跃却摇头说道："破窗效应的内涵远远不止这一个方面，破罐子破摔当然也是破窗效应的表现形式，不过甘文峰的情况应该比这个更复杂。他不是破罐子破摔，是自我堕落。此外，破窗效应还有一种表现形式，那就是外界力量对某件事情或者某个人的影响。一座有着少许破窗户的建筑，如果那些窗户不被修理好，就可能出现有人去破坏更多的窗户的情况，破坏者甚至会闯入建筑内，如果发现无人居住，他们就会在那里定居或者纵火。一面墙，如果出现一些涂鸦没有被清洗掉，很快地，墙上就会布满了乱七八糟、不堪入目的东西。一条人行道有些许纸屑，不久后就会有更多垃圾，最终人们会视若理所当然地将垃圾顺手丢弃在地上。前不久医学院那个女生的自杀，其实也是破窗效应起作用的结果。"

侯小君点头。沈跃所说的这件事情她当然知道，那也是最近才发生的事情，因为是一起在校大学生的自杀事件，社会影响极大，警方委托了沈跃的心理研究所参与了此案的调查。

这起案件其实很简单，一个叫苏燕的大三学生清晨从城市中央公园的观景台处跳了下去，当场死亡。死者苏燕刚刚年满二十岁，个子虽然矮小但身材比较匀称，资料上显示，死者父母离异多年，是母亲一手将她养大。死者没有恋爱史，学习成绩不错，一直是甲等奖学金的获得者。

苏燕的忽然自杀死亡在经媒体报道后引起了巨大的社会反响，无论是死者亲属、学校师生还是社会民众都迫切希望尽快了解到苏燕自杀的真相，警方在第一时间意识到这起自杀事件很可能与死者生前的心理有关，于是请求沈跃出面尽快调查出事情的真相。

从现场的情况来看，苏燕死于自杀似乎没有任何问题，然而死者自杀的原因却扑朔迷离，这也正是死者亲属和社会民众最为关注的事情。

沈跃只花费了不到一天的时间就找到了苏燕自杀背后的真相。

沈跃从苏燕的母亲那里了解到，苏燕从小性格孤僻，因为父母离婚很小的时候就被同学嘲笑是一个没有爸爸的孩子。当时沈跃问苏燕的母亲："你们是因为什么离婚？"苏燕的母亲回答说："他父母的封建思想特别严重……"

这样的回答让沈跃感到匪夷所思，问道："就因为这样？对方这样的理由你也就同意了离婚？"

苏燕的母亲苦笑着说道："我还能怎么样？谁让我没能够给他生个儿子？"

原来是这样。她将生女孩的全部责任归于了自己。这是弱者才会有的固有心态。作为弱者群体，他们往往忘记自己的权利，反而会将一切罪过归于自己。弱势群体令人同情，但很少有人意识到他们的弱势观念早已根植于内心。所以，鲁迅先生说得很对：可怜之人必有可恨之处。

沈跃在心里唏嘘不已，问道："既然如此，那你为什么后来一直没有再婚？"

苏燕的母亲回答道："我害怕孩子受欺负。"

沈跃看着她："可是，孩子需要父爱。她从小被同学欺负，性格孤僻，难道你从来就没有想过其中的根源？"

苏燕的母亲低声道："其实，他一直在关心着自己的女儿，孩子上大学后他还专门去看过她几次。"

沈跃又问道："那么，苏燕她高兴吗？"

苏燕的母亲在摇头。沈跃不再多说什么。对苏燕来讲，伤害早已经造成，那样的看望只能进一步加深她内心的伤痛。

苏燕所在的寝室还住有三个女生，当沈跃出现在她们面前的时候，她们一个个都变得紧张拘谨起来。沈跃朝她们微微一笑，说道："你们别紧张，十多年前我和你们一样也是医学院的学生，说起来我应该算是你们的师兄。"

一个叫宁丹的女生顿时惊讶："真的？想不到沈博士以前也是学医的。"

很多人往往会想当然地以为心理学和医学是同一个专业，其实不然。在大学的专业设置上，综合类和师范类院校的心理学学科往往比医学类院校更专业，而且大多还有专门的研究所。作为医学生，宁丹当然非常清楚，要知道，医科院校除了医学心理学专业的学生之外，对其他专业的学生而言，心理学仅仅是一门选修课程。沈跃看着眼前这位模样漂亮、身高在一米七左右的女孩子，心里忽然一动：她和死者苏燕的反差似乎有些大……沈跃微笑着叹息了一声，道："真是时光如梭啊，转眼间我就变成中年大叔了。对了，我们还是说正事吧。在你们眼里，苏燕是一个什么样的同学？"

三位同学互相看了一眼却没有说话，沈跃微微一笑，说道："你们随便讲，讲出你们心中最真实的她就行。"

经过短暂的沉默，一个叫秦玉雯的女生说道："她的脾气太怪了，和我们都合不来。"

沈跃问道："哦？她的脾气怎么个怪法？"

秦玉雯道："她特别小气，从一进校开始就这样，不准我们碰她的任何东西，不和我们做任何交流，从来不参加班上甚至是寝室之间的活动。她经常晚上不睡觉，深更半夜照着手电筒在床上看书，半夜起床上厕所搞出很大的响声。我们多次提意见她都不听，老师找她谈了也没用。"

这时候宁丹忽然说了一句："她还偷东西。"

沈跃的目光朝她看了过去，问道："哦？是吗？"

另一个女生说道："就是，她偷宁丹的内衣。不止一次。"

沈跃很是怀疑，问道："既然她偷东西，那学校为什么没有处理她？"

秦玉雯道："每次都是在她床上发现了宁丹的内衣，我们发现后她就说是拿错了。"

沈跃看着宁丹，问道："她只拿你的内衣是不是？"

宁丹点头。沈跃又问道："你是学校的文艺骨干？"

宁丹还没有来得及回答，秦玉雯就说道："她是学生会的文艺部部长，还是学校艺术体操队的队长。"

沈跃点头，心里想道：这就对了。这不是偷，是羡慕，是幻想。她希望自己能够拥有宁丹那样的身材，其实她很自卑，而且患有严重的抑郁症。想到这里，沈跃的心里一下子就沉重起来，问道："你们三个经常欺负她，是不是？"

秦玉雯吓了一跳，急忙道："没有没有，怎么可能？！"

沈跃淡淡一笑，说道："欺负的方式有很多种，比如你们三个人联合起来不理她，或者指桑骂槐、冷言冷语，或者在外边说她的坏话以及向老师告状。你们告诉我是不是这样？"

宁丹不得不点头道："是的。可是这一切都是她造成的啊，我们四个人一起住进这间寝室的时候互相都不熟悉，大家相互间都比较客气，可就是她一个人和我们合不来，我们说话的声音稍微大点她就发脾气，甚至到后来她都不给我们好脸色看。

后来她好几次偷我的内衣，我们实在是无法忍受了。"

沈跃叹息着说道："本来我不想告诉你们的，因为我担心你们会因此内疚一辈子。现在我改变想法了，因为你们是医学生，你们不应该犯这样的错误。"

秦玉雯不解地问道："沈博士，你这话是什么意思？"

沈跃沉声缓缓说道："你们只是发现她的脾气怪异，为什么从来不去思考她的脾气为什么那么奇怪呢？你们可是医学生，如果你们是真的关心她，只要稍加注意和分析她的情况就应该明白她脾气怪异的原因啊。"

宁丹瞬间明白了，吃惊地问道："沈博士，你的意思是她一直患有抑郁症？"

沈跃再一次叹息，点头道："她的性格孤僻，与他人格格不入，长期失眠，唯一让她有自尊的就是学习成绩。她不止一次去拿宁丹的内衣，那是因为她羡慕宁丹的漂亮和身材。她半夜经常起床，也许并不是去上厕所，而是因为被失眠折磨得生不如死。在这样的情况下她还要努力学习，用好成绩去维护自己不多的自尊。与此同时，她还一直在经受着不被人理解甚至敌视，一直到她再也承受不下去了，这才用那样的方式去结束了自己的生命……"

宁丹她们发现，沈跃的表情似乎并没有责怪的意思，而是满脸的悲悯。三个女生的内心从震惊到愧疚，脸色苍白得可怕，嘴唇哆嗦着说不出话来。

此时，当沈跃忽然说起这起案子的时候侯小君才顿时明白了当时沈跃的心境。是的，作为一位心理学家，当他面对那种现实的时候内心的悲凉很少有人懂得。苏燕的死，责任并不全在那三个学生身上，也不完全是因为这个社会人际关系的冷漠，这说到底还是心理学这门学科没有得到普及的缘故。

侯小君的心情也一下子就不好了，她看着沈跃，问道："如果苏燕的病情能够在早些时候被发现的话，她会不会……"

沈跃朝她摆手，叹息着说道："可惜这个世界上没有如果，而我们现在要做的事情就是尽最大的努力去普及心理咨询和治疗，让今后这样的悲剧尽量少一些。"

这一刻，侯小君似乎更加理解了沈跃的那个梦想，不过她的思绪很快就回到了甘文峰的事情上来，问道："接下来我们还需要去调查最后两个人。沈博士，你是不是有意将这两个人放在最后的？"

沈跃郁郁着说道："也不知道是怎么回事，我总觉得我们现在的方向还是不对。"

侯小君诧异地问："你为什么这样认为？"

沈跃长长地呼出一口气，说道："甘文峰这个人……他让人恨不起来。"

侯小君愣了一下，问道："沈博士，你说的是甘文峰那些女人的内心还是你的感受？"

侯小君确实与众不同，她思考问题的角度非常敏锐。当沈跃刚才说出那句话来的时候，她明显感觉到其中带有沈跃对甘文峰这个人的认知。

沈跃欣赏地看着她，点头道："准确地讲，更多的是我对甘文峰有着这样的感觉，或者说是判断。甘文峰这个人很有意思，他三十多岁就成了显微外科的专家，而且相貌堂堂，但是他的内心却又极度自卑。他在读研和攻读博士期间，短短的几年所谈过的女朋友比很多人一辈子谈的都多，可是她们当中至少有一半的人并不恨他。小君，你说这是为什么？"

侯小君对这个问题也感到非常奇怪，问道："为什么？"

沈跃微微一笑，说道："原因很简单，高学历、帅气、忧郁的气质，或者说懦弱的性格，当这些特征集中在某一个男人身上的时候，在女人的眼里就会形成一种非常特别的魅力。女性在面对这种类型的男人的时候，她们内心深处的母性光辉也就会自然而然地显现出来，所以她们就会情不自禁地去呵护他，即使他再不堪，她们也会因此而原谅他。"

侯小君皱眉道："我还是不大懂。"

沈跃继续解释道："具有这些特征的男人，往往给人以单纯、真实的感觉，就像一个孩子一样，虽然淘气，但他的可爱与真实却始终让人恨不起来。是的，就是这样。一直以来我都觉得奇怪：为什么在我得知了甘文峰出轨的事情后一点都不觉得他是一个坏男人呢？与此相反，我反而还对他产生了同情心理，觉得他那样才正常。现在我明白了，那是因为他的优秀足以掩盖其所有缺点，甚至会让人情不自禁地认为他的那些缺点是一种理所当然。"

这一刻，侯小君忽然想起匡无为来：他仿佛也有着同样的气质。还有眼前的这个人……她禁不住地就说了一句："是啊。"

沈跃忽然就笑了起来，说道："'我的家庭不幸福''我和她没有共同语言''我们没有爱情'……为什么这种老套的理由总能够骗取女性的同情呢？原因就在于此。女性往往太过感性，这样的话最能够触动她们内心深处那根柔软而浪漫的神经。"

侯小君叹道："想不到甘文峰竟然是一个感情骗子。"

沈跃摇头，道："不，或许他所表露出来的恰恰是他最真实的那一面，正因为如此，才使得那么多的女孩子无法抵御。"

09 娃娃亲

任湘是甘文峰攻读博士期间谈的第一个女朋友。与甘文峰读研期间所谈的那六个女朋友相比，眼前照片上的这个女人可是要漂亮许多，而且这个女人与甘文峰的感情维持了将近一年的时间。

侯小君对沈跃说道："沈博士，你发现没有，这个女的和甘文峰后来的妻子很相像。我说的是气质。"

沈跃点头道："也许，他到了这个时候才对自己的未来有了明确的定型，包括事业和感情等方面。"

侯小君不大明白，问道："沈博士，你为什么这样认为呢？"

沈跃道："我们每个人走向成熟的时间段是不一样的，一般来讲，家庭负担重或者出生在官宦家庭的孩子要成熟得早一些，前者是因为压力，后者是耳濡目染。很显然，甘文峰是一个例外。他为什么例外？我想，这应该和他个人的理想有关。甘文峰虽然出身贫寒，但他内心深处并不甘于平庸，所以他一直力图去改变自己的命运。面对现实的艰难，他依然充满着梦想。他发现，自己的智商可以帮助他实现自己的理想，自己的身材相貌可以让自己在情感上有更高的追求，而这样的自信是在他攻读博士阶段才建立起来的，因为那时候他发现自己距离梦想已经不远。"

侯小君点头道："看来确实是这样。但愿我们能够从后面的这两个女人身上找到线索。"

沈跃的心里也是这样期待着的，不过他嘴上却这样说了一句："但愿吧。"

任湘比照片上的她更好看，成熟的气质会让一个女人更具魅力，从身上的穿着和配饰可以看出现在的她过着富裕的生活，微微仰起的下巴显示出她的高傲。她只是一个内科医生，这说明她的父母或者她所嫁的那个男人的家庭背景有些不大寻常。

沈跃看着她，随意般地问了一句："你还记得甘文峰吗？"

任湘的身体战栗了一瞬，满脸的警惕，道："我早就和他没有关系了。"

她说的是真话。沈跃继续说道："他杀害了自己的妻子，是在被人催眠的情况下掐死了她。"

她的身体哆嗦了起来："啊？可是，这和我有关系吗？"

沈跃摇头道："看来和你确实没有什么关系。不过我们完全有理由相信，催眠甘文峰的那个人，或者说指使他人去催眠甘文峰的那个人必定与他有着解不开的仇怨。任湘，以你对甘文峰的了解，你觉得谁最有可能？"

任湘想了想，摇头道："不知道。我和他之间从分手的那一刻起就再也没有任何关系了。"

沈跃看了她一眼，说道："嗯，我相信你说的话。那请你告诉我们，甘文峰在你心里是一个什么样的人？"

任湘却摇头道："其实我并不了解他。"

旁边的侯小君诧异地问道："你和他可是保持了近一年的恋爱关系，怎么会不了解他呢？"

任湘道："他长得帅，对人很真诚；那时候我很单纯，觉得他不错。就这样。"

侯小君惊讶得张大了嘴巴，问道："你们不是谈恋爱？"

任湘道："那时候我刚刚失恋不久，我在学校的舞会上遇见了他，然后他就开始追求我，那时候我确实需要有人安慰。我和他在一起的时间不到一年，后来是我向他提出分手的。"

侯小君正准备继续提问，却听到沈跃在问："我明白了，后来是因为你遇到了一个自己真正喜欢的人。是吧？"

任湘依然在摇头，说道："不是。是另外有个人开始追求我，我觉得那个人更值得我依靠。"

沈跃顿时明白了，微微一笑，问道："那个人就是你现在的丈夫，因为他有一个非常不错的家庭出身，而且事业有成。"

任湘点头道："是这样。"

侯小君怔怔地看着她，问道："你并不是因为爱情才离开了甘文峰？"

任湘一下子就笑了起来，说道："爱情？从初恋之后我就再也不相信什么爱情了。爱情是什么？那不过是少女梦中的童话罢了。"

侯小君瞠目结舌，道："你想过没有，你这样对甘文峰、对你现在的丈夫都是不公平的。"

任湘淡淡地道："你错了，我对我的丈夫很好，现在我非常幸福。他也是。人这一辈子就是这样，我们总得结婚，总得要孩子，然后无忧无虑地生活下去，这就是幸福。"

侯小君竟然无言以对。沈跃点头道："是的，我们每个人都有自己不同的生活方式，幸福与否不需要他人去评判，自己感觉到满意就行。谢谢你对我们说了这么多，打搅了。"

任湘诧异地看着沈跃，问道："这样就问完了？"

沈跃看着她："难道你还有什么要对我们讲的吗？"

任湘怔了一下，摇头道："没有了……"

到了大街上，侯小君不解地问沈跃："这个女人是怎么回事？"

沈跃语气淡淡地说了一句："她需要倾诉，因为她曾经被人深深地伤害过，只不过伤害她的那个人并不是甘文峰。"说到这里，沈跃心里一动，"也许，是她让甘文峰受到了一定的伤害……"

兰如云下午有一台手术，沈跃和侯小君在医院对面的茶楼里面等候了近两小时才见到她。让沈跃和侯小君没想到的是，兰如云一见到他们就直接问道："你们是来找我了解甘文峰的情况是吧？"

兰如云的模样并不特别漂亮，但是给人一种特别的感觉。沈跃诧异地问道："你怎么知道的？"

兰如云回答道："蔡兰给我打了个电话。"

她的这个回答让侯小君惊讶万分，问道："你和蔡兰认识？"

兰如云的脸上露出了一种奇怪的笑容，说道："我和她一直是好朋友。当初我和甘文峰谈恋爱的时候蔡兰来找过我，她告诉我说甘文峰不是好人。"

侯小君不解地问道："可是，你还是和甘文峰保持了一年多的感情，一直到他博士毕业的时候才分手。"

兰如云点头道："是的。当时蔡兰来找我的时候我并没有在意，因为我在那之前也和别人谈过恋爱。我和蔡兰成为好朋友是在和甘文峰分手之后，因为那时候我才发现蔡兰曾经告诉我的事情是真的。"

侯小君问道："同病相怜？"

兰如云怔了一下，苦笑着说道："也许有那么点意思吧。"

侯小君又问道："当时甘文峰是以什么理由和你分的手？"

兰如云似乎有些激动，道："是我主动和他分的手，因为我发现他早就有别的女

144

人了，而且他和那个女人还有了个孩子。"

沈跃大吃一惊。侯小君也是如此，禁不住大声问道："什么？你怎么发现的？"

兰如云道："是蔡兰告诉我的。"

侯小君明白了，问道："你的意思是说蔡兰一直在跟踪甘文峰？"

兰如云摇头，满脸凄楚地道："具体的情况我不清楚。在甘文峰博士毕业前不久，蔡兰跑来告诉我说，她发现甘文峰早已在外边有了别的女人，而且他和那个女人还有了孩子。开始的时候我当然不相信，蔡兰拉着我去找到了那个女人和孩子，蔡兰拿出甘文峰的照片给那孩子看，问道：这是谁？那孩子回答道：爸爸……就在那一瞬，我的脑子里面一片空白，究竟是怎么离开那个地方的都已经记不得了。"

侯小君完全能够理解她当时的心境，轻声问道："那么后来呢，后来甘文峰是如何向你解释这件事情的？"

兰如云回答道："我非常生气，直接跑去质问他，他、他竟然一下子在我面前跪下了，他对我说：那是一个错误……"

兰如云所说的那个女人叫丁晓嘉，如今住在城南的一个小区里面。小区里面的树木郁郁葱葱，一排排高楼耸立。沈跃对侯小君说道："这个小区起码有五年以上的时间了，想必当初甘文峰给丁晓嘉买房的时候价格并不贵。"

侯小君点头道："那也起码得要好几十万。"

沈跃抬头看了看那一排排的高楼，叹息着说道："大多数人奋斗一辈子就只是为了一套房子。你看看这些房子，远远看去就像火柴盒一样……"

侯小君忽然就笑了，说道："比火柴盒还是要大许多，我觉得像骨灰盒。我们活着的时候住在这样的盒子里面，死了后也差不多……沈博士，听你这样一说，我怎么觉得自己活着很没劲啊？"

沈跃也笑，说道："这个问题得看你怎么想。房子可是我们大多数人这一辈子奋斗的目标，有了目标，活着当然就有劲了。嗯，也许当时甘文峰拿不出那么多的钱，于是就让丁晓嘉按揭，说不定这些年来丁晓嘉每个月还贷都是甘文峰给的钱。"

侯小君点头道："肯定是这样，不然的话甘文峰不会那么看重钱……不对呀，既然甘文峰一直养着她，她不应该那么恨甘文峰才是。"

其实沈跃刚才也一直在思考这个问题，他沉吟着说道："我们先去见见她吧，见到了不就什么都清楚了？"

两人很快就到了丁晓嘉的家门口，摁了门铃后就隔门听到一个女人的声音在问："谁呀？"

沈跃看了侯小君一眼，侯小君即刻回答道："我们是甘医生的朋友，来找你了解点事情。"

防盗门上面的小窗打开了，一双大大的眼睛出现在他们眼前，女人语气疑惑："他的朋友都不认识我。你们……"

这个女人很没有安全感。沈跃如此想道，即刻说了一句："甘文峰出事了，我们来了解点情况。"

门一下子就打开了，一个漂亮的女人出现在沈跃和侯小君面前，她满脸的慌张，问道："他，出什么事情了？"

侯小君看着她，问道："我们可以进去坐坐吗？"

女人犹豫了一瞬，侧身道："那，你们进来吧。"

这是一套两室一厅的房子，装修得比较简单，不过里面的家具电器倒是一应俱全，最显眼的是靠近阳台窗户处的那架黑色的钢琴。屋子里面没有孩子的踪影，肯定是上学去了。沈跃没有立即到沙发上坐下，他注意到了电视机旁边的那个相框。相框里面是一张合影照，甘文峰和眼前这个女人之间有一个男孩，男孩眉目清秀，像极了甘文峰的模样。虽然已经从兰如云那里了解到了一些大致情况，沈跃还是转身去问了丁晓嘉一句："你和甘文峰一直没有婚姻关系？"

从沈跃和侯小君进来的那一刻开始，丁晓嘉的心里就一直忐忑着，此时听见沈跃忽然问到这个问题，她的脸一下子就红了，回答道："没呢……"

沈跃看着她："为什么？"

丁晓嘉一生下来就成了甘文峰的媳妇，因为甘、丁两家结娃娃亲的约定。甘文峰比丁晓嘉大四岁，小时候甘文峰并不在意这门亲事，经常带着丁晓嘉一起玩，后来当甘文峰去县城读初中后，因为这件事情经常被同学嘲笑，他这才开始引以为耻，从此不再和丁晓嘉接近，高中的时候甚至还因为此事与父母发生过争吵。

甘文峰上大学后不久，丁晓嘉的父母双双死于车祸，丁晓嘉从此就住进了甘文峰父母的家里，甘家家贫，丁晓嘉初中没毕业就辍学。甘文峰上大学的学费和生活费中有很大一部分来源于丁晓嘉卖野生中药材赚的钱。

甘文峰从骨子里反对这门亲事，他只是把丁晓嘉当成是自己的妹妹。大三那年的暑假甘文峰回家，他忽然发现曾经并不起眼的丁晓嘉竟然已经长成了一个亭亭玉立、肤白貌美的姑娘，甘文峰的父母注意到了自己儿子看丁晓嘉时候眼神的异样。有天晚上，在甘文峰父母的唆使下，丁晓嘉鼓起勇气，带着羞涩，趁甘文峰熟睡的时候脱光了衣服依偎在了他的身旁。

丁晓嘉是深爱着甘文峰的，一直以来她最害怕的事情就是有一天会失去他。她知道自己与甘文峰之间的差距，她需要这样一个男人作为自己终身的依靠，她对自己的美丽有着最起码的自信。自从成年之后，她不止一次在镜子中看到自己的身体，日晒雨淋之下她依然是那么的白皙，贫穷并没有影响到她的发育，胸部早已饱满、含苞欲放，长期的体力劳动使得她的身材凹凸有致，双腿修长结实。

甘文峰果然没有经受住诱惑。那天晚上正是月圆之日，甘文峰在异样的温暖感觉中醒来，睁开眼后的第一眼就被身旁婀娜的曲线彻底征服，他的脑海里瞬间显现出那张明眸皓齿、笑容纯净的脸，就像从窗外飘洒进来的月光。

然而，当激情刚刚逝去的那一瞬甘文峰就后悔了。丁晓嘉的身体还依偎在甘文峰的怀里，她没有感受到传说中的那种美好，刚才的疼痛让她差点晕厥过去，她羞涩地对身上汗津津的甘文峰说："我是你的了，你终于属于我了。"

当时，甘文峰没有说话，他转过身去，很快就发出了轻微的鼾声。丁晓嘉的心里并没有感到不安，也跟随着甜蜜地睡去。

可是第二天上午甘文峰就离开了家，他离开的时候把丁晓嘉叫到一旁，看着她说了一句："昨天晚上的事情是一个错误。"

然后他头也不回地就走了。丁晓嘉目瞪口呆地看着他离去，一直到他的背影消失在远处那道山梁的下边……那一刻，她的眼泪汹涌而出。

然而让甘文峰没有想到的是，那一夜冲动而短暂的欢愉竟然给他带来了难以预料的后果。丁晓嘉怀孕了，而且她肚子里面的孩子在甘文峰父母的保护下来到了这个世界。她生下的是一个儿子。

甘文峰坚决不同意和丁晓嘉结婚，而且在大学毕业前那年考上了研究生。甘文峰的父母不敢逼迫儿子太甚，担心因此毁掉了儿子的前程。甘文峰博士毕业留在了省城的大医院，后来经人介绍认识了张倩茹，当两人正准备结婚的时候甘文峰的父母出现在了他的面前。

"晓嘉和孩子怎么办？"父亲问儿子。

"我不会和她结婚的，我不喜欢她。"甘文峰说。

"你不喜欢她怎么和人家睡觉？还让人家给你生了儿子？"父亲气急败坏。

"你们非要逼我和她结婚的话，我就去自杀。"甘文峰决绝地说道。

父母顿时败下阵来，他们不敢拿儿子的生命开玩笑。过了好一会儿之后，母亲才弱弱地问了一句:"晓嘉和你儿子怎么办?"

甘文峰紧闭着嘴唇不说话。父亲叹息了一声,说道:"你给晓嘉买一套房子,把他们娘俩养起来吧,晓嘉毕竟是你的女人,那孩子毕竟是你的儿子。"

甘文峰妥协了。

沈跃和侯小君听完了丁晓嘉的讲述后沉默了好一会儿,两人都在心里嗟叹不已。侯小君问道:"甘文峰的父母为什么不与你和孩子住在一起?"

丁晓嘉回答道:"文峰不准。他说,他们住在这里会忍不住两边跑,事情被别人知道了他就没法做人了。"

侯小君又问道:"甘文峰一般多久来这里一次?"

丁晓嘉回答道:"半年,有时候一年。就是拿钱来,他每次来都是给现金。"

侯小君看着她,低声又问了一句:"从他和你有了第一次之后,还和你有过那样的关系没有?"

丁晓嘉苦涩地道:"没有……他不喜欢我,甚至厌恶我……"

这时候沈跃忽然问了一句:"那么你呢?你恨他吗?"

丁晓嘉不住地摇头:"不。是我对不起他,可是我……我觉得这样很好,只要能够把我们的孩子养大,像他爸爸一样上大学、读博士,我这辈子就满足了。"

沈跃和侯小君两人面面相觑。

"为什么会这样?"电梯里面,侯小君这样问沈跃。

这时候沈跃已经想明白了,他看着侯小君,问道:"小君,如果你站在丁晓嘉的角度就可以理解她了。"

侯小君摇头道:"我不这样认为,这个世界上有过丁晓嘉那种情况的女人可不止她一个。"

沈跃即刻道："不，这个世界上就只有一个丁晓嘉。娃娃亲，父母早亡，低学历，还有她喜欢的甘文峰，如此等等，这个世界上也就只有她一个人遇上了这些情况，所以她的心理才会理所当然地变成这样。"

侯小君想了想，道："好吧。那么甘文峰呢？"

沈跃早已不再习惯做耸肩的动作，不过这时候竟然抖动了两下肩膀，他说道："甘文峰和丁晓嘉，还有那个孩子的这种关系，其实说到底不过是一种妥协，他向父母妥协，向自己妥协。除此之外他还能怎么办？"

侯小君皱眉道："可是，他为什么紧接着开始谈了那么多的女朋友？这实在是让人无法理解。"

沈跃朝她摆手道："不，这恰恰很好理解。他在丁晓嘉身上犯下了错误，于是试图开始去寻找爱情。然而他却发现自己寻找到的每一个女朋友都不是自己想象中的那样，传说中的爱情并不像自己原先以为的那样，但是他不甘心，不想将就，否则还不如干脆和丁晓嘉结婚算了。"

侯小君看着他："可是沈博士，你前面对甘文峰的心理分析不是这样的……"

沈跃点头道："前面的分析是因为我对他还不完全了解，不过我并不认为那样的分析是错误的，相反，我认为那应该是他内心深处最真实的欲望，而我刚才对他的分析是他心理的另一方面，那就是他的梦想，他追求真正爱情的梦想，还有就是，他是一个完美主义者。"

侯小君愕然："完美主义者？"

沈跃轻声叹息着说道："是的。从他后来对待病人、对待专业的态度上看，他确实是一个完美主义者，而一个人的这种心理往往会贯穿其生活的方方面面，包括他对情感的追求。"

侯小君似乎有些明白了，她看着沈跃，忽然就笑了起来，问道："沈博士，其实你也是一个完美主义者。是吧？"

沈跃哭笑不得，马上就转移了话题："现在的问题是，我们调查的线索好像又一次断掉了。"

侯小君一下子就被他拉回到现实中来，苦恼地道："是啊，接下来我们怎么办？"

这一刻，沈跃仿佛想到了什么，他忽然停住了脚步，仰头看着天上。侯小君顿时被他所感染，也禁不住仰头去看，只见天空中一片铅色的乌云，除此之外别无其他。她收回了目光，却发现沈跃依然在仰望着天空，整个人像一座雕像般站在那里一动不动。侯小君知道他正在思考着某个问题，或者是刚才已经心有所悟，只不过却因为某种原因转瞬即逝。

于是，侯小君也就一直乖乖地站在沈跃的身旁，不言不语。果然，过了数分钟之后，她忽然听到沈跃问："小君，你说甘文峰最终找到了他梦想中的爱情没有？"

侯小君愣了一下，回答道："似乎没有找到，不然的话他也就不会和他的那些女朋友分手了。"

沈跃又问道："那么，他和他的妻子呢？"

侯小君反问道："沈博士，你觉得那是爱情吗？"

沈跃一下子就笑了起来，问道："应该不是。可是，他为什么依然不愿意和丁晓嘉结婚，而是选择了张倩茹呢？"

侯小君皱眉回答道："丁晓嘉说了，甘文峰不但不喜欢她，甚至还有些厌恶她，所以，甘文峰是不可能和她结婚的。但是甘文峰对爱情的梦想并没有彻底放弃，也许他觉得自己年龄大了，应该解决婚姻问题了，相对来讲张倩茹还比较符合他理想中的条件。"

沈跃点头道："嗯，这个分析比较符合甘文峰的心理逻辑。是的，甘文峰后来累了，于是决定找一个基本上符合条件的女人结婚。这其中还有一个最为重要的原因，那就是任湘对他的背叛，这让他开始怀疑这个世界上究竟是不是存在着真正的爱情。"

侯小君诧异地问道："他真的很在乎这件事情吗？要知道，被他抛弃的女孩子可不止一个。"

沈跃看着她，目光炯炯："小君，难道你还没有发现？甘文峰这个人其实很自私，这一点从他对待丁晓嘉和孩子的事情上就完全可以看得出来。像他这样的人，从来都只是考虑自己的感受。"

侯小君点头道："嗯，确实是这样。"

沈跃继续说道："此外，甘文峰选择与张倩茹结婚应该还有一个目的，那就是可以从此阻断来自父母那里的压力，并且断绝丁晓嘉最后的幻想。"这时候他忽然想起一个问题来，"有一件事情我觉得有些奇怪：既然蔡兰和兰如云都知道丁晓嘉的存在，她们为什么不将这件事情告诉张倩茹呢？"

侯小君想了想，说道："我大概明白这其中的原因是什么。很显然，蔡兰和兰如云都是非常痛恨甘文峰的，如果我是她们的话，肯定要等到甘文峰和张倩茹的婚姻稳固、特别是有了孩子之后才去告诉张倩茹那件事情……"

沈跃顿时感到不寒而栗，急忙朝侯小君摆手，道："我们还是回到前面的问题上来吧……"

侯小君忽然意识到刚才自己所表现出来的内心的狠毒，急忙解释道："沈博士，我只是……"

沈跃并没有丝毫责怪她的意思，而且他也完全相信刚才侯小君的分析很可能就是蔡兰和兰如云心中所想。他没等侯小君把话说完就问道："刚才你好像在说，其实甘文峰并没有找到他梦想中真正的爱情，是吧？"

侯小君点头道："是的。"

沈跃忽然就笑了起来，说道："但是他有一个梦中情人……"

侯小君一下子就瞪大了眼睛，问道："你说的是金虹？"

沈跃的眼睛也一下子就亮了起来，刚才一闪即逝的那个念头瞬间变得清晰了许多，他激动地道："甘文峰和金虹几乎同时做了那样一个梦，你不觉得这件事情很奇怪吗？"

10 梦中情人

　　沈跃从来都不相信巧合，而且从一开始他就感觉到甘文峰的这个案子充满着浓烈的阴谋气息。此外，沈跃还完全认同这样一句话：当排除了其他一切可能之后，剩下的也就是真相了。

　　所以，沈跃的思维又回到了甘文峰的那个梦上面。梦是一个人内心深处欲望的真实映射，善与恶、美与丑、欲望与梦想、真实与虚幻等，往往都包含在了其中。

　　案件调查到现在这个程度，沈跃才忽然发现自己忽略了甘文峰梦中的那个重要角色：金虹。

　　沈跃也是一个平常的人，他也一样有着大多数人的惯性思维。是的，金虹在这起案件中仿佛起到的作用并不重要，她最多也就是激发出了甘文峰的那个催眠点，而且她已经因为意外车祸死亡。然而当案件调查到现在这个程度的时候，沈跃才忽然意识到事情似乎并不是那么的简单。

　　侯小君却在一时间没有能够反应过来，她问道："沈博士，难道你认为甘文峰被催眠的事情与金虹有关？这也太不可思议了吧？"

　　沈跃耸了耸肩，说道："谁知道呢？从现在的情况来看，这起案件似乎已经超出了我们预先的想象。甘文峰的人际关系并不复杂，即使我们深入挖掘，也依然没有发现案件的疑点，而甘文峰从一开始就对警方这样说：所有的一切都是从那个梦开始的。所以，我完全有理由重新研究他的那个梦，也许真相就在他的那个梦之中也难说啊。"

侯小君皱眉道："可是，甘文峰的那个梦似乎并不复杂，你不是已经几乎研究透彻了吗？"

沈跃沉吟着说道："从目前的情况来看，很显然，我们对甘文峰的那个梦研究得还很不够深入。"

沈跃和侯小君没有立即回到康德28号，两人去了一家咖啡厅。这地方就连空气中也带有咖啡的浓香，还有轻音乐在耳边缭绕。沈跃需要的就是这样的环境，它可以让人感到轻松，而且能够让人保持清醒。

两人坐下后都只要了一杯咖啡，随后沈跃对侯小君说道："我们一起回忆甘文峰的那个梦，然后重新梳理一下其中的细节。"

侯小君点头。于是，沈跃静静地闭上了眼睛——

甘文峰和金虹在电话上约好了一起去日本度假，然后两个人在机场大厅见了面。金虹从甘文峰的手上接过行李箱，直接到值机处办理托运手续。甘文峰就站在距离她不远的地方看着金虹的背影，这时候金虹忽然转过身来朝甘文峰笑了一下。就在那一瞬，甘文峰忽然发现金虹很漂亮：鹅蛋形的脸，额头圆润得像一个大学生的样子。当金虹转过身去的时候，甘文峰忽然感到害怕起来。甘文峰悄悄逃跑了。甘文峰跑出候机大厅的过程中，他发现有一个身穿黑色衣服的男人，他觉得这个人有些熟悉。甘文峰叫了一辆回市区的出租车，然后关掉了手机。

沈跃的脑海中所浮现出的画面感非常清晰，就如同一帧帧照片生动地串了起来。那些画面很快就进入了尾声，沈跃将脑海中的画面重新倒回到起点，然后开始一帧帧慢放：接电话；机场大厅；金虹出现在甘文峰面前；金虹从甘文峰的手上接过行李；金虹在值机口；金虹转身朝甘文峰灿烂地笑；甘文峰忽然害怕（后来甘文峰回忆起那是因为账户上的钱比较拮据）；穿黑色衣服的人出现；甘文峰跑出机场大厅，叫了一辆出租车；关掉手机。

当脑海中的画面再一次结束的时候，沈跃忽然睁开了眼睛。他发现，侯小君正在看着自己，问道："你发现什么没有？"

侯小君摇头，不好意思地道："我进入不了状态，而且我对梦的研究还停留在最基础的水平。"

沈跃点头，心想如果是匡无为的话可能会有所感悟，毕竟他的画面感要强一些。沈跃启发性地提示道："你将甘文峰的梦境分解成一个个画面试试……"

侯小君明白，这是沈跃在亲自教授她思考的方式和途径，这样的机会当然非常难得，于是便再一次闭上了眼睛……过了一会儿，侯小君霍然睁开双眼，道："我好像有些明白了。"

沈跃朝她微微一笑："说来听听。"

侯小君的眼睛又闭上了，嘴上说道："我尝试着按照你告诉我的方式去进入甘文峰的梦境之中，我忽然发现，甘文峰梦境中的那一幅幅画面好像很干净……"

沈跃的眉毛一动，问道："干净？"

侯小君睁开了眼，点头道："是的，他的整个梦境给人的感觉好像机场大厅里面就他们两个人，没有熙熙攘攘的人群，没有嘈杂的声音，就好像是两位男女主角在那里演戏一样，然后才出现了那第三个人，也就是那个穿黑衣服的人。"

沈跃欣赏地叹了一声，道："小君，你的悟性真的不错。那么，这说明了什么？"

侯小君的心里豁然开朗，激动地道："他们在幽会！在甘文峰的内心深处，他在渴望，不，也许是在回忆他和金虹在一起的场景。"

沈跃点头道："我更倾向于是回忆。可是，甘文峰梦中的背景为什么会是机场大厅呢？也许甘文峰和金虹曾经因为幽会被人发现，而且被堵在了那个地方无处可逃。

或者他是害怕那样的情况发生。而机场大厅就不一样了，那里面四通八达，而且还有去往四面八方的飞机。"

侯小君忽然想到一件事情："不对。当时你询问甘文峰的时候他并没有承认与金虹有着那样的关系，而且你并没有发现他在撒谎。"

沈跃缓缓地道："如果是有人抹去了他和金虹那种关系的记忆呢？"

侯小君顿时动容："那个人是谁？"

沈跃摇头道："不知道。所以我们现在要做的事情就是：调查金虹。"

这一刻，侯小君也意识到调查金虹的重要性了。不仅仅是因为甘文峰那个梦境的奇异，也包括沈跃先前所提到的另外一件事情：金虹和甘文峰同时做了一个内容几乎相同的梦，这绝不是偶然。

省妇产科医院在多年前就开始了试管婴儿技术的临床实践，遥遥领先于欧美发达国家的试管婴儿技术与成功率让这家医院格外令人瞩目，使得它在全省众多的三甲医院中独树一帜，这样的情况即使是在全国范围内都非常罕见。

金虹生前就是这所医院的一名医生，而且是专攻试管婴儿技术的。

沈跃和侯小君直接去了金虹生前所在的科室，接待他们的是科室主任杜可薇。杜可薇五十多岁年纪，满头华发，气度优雅，无论是表情还是眼神都极其自然地在传递出一种温婉和慈祥。如今沈跃的知名度已经很高，杜可薇在沈跃进行了自我介绍后微笑着说道："沈博士，我听说过你。你是为金虹的事情来的吧？"

沈跃并没有感到奇怪。虽然金虹的死被定性为意外死亡，但甘文峰的案子在医院范围内的影响却非常大，特别是甘文峰坚称是他杀害了金虹的传言让整个事件显得更加的诡异与扑朔迷离，而在这样的情况下沈跃出面调查这起案件也就是一种理所当然了。沈跃点头道："是的。这起案件有些复杂，所以我们特地前来了解有关金虹的一些情况。我想，杜主任或许是最了解她的人，是吧？"

杜可薇诧异地问道："沈博士为什么会这样认为？"

沈跃笑着说道："据我所知，杜主任是这家医院试管婴儿技术的学科带头人之一，对自己下面的工作人员当然应该最了解才是。"

杜可薇却摇头说道："沈博士，说实话，我对她还真的不是很了解。"

她在撒谎。沈跃有些明白了，意味深长地道："杜主任，虽然我能够理解您的顾虑和难处，但我更需要知道所有事情的真相，毕竟她的死还牵涉另一起命案。"

杜可薇为难地道："这个……"

沈跃看着她，道："杜主任，这些年来，在您的手上创造过无数生命的奇迹，而金虹也多多少少参与其中，现在她死了，而且还引发出了另外一起恶性案件，这件事情多多少少都会对你们医院产生一些不好的影响。杜主任，难道您从来都没怀疑过金虹的死很可能另有隐情吗？"说到这里，沈跃真挚地道，"现在我们只是想寻找到其中的真相，希望您能够尽量给我们提供一些真实的情况。生命可以创造，死亡也可能。难道不是吗？"

杜可薇的神情一下子就变得凝重起来："沈博士，我明白你的意思了。"

二十世纪七十年代，第一例试管婴儿在英国诞生，随即全球发达国家将此项技术广泛应用于临床。从七十年代开始，中国的医务工作者也开始将目光投向这门新兴的医学技术。杜可薇就是当时国内最先将研究方向转向这门新兴医学技术的人之一。杜可薇的天赋与勤奋很快就让她的这项研究取得了巨大的成果，省妇产科医院试管婴儿的成功率直线上升，并快速超越了西方发达国家，省妇产科医院一时间声名鹊起，前来做试管婴儿的不育不孕病人每天在医院外排成长龙，从此，杜可薇所带领的科研团队走上了良性循环的发展之路——雄厚的资金支持、源源不绝的病员、不断攀升的成功率……

杜可薇大致说了一些关于金虹的情况，沈跃听了后不禁皱眉，问道："杜主任，听说金虹离婚后就一直单身，您知道这是为什么吗？"

杜可薇道："那是她的私事，我从来都不会去过问。"

沈跃笑了笑，道："倒也是。杜主任，据我所知，金虹大学毕业后就到了省妇产科医院工作，对一个本科生来讲，这份工作似乎来得并不是那么的容易，您还记得当时她是通过什么关系到这家医院来的吗？"

杜可薇回答道："是我去医学院面试的她。当时，像我们这样的医院用人很尴尬，硕士、博士不愿意来，就只能考虑本科生。"

沈跃道："原来是这样。那么，她到了你们医院后情况怎么样？"

杜可薇笑道："还不错，她的动手能力比较强，也非常刻苦努力，基本上符合我们的要求。"

沈跃愣了一下："基本上？"

杜可薇解释道："试管婴儿技术兴起的时间不长，新进的人必须从头开始学习专业理论知识，而更重要的是动手能力，因为人工授精技术很多时候是在显微镜下完成的。金虹的进步很快，但是距离这方面的专家水平还差得太远。"

这一刻，沈跃忽然想到了甘文峰，他可是显微外科方面的专家。沈跃又问道："她去日本考察的事情是谁决定的？你们医院为什么选择了她？"

杜可薇道："当时省卫生厅给我们医院分配了一个名额，医院就把名额给了我们科室，然后金虹就报了名。当时报名的还有几个人，后来金虹来找了我，她说这些年来她值夜班的时间最多，而且离婚后心情一直不好，希望能够借这个机会出去学习、散散心。其实我也有些同情她的处境，于是就把名额给了她。不过她本身的条件也不错，大家也没有多说什么。"

沈跃想了想，又问道："关于金虹的死，杜主任怎么看？"

杜可薇叹息着说道："一个活生生的人，忽然就这样没有了，人生真是无常啊……"

沈跃点头，道："是啊。关于金虹，杜主任还有什么情况可以告诉我吗？"

杜可薇似乎犹豫了一下，摇头道："我知道的就这么多。"

"你怎么看？"从省妇产科医院出来，沈跃问侯小君道。

侯小君沉吟着说道："从刚才我们所了解到的情况来看，金虹似乎一直很努力，她长得漂亮，但私生活好像并没有什么被人诟病之处。这有些出乎我的意料，觉得这个女人有些神秘，而且显得不大真实。"

沈跃点头道："确实是这样。也许那位杜主任并不真正了解她，也许金虹还有着我们并不知道的另一面，不过我相信至少有一个人对她是比较了解的……"

侯小君一下子就明白了，问道："你说的是金虹的前夫？"

沈跃点头："他和金虹离婚总是有原因的，夫妻之间了解得越多，最终可能是爱得更深，或者是分手，这个世界上的夫妻大多如此。难道不是吗？"

在沈跃看来，男人帅与不帅，身材和相貌是基础，而气质才是最为重要的东西。所谓的气质说到底就是一个人给他人的整体感觉，似乎是无形的但偏偏又能够让人感受得到，而特别吸引人的男性却更多的是因为他们的眼神，要么忧郁，要么睿智，抑或阳光灿烂。

眼前这个叫郝四文的男人虽然身高比甘文峰稍微矮一些，给人的第一感觉却更具魅力。甘文峰的眼神中时时透出的是懦弱和忧郁，郝四文的目光却是炯炯有神，而且充满着亲和力。

很显然，郝四文肯定是久闻沈跃大名的。沈跃在进行自我介绍后他极其自然地就显露出了与刚才不一样的热情。沈跃已经习惯于这样的情况，并没有绕圈子就直接说明了来意，可是郝四文却马上露出一副为难的样子，道："我已经约好了一位非常重要的客户，要不你们下午来？"

郝四文是一家科技公司的老总，前些年一直在创业，公司如今初具规模。沈跃在来这里之前已经看过他的资料，此时听对方如此说也就没有了坚持的理由，虽然他发现眼前这个人脸上的表情有些不大对劲。

当天下午，沈跃和侯小君再次前往郝四文的公司，却被告知郝四文临时有急事飞往新疆了。侯小君有些气急败坏，怒道："他怎么能这样呢？"

直到这时候沈跃才完全明白了，他叹息着说道："从一开始他就想好了要逃避。真是一个好男人啊，由此可见当年离婚的事情很可能是金虹对不起他。"

侯小君正在生气，此时听沈跃这样评价郝四文，诧异地问道："沈博士，难道你不觉得郝四文很可疑吗？"

沈跃朝她摆手，摇头道："不，他这样做只不过是为了向我们表达出一种态度罢了。郝四文早就听说过我，知道在我面前无法撒谎，如果他真的可疑的话就应该朝国外跑，而不是去新疆。嗯，我可以肯定，他确实是去了新疆，只不过并没有什么紧要的事情。他的公司在这里，而且公司正处于非常好的势头，所以他不可能一直躲避，他也知道我们应该能够想到这一点。"

侯小君还是不明白："既然如此，他为什么要回避？"

沈跃叹息着说道："俗话说，一日夫妻百日恩，郝四文只不过是不想在外人面前谈及金虹那些不堪的事情罢了。很多夫妻一旦离婚视对方为死敌，相互诋毁。说实话，像郝四文这样的男人确实少见，至少他有着不一样的胸怀。"

侯小君沉默了片刻，问道："为什么不是郝四文做过对不起金虹的事情？"

沈跃点头道："也有那样的可能。"

侯小君问道："那，我们接下来怎么办？"

如果面前是康如心的话，沈跃或许会直接回答，而此时，沈跃却采取了反问的方式："你说呢？"

侯小君想了想，道："看来我们只有去问问郝四文的父母了。"

沈跃若有所思地一笑，又问道："为什么？"

侯小君回答道："如果你刚才分析得没错的话，郝四文的父母肯定对金虹有着一肚子的怨气，而且他们也应该是最了解儿子婚姻破裂根源的人。"

沈跃点头道："你的分析很有道理，不过我依然认为最了解金虹的只能是郝四文，所以，必须要想办法让他面对我们。"

侯小君问道："他会答应吗？"

沈跃半仰着头思索了片刻，道："如果……到时候看情况吧。"

侯小君的分析是正确的。当沈跃问及郝四文父母关于金虹的情况的时候，两位老人瞬间就变得激动起来。特别是郝四文的母亲，她完全控制不住自己的情绪，怒不可遏地道："这个女人，她可是把我们儿子给害苦了啊……"

当预料到的情况真切地出现在面前的时候，侯小君的内心充满着成就感，这一刻，她再一次感受到心理分析的无穷魅力，不过她依然保持着清醒，问道："什么情况？可以告诉我们吗？"

也许是因为已经很久没有人提及金虹的事情，老太太显得有些过于激动，不过她很快就冷静了下来，叹息着说道："我儿子那么爱她，她却非要离婚，我儿子都三十几岁的人了，直到现在还是单身。这个女人太坏了，她怎么就不替我儿子想想呢？"

侯小君明白沈跃带她出来就是为了对她进行现场教学，所以一直都是主动在提问。此时，她忽然感觉到有些不大对劲，不过还是按照自己的思路继续问道："您儿子和金虹离婚的原因是什么？"

老太太道："我问过儿子，可是他只是说两个人性格不合。"

侯小君心里一沉，心想他们果然什么都不知道，这下麻烦了，禁不住去看沈跃。沈跃对这样的情况也有些意外，沉吟了片刻后问道："据我所知，他们结婚后一直没有要孩子，这是为什么？"

老太太又激动了起来，嚷嚷道："就是不知道为什么啊！我那儿子简直是鬼迷心窍，被那个狐狸精迷得把爹妈都当成了外人……"

得，原来他们什么都不知道。沈跃又问道："那么，他们离婚的时候财产是怎么分割的？"

老太太不说话了。这时候郝四文的父亲才说了一句："金虹什么都没有要。"

沈跃即刻问了一句："这是你儿子告诉你的？"

郝四文的父亲点头道："是的。虽然我并不知道他们两个人为什么要离婚，但是我感觉得到，他们两个人之间的感情是真实的，也许是因为他们两个人有什么过不去的坎。"

老太太顿时怒了："你居然还替那个狐狸精说话？！"

郝四文的父亲急忙申辩："我是实话实说好不好？"

老太太更怒："当时我们儿子也没有什么财产，所有的钱都投到了生意上面，她想要分也得有啊？！"

两位老人开始互相嚷嚷起来。沈跃急忙去劝解，随后和侯小君一起告辞了出来。到了楼下后才发现不知道什么时候天上已经开始在下雨，眼前的雨丝清晰可见，空气中充满着湿气，两人在那里站立了一会儿之后就感觉到浑身黏糊糊地难受，潮湿的空气让呼吸也变得不舒服起来。

沈跃朝侯小君看去，发现了她脸上所表现出来的颓丧，微微一笑，问道："你看出来没有，两位老人在他们儿子和金虹为什么离婚的事情上撒了谎。"

侯小君的脸红了一下，羞愧地道："我……"

沈跃并没有过分地去批判她，温言说道："在询问被调查人的过程中一定要心如止水，微表情的出现一瞬即逝，一旦你的情绪被他人所左右，就会遗漏掉许多重要的东西。"

　　确实是这样，刚才侯小君的注意力出现了短暂的分散，也许是因为内心的颓丧，也可能是两位老人争吵的缘故。侯小君道："对不起……沈博士，既然你发现了他们在撒谎，那为什么不当面揭穿他们呢？"

　　沈跃摇头道："那是因为两位老人的情绪有些激动，而我更愿意相信他们与这起案件没有任何关系，也许我们还会去找他们，所以没有必要过于刺激他们的情绪。"

　　侯小君顿时明白了："嗯。"

　　沈跃的声音更加柔和了些，安慰道："任何事情都是这样，除了普遍规律之外还可能存在着特殊情况。很显然，郝四文和金虹之间的事情就是如此。不过有一点似乎是不容怀疑的，那就是这两个人之间真挚的情感，这也就可以解释为什么金虹在离婚后几乎没有绯闻了。"

　　侯小君问道："既然如此，那她勾引甘文峰的事情又如何解释？"

　　沈跃沉吟着解释道："或许那只是甘文峰的幻想……从另外的角度上讲，即使甘文峰的记忆是真实的，那也不能说明什么问题，毕竟金虹已经离婚，她有追求任何男人的权利。嗯，你很可能会说金虹那样做不道德，因为甘文峰是已婚男人。但是，如果金虹是因为有什么重大的事情有求于甘文峰呢？"

　　侯小君道："甘文峰也就是一个医生而已，金虹会有什么事情非得采用那样的方式去求他？"

　　沈跃思索着说道："也许，这就是我们需要搞清楚的问题。"说到这里，他看着侯小君问道，"接下来你觉得应该怎么办？"

　　虽然侯小君已经不止一次见到过沈跃在调查的过程中遇到困境，但此时当她亲身遭遇的时候才发现，内心竟然是如此颓丧与无助。她摇头道："我不知道。"

　　沈跃依然在看着她，声音有些冰冷："小君，你要记住，无论你遇到多大的困难都不能退缩。人的内心是懦弱也是懒惰的，特别是在遇到困难的时候，我们往往会习惯于给自己寻找不作为的理由，以此去麻痹自己。像目前这样的情况我遇到过不止一次，可是为什么我总能够走出泥沼、寻找到新的方向？这是因为我始终相信一点：任何事情的发生都是心理逻辑和心理动因在起作用，所以，我们遇到困难要么是因为自己的方向错了，要么是我们对调查对象的心理挖掘得还不够深入。小君，你再好好思考一下，接下来我们应该怎么去做？"

沈跃的话震颤到了侯小君的内心，刚才的颓丧与无助瞬间远去，她想了想，试探着问道："或许，我们还是应该去拜访一下金虹的父母？"

沈跃双眼灼灼地看着她，问道："为什么？"

侯小君道："我也是女人，在我心里最无助、最痛苦的时候就会将心里的话对我妈说。"

沈跃的目光一下子变得温暖起来，说道："有道理，不过这也得看金虹和她父母的关系究竟怎么样。"

侯小君点头道："是啊，我们每个人所处的家庭环境不一样，但愿……不管怎么说，这一步我们都必须要做。"

沈跃完全赞同她的意见，道："是的。即使我们不能从中得到有用的线索，但也可以通过这样的方式去了解金虹的成长过程，从而分析出她与众不同的心理特征。"

金虹的家并不在省城，而是位于距离省城较远的一个少数民族地区，虽然路途遥远，但如今已经通了铁路。沈跃回家给康如心说了出差的事情，康如心笑了笑，抚摸着已经微微隆起的腹部说道："嗯，你和小君一起去我很放心，她会照顾好你的。"

沈跃早已注意到，如今的康如心变化特别大，特别是在有了孩子之后，在她的身上随时可以感受到母性光辉的洋溢。

当天晚上沈跃和侯小君就踏上了去往金虹父母家的旅途，上车后沈跃就对侯小君说了一句："我有些疲倦，你别管我。"

在火车有节律的"哐当"响声中，躺在软卧卧铺上的沈跃很快酣然入眠，一直到第二天天亮后才醒来。侯小君本来想借这次出差的机会向沈跃讨教一些专业方面的问题的，见此情况唯有苦笑。

金虹的父母已经退休，如今依然住在单位的集资房里面。沈跃和侯小君在楼下随便吃了早餐，然后上楼。楼道有些破旧，两侧的墙壁上贴着不少通下水道以及开锁的小广告。集资房没有电梯，金虹的父母住在六楼，两人到达门口处的时候都有些微微喘息。侯小君看了沈跃一眼，发现他的脸上带着一种悲悯，却听到他吩咐道："敲门吧。"

侯小君点头，然后去敲门。可是敲了好一会儿却毫无声息，这时候隔壁的门打开了，一位中年妇女出来问道："你们找谁？"

侯小君问道："这家人姓金是吧？怎么没人呢？"

中年妇女道："出去买菜去了。老两口每天早上一大早起来锻炼身体，早餐后就出去买菜。"

侯小君愣了一下，正要继续问下去却被沈跃即刻用眼神制止住了。沈跃问道："他们大概什么时候回来？"

中年妇女道："这个时候应该差不多到楼下了吧？"

沈跃朝她道谢："那没事，我们等一会儿就是。"

中年妇女疑惑地看着他们，问道："你们是？"

沈跃回答道："他家的远房亲戚，第一次来。"

中年妇女"哦"了一声，又打量了一下二人，这才将门关上。侯小君疑惑地看着沈跃，沈跃朝她微微摇头，低声道："老两口生活很有规律，这件事情有些奇怪。"

侯小君愣了一下，点头道："好像是有些奇怪。"正说着，就听到下面楼层处传来脚步声以及两个老年人的说话声，侯小君低声道："估计是他们回来了。"

她的话音刚落，沈跃就见到两个老人出现在楼道的转弯处，都是六十多岁年纪的样子，头发乌黑，精神矍铄。老太太手上提着一只菜篮，里面装的全是蔬菜。当两位老人走近后沈跃才注意到，他们都是才染过发，因为他们的头发黑得有些不真实。

沈跃和侯小君正暗暗观察着，就听到老太太在问："你们是在等我们？"

侯小君点头道："是啊。您是金虹的妈妈？"

两位老人一听，顿时就明白了二人是为什么而来，点了点头，快步上来打开了房门。沈跃暗自赞叹：侯小君的问话技巧越来越娴熟了。他感觉得到，刚才的那位中年妇女很可能正在屋内的猫眼处观察着外边的情形。

进屋后沈跃的第一眼就感觉到了一种熟悉，眼前的一切与自己曾经厂里面的那个家是如此相似，简单、朴素、干净。老两口待二人进屋后即刻就关上了门，然后请他们在沙发上坐下。泡茶，拿来了一些水果和点心，好一阵忙活后这才都一起坐到了沙发上。

他们无声的忙碌虽然显示出一种热情，但给人带来压抑与沉闷。沈跃首先打破了刚才的那种气氛，用一种不大的声音说道："可能你们已经知道了，我们是为了金虹的事情来的。"

这时候金虹的父亲忽然问了一句："你们是不是发现了她的死并不是意外？"

沈跃的心里很是惊讶，问道："您女儿的事情日本警方不是已经有了明确的结论吗？您为什么会有这样的想法？"

老人的表情骤然间布满了悲哀，声音也是如此："我和她妈妈不止一次做梦梦见她，她在梦里面哭喊着对我们说，她是被人害死的。"

梦是潜意识的真实反映，是愿望的达成。很显然，金虹的父母直到现在也依然不能接受自己女儿死于意外的现实。在两位老人的心里，女儿不应该像那样不明不白地死去。沈跃在心里叹息着。虽然在来这里之前他已经做好了让两位老人面对残忍的准备，但此时，他还是犹豫了。

其实侯小君的心里也很难受，作为女人，她面对这种氛围时候的承受力要比沈跃低得多，不过她知道，此时该她开始问问题了。她还知道，刚才沈跃只是为了让她调适一下情绪。侯小君终于让自己说出了话来："这位是心理研究所的沈博士，我也是心理研究所的工作人员，我叫侯小君。我们的心理研究所是警方的合作机构。今天我们来是因为另外一起案子，而这起案子涉及了你们的女儿……"

两位老人神色大变。这时候沈跃即刻补充了一句："也许，我们要调查的案子和你们女儿死亡的原因有关系。即使是没有关系，我们也必须进一步排除。叔叔、阿姨，我这样说你们能够明白吗？"

金虹的父亲马上就问道："你们正在调查的是一起什么样的案子？怎么会和我们家女儿有关系？"

沈跃道："这起案件还在调查之中，具体的情况我们暂时还不能多讲。我们这次是特地来了解金虹的情况的。"说到这里，沈跃看了侯小君一眼，示意她可以提问了。

也不知道是怎么的，这一刻，侯小君竟然感到有一种莫名的压力和紧张。也许和此时压抑的氛围有关。侯小君如此想着，沉吟着说道："那就麻烦两位老人家先说说金虹的情况吧。"

金虹的父亲叹息着说道："金虹这孩子，现在想起来我们真是很对不起她……"

金虹的父母年轻的时候都是乡镇工作人员，不过却一直处于两地分居的状态。少数民族地区地广人稀，两个人相距遥远，见一次面并不容易。两人刚刚结婚的时候倒不觉得有什么，但是随着金虹的出生问题就来了——乡镇政府的一线工作劳累而繁杂，孩子的抚养和教育都面临着很大的问题。

所以，金虹从一岁后就开始跟着外公外婆，一直到高中毕业那年她父母才终于调到了县城。这时候夫妻俩才真切地感觉到，自己的这个女儿在情感上和他们非常生疏。

"金虹大学毕业前她外公外婆都已经去世了，她和郝四文结婚的时候都没有通知我们。"金虹的父亲叹息着说道。

没想到会是这样的情况，沈跃和侯小君都意识到这次的登门拜访很可能不会有多少收获。侯小君问道："那她是什么时候告诉你们她已经结婚的事情的？"

金虹的父亲回答道："第二年春节的时候，她带着郝四文回了趟家，在家里住了几天。当时我们责怪她，她说：我从小到大你们管过我什么吗？现在我结婚了，就是回来告诉你们一声。"老人的脸上带着悲伤与无奈，继续说道，"听她那样说话，我们都不知道该说什么好了。她的成长过程没有我们的陪伴，我们确实对不起她。"

金虹的母亲在一旁流泪。

这一刻，沈跃不禁在心里叹息：是啊，孩子的成长过程需要父母的陪伴，这比其他任何教育都重要，因为那是孩子最需要父爱和母爱的时候。准确地讲，在成长过程中缺乏父母陪伴的孩子，他们的心理往往是不健全的。

侯小君又问道："那么，她离婚的事情你们是什么时候知道的？"

老人悲楚地回答道："她出事后我们才知道……"

侯小君没有控制住自己的情绪，惊讶地问道："这又是为什么？"

老人长长地叹息了一声，眼泪无声滴落，他没有即刻回答侯小君刚才的这个问题。沈跃温言地道："其实，一直以来你们都试图去挽回曾经的过错，试图给她一些补偿，但是一次次被她拒绝了。是不是这样？"

老人终于稳定住了情绪，点头道："是的。她上大学的时候我去学校看过她，可是她说学习很忙，只和我见了一面。她结婚后我们几次去看她，结果她总是值夜班。我知道，她是一直都不原谅我们。她去日本的时候出了事情，这件事情对我们的打击很大……我们再也没有机会去补偿她了……我们这一辈子不容易，在基层干了近二十年，想不到临到老了孩子竟然没有了，这白发人送黑发人的滋味……但我们还必须得好好活下去，我对老伴说，没什么，孩子没有了还有我，今后我们俩相依为命地好好活下去……"

此时，老太太已经在一旁哭成了泪人儿，金虹的父亲也是满脸的眼泪。沈跃并没有用语言去安慰他们，他知道，这两位老人在外人面前表现出来的坚强不过是表象，而他们内心的深处一直压抑着悲痛，说不定还时常像这样孤独地相对而泣。

过了好一会儿，金虹的父亲首先平静了下来，歉意地道："对不起，我们失态了。"

沈跃点头道："我们能够懂得你们的悲痛。不过我们这么远来，有些问题必须要问，所以还请你们能够理解和谅解。"

老人揩拭了眼泪，道："你们问吧……"

沈跃看了侯小君一眼，发现她的双眼红红的，而且微微在摇头。沈跃问道："你对金虹的性格了解吗？"

老人点头，道："我自己的女儿，她的性格我大致还是比较了解的。她倔强、心高气傲、不容易原谅他人，虽然她有时候什么都不说，但心里很明白。"

沈跃又问道："郝四文呢？你觉得他怎么样？"

老人回答道："这孩子不错，我看得出来，他是真心喜欢我们女儿。我们去他们家的时候，金虹借故不回家，四文这孩子一直陪着我们，他陪我们去公园、去逛街，陪我们看电视……"

接下来沈跃又问了一些问题，可是得到的答案似乎都与案情没有多少关系。两人告辞了出来，一直到楼下后沈跃才忽然说了一句："我怎么觉得金虹对她父母的感情有些奇怪呢？虽然她小时候父母陪伴得比较少，但也不至于如此耿耿于怀、搞得像仇人似的吧？"

侯小君问道："我也觉得奇怪。刚才你为什么不问他们这个问题？"

沈跃摇头说道："也许她父母都不知道这是为什么，不然的话他们也不会因此而纠结、痛苦。"

接下来沈跃和侯小君在这个少数民族地区的小县城待了两天，先后去拜访了金虹曾经的老师、同学，结果依然是一无所获。这些人对金虹的印象只是停留在她的中学时期，而且对她的评价都十分中性、模糊。

其实沈跃的内心还是有些焦躁的，只不过他在侯小君面前所表现出来的是沉静如水。他对侯小君道："我们回去吧，去医学院了解一下金虹的情况。大学时代是一个人世界观形成的重要时期，说不定我们会有所收获。"

而此时，侯小君再一次感到气馁了，她问道："我们调查金虹，真的有必要吗？"

沈跃分析着说道："从我们目前的角度看，这起案件的主体是甘文峰，因为他是在被人催眠之后杀害了妻子。当我们调查了与甘文峰有着深刻关系的所有人之后，却发现那些人都与甘文峰被催眠的事情无关，而金虹因为早已意外死亡所以没有被列为我们重点的调查对象。从我们已经了解和分析的情况来看，金虹与甘文峰之间的关系似乎并不是那么简单，所以，我们进一步调查金虹是必须的，同时也是必要的。像这样一起复杂的案件，我们只能沿着现有的线索一点点追查下去，这是唯一可行的办法。我始终相信一点：这个世界没有无缘无故的爱，也没有毫无缘由的恨，任何事情的发生都是有着内在心理动因的，只不过到目前为止我们还没有将那些看似无用的信息串联在一起罢了。"

侯小君苦笑着说道："我明白这个道理，可是却又有些看不到希望。"

沈跃朝她微微一笑，说道："相信自己，沉下心来，真相总会被我们发现的。"

沈跃这句话不仅仅是说给侯小君听的，同时也是在告诫自己。

即使是像沈跃这样的心理学家，也依然认为将心理学应用到案件的调查上面是一件非常不容易的事情。人心诡谲，人性难测，一个人犯罪的心理动因就像深藏于树木中的虫子，而心理学家就如同放大镜，透过树木的脉络去寻找出那只虫子存在的依据。而更多的时候心理学家就像一枚钻子，直接穿透树木的完好部分，深入其里去探寻出那只可怕的害虫。

现在，沈跃就觉得自己是那枚钻子，他寻找不到方向，只能四处去钻探、探索。

大学对学生的管理是比较松散的，这是由大学教育的特征所决定。大学是一个人世界观形成的重要阶段，追求自由更是这个年龄阶段共同的向往。沈跃和侯小君在拜访了金虹大学时候的辅导员、小课老师、团委工作人员后依然收获甚微，他们对金虹的印象并不深刻，"人长得漂亮""很早就恋爱了""学习成绩好像还可以"，除此之外就说不出别的具体的东西来了。

"看来还是要从郝四文那里入手才行。"侯小君说道。

沈跃点头，不过却很是担心："现在的问题是，他很可能不愿意和我们见面。"

侯小君建议道："可以让警方出面，要求他配合调查。"

沈跃沉吟着，说道："配合警方调查是公民的义务，不过我估计他不一定会配合，他完全可以用出差、有重要客户等理由推托。"

侯小君道："出差、见客户固然可以成为他推托警方的理由，但他不可能总不在办公室吧？"

沈跃提醒道："他又不是犯罪嫌疑人，警方不可能采用非常的手段强迫于他。还有，即使他愿意和我们见面，他也完全可以推托说什么事情都不知道。即使是我们发现他在撒谎又能怎样？他也可以说那是他的隐私。所以，关键的问题是要他主动配合，愿意给我们提供他所知道的一切情况。"

侯小君苦笑着说道："看来还真是有新麻烦了，除非是我们告诉他说金虹的死亡并不是意外。"

沈跃心里一动，即刻拿起手机给龙华闽拨打："我想看看金虹的死亡记录。"

龙华闽对沈跃的这个请求感到有些奇怪，问道："金虹的死日本警方早已有过明确的结论，你为什么还要看她的死亡记录？"

沈跃直接问道："那么，你们警方是否认真看过日本警方出具的那份死亡记录？"

龙华闽不得不说实话："还真没有……怎么，你怀疑日本警方的结论有问题？"

接下来沈跃的话毫不客气："我从来不随便去怀疑什么，但是我也从来不盲从他人的结论。甘文峰在杀害他妻子之前你们没有关注金虹的死亡记录也就罢了，后来事情发展到那样的程度后你们居然还是没有去关注这件事情。我想，这其中的原因要么是你们过于迷信日本警方的判断，要么是多一事不如少一事的心理在作怪。龙警官，我说得没错吧？"

除了上级，还从来没有人像这样毫不客气地指责、批评过他，不过龙华闽唯有苦笑。他知道沈跃的性格与行事风格。龙华闽急忙道："好吧好吧，我承认你说的都对，这件事情确实是因为我们不作为，也确实是过于迷信日本警方的结论。不过我还是觉得奇怪，你为什么忽然关注起这件事情来了？"

沈跃回答道："我说了，事情发展到这样的程度，金虹死亡的事情就必须引起我们的关注。此外，我非常希望能够从中找到说服郝四文配合我们调查的理由。"

11 郝四文

"这是复印件和翻译件，原件在日本警方那里。"龙华闽将案卷递给沈跃，"我仔细看过了，没发现有什么问题。"

沈跃将卷宗接了过来，打开后发现里面除了金虹意外死亡的情况介绍外还有目击者的证词，以及日本警方拍摄的有关金虹死亡现场的照片。沈跃首先开始阅读日本警方关于金虹遭遇意外事故的描述，随后又看了目击者的证词和日本警方拍摄的现场照片，一时间也没发现有什么问题。将手上的材料放回到卷宗里面之后沈跃问道："我可以将这份卷宗带回去研究吗？"

龙华闽笑道："当然可以，不过你看完后要尽快拿回来。小沈，其实从最开始我给你甘文峰那份资料的时候完全没有想到会是现在这样的结果……"

沈跃微微一笑，说道："我知道，你是怕我闲下来。不过我还是应该谢谢你，因为这个案子确实很有趣。对了，现在甘文峰的情况怎么样？"

龙华闽皱眉道："情况不大好，目前主要靠药物镇定。"

沈跃嘀咕着说道："这起案件很不寻常，所以我们必须要尽快搞清楚背后隐藏着的一切。"

龙华闽看着他："我相信你会寻找到真相的，而且非你不可。"

沈跃思索着说道："也许金虹就是这起案件的关键人物，可惜的是我们目前对这个人的了解实在是太少。这个女人给人的感觉太神秘了，以至于到目前为止我根本不能对她进行心理分析。"

龙华闽知道沈跃调查案件的方式，问道："接下来你准备怎么办？"

沈跃回答道："最近我忽然有一种感觉，觉得最了解金虹的人很可能是甘文峰，可惜的是现在我们不能再去刺激他了。不过还有一个人应该比较了解她，这个人就是她的丈夫郝四文。嗯，我会想办法说服他配合我们的。"

龙华闽惊讶地问道："最了解她的人是甘文峰？为什么？"

沈跃却摇头说道："到目前为止我还没有将其中的逻辑关系串联起来。再说吧，现在我得回去好好研究这份卷宗。"

龙华闽并没有再问什么，他了解沈跃调查案件的方式，点头道："好吧。有什么需要我们这边配合的，随时给我打电话。"

沈跃不让康如心看手上的这份案卷，说那样会对肚子里面的孩子不好。康如心的好奇心极重，不满地道："想不到你这样迷信！"

沈跃解释道："这可不是迷信。金虹是意外车祸死亡，案卷里面的文字描述会让你产生出血腥的画面感，照片更是会直接冲击你的感官。胎儿是可以感受到母亲的情绪变化的。这是科学。"

康如心这才罢了，笑道："好吧，我去给你泡茶。"

自从有了孩子之后康如心的变化有些大，她完全适应了婚姻后的家庭生活，这让沈跃感觉到自己随时随地、时时刻刻都被幸福所围绕。他在期盼着，期盼着孩子出生的那一天。他感觉得到，康如心肚子里面的孩子是一个女儿。这也是他的期盼。

书房里面柔和的灯光映射在沈跃的脸庞上，他的思绪随着案卷中的描述抵达那个遥远的岛国……

富士山脚下，到处是熙熙攘攘的旅游者，其中来自中国的游客居多。这座位于岛国的活火山，海拔三千七百多米，山顶终年积雪，它对中国游客来讲实在是太有名了。金虹随学者访问团抵达日本后基本上没有参与集体安排的活动，旅游成了她此行的主要目的。

金虹乘坐的长途豪华大巴在富士山脚下一处观光点停下，导游告诉游客们可以在这个地方停留四十分钟，游客纷纷下车。据同车的游客讲，金虹是独自一个人参加的这个旅行团，上车后就坐在最后一排，没见她与任何人有过交流。

半小时后，游客们纷纷上车，有人还意犹未尽地透过豪华大巴宽大明净的玻璃窗在朝山上看，这时候就见到一个女人正从不远处的马路快速朝大巴的方向跑来，当她正横穿公路的时候，一辆轿车飞驰而至，女人瞬间被撞得飞了起来……

事发突然，众游客瞬间发出连连惊叫声，肇事者被吓坏了，从车上下来后不住用日语说着什么，有人打电话后急救车和警察很快就来了。女人被撞飞起来后跌落在了公路的中央，嘴里在吐着血泡。医生用手去摸了会儿女人颈部的动脉，起身后不住摇头。

女人很快死亡，没有给医生急救的机会。警察马上对现场进行了勘查，肇事司机随即被拘捕。肇事司机是日本人，公司职员，当时开着车的他正在使用手机，猝不及防之下来不及刹车减速，于是酿成了这起车祸。

证人一（金虹同车大巴游客，中国大陆，女）的目击证词：我亲眼看到她从那边跑过来的。她当时跑得很快，结果一下子就被那辆轿车给撞上了，当时人都飞起来了。就那么一瞬的时间，太吓人了。

证人二（金虹同车大巴游客，中国大陆，男）的目击证词：我认得她，人长得很漂亮。在东京的时候她是最后一个上车的。车没坐满，但是她直接就去坐到了最后一排。我们到了富士山脚下后她好像也是最后一个下的车，我和老婆去景点照相了，后来就没注意到她。半个多小时后我们上车，她还没回到车上，这时候我无意中去看了看车外，就见到她在快速地朝我们的方向跑来，想不到竟然被那辆轿车给撞上了。当时我就听到"砰"的一声，只见她整个身体一下子就飞了出去……太吓人了！

证人三（金虹同车大巴游客，中国香港，女）的目击证词：出事的时候我还没上车呢，当时我看了下时间，发现距离上车的时间还有近十分钟，就准备去厕所方便一下。这时候就见到一个女的迎面朝我跑来，我也没在意，一会儿之后就听到身后传来了很多人的惊呼和惊叫声，转身一看才发现出了车祸，死的那个人就是刚才跑过去的那个女人。

证人四（另一辆大巴上的游客，中国台湾，男）的目击证词：当时我正在过马路，忽然看到有一辆轿车远远地行驶而来，那辆轿车的速度比较快，我急忙退了回去。这时候我就看见有一个女人正朝马路跑过来，正准备提醒她但是来不及了，眼睁睁地看着她被那辆轿车撞得飞了起来。

…………

日本警方调查了那辆旅游大巴的情况，发现那辆车隶属于一位日籍华人，这位日籍华人在东京开办了一家旅行社，专门吸纳散客去往日本境内各地旅游。日本警方通过现场勘查及对目击证人的证词进行分析，得出了金虹死于意外交通事故的结论。

从案卷中的所有情况来看，沈跃也完全赞同日本警方得出的这个结论——肇事司机只是碰巧路过，他并不知道金虹会在那一刻忽然横穿马路；不同的目击证人的视角和证词恰恰否定了对金虹故意撞车的怀疑，所以也就因此排除了死者自杀的可能。

现场照片上的金虹脸上青紫，血迹斑斑，芙蓉粉面已经不再，呈现在眼前的是一具已经没有了生机的躯壳。沈跃暗自叹息，思索片刻后合上案卷走出了书房。

康如心迎了过来，问道："你发现什么没有？你一定有所发现的是不是？"

沈跃笑着问道："你为什么这么关心这个案子？"

康如心朝他盈盈笑道："你调查的每一起案子我都关心。"

沈跃霍然明白了："我曾经建议你写的文章已经在准备构思了，是不是？"

康如心的双手抚摸着微微隆起的腹部，说道："最近待在家里，今后还有好几个月，我总得找点事情做不是？"

沈跃将她轻轻抱住，轻声对她说道："从现在开始，我一定多抽时间陪你。"

第二天，沈跃将案卷交给了侯小君。侯小君将其中的资料仔细看了好几遍却都没有发现有什么问题，可是她又分明感觉到这是沈跃在考核自己。她惴惴不安地来到沈跃的办公室，红着脸说道："我……没发现有什么问题。"

沈跃的脸上毫无表情，说道："那你先谈谈对这份案卷的看法。"

侯小君不明所以，怔怔地看着沈跃："看法？"

沈跃点头，道："我们不是警察，我们从事的是心理研究。日本警方出具的这份卷宗很是严谨，他们得出的结论很难被推翻，你知道这是为什么吗？"

侯小君依然不明白："为什么？"

沈跃耐心地解释道："结论的正确与否，关键在于前提条件是否真实。日本警方对这起案件的调查非常翔实，目击者的证词也非常真实可信。那么，现在请你告诉我，为什么我会认为那些目击者的证词真实可信？"

侯小君顿觉豁然开朗："我明白了。那些目击者是从不同的视角在讲述当时发生的情景，而且因为他们的性别不同，视角点也不一样，这样就给人以直观的真实感受。"

沈跃点头道："确实是如此。真实记录案件发生过程中的每一个细节，这样才更能够说服人。比如提供证词的那位男性大陆游客，他的视角就是因为金虹的漂亮而一直暗中在关注着这个女人，这才符合大多数男性的心理，而女性的视角却完全不同。日本人的严谨确实值得我们学习，不过他们还是忽略了一件非常重要的事情……"

侯小君的眼睛瞬间一亮，但是即刻又感到有些颓丧：我怎么什么都没有发现？沈跃看着她，仿佛知道她此时内心的想法，继续语重心长地说道："我们是心理研究者，应该时时刻刻从心理的角度去分析一个人的行为是否符合逻辑。很显然，当时金虹的那个举动是不正常的。为什么这样讲？金虹去日本的目的并不是为了什么学术交流，而是旅游……嗯，她的这个想法也有些奇怪，我们暂且不去分析。据日本警方提供的材料看，旅游大巴从东京出发的时候金虹是最后一个上的车，随后就坐到了最后一排。这说明了什么？"

侯小君回答道："这说明她真的纯粹就是为了玩，所以才不慌不忙。而且她不想与别的任何人打交道，这说明她有心事，不希望被他人打搅。"

沈跃点头道："可是到了富士山脚下之后呢？其他的人都在拍照看风景，而她却躲到了一边，而且很可能是从一开始就去了厕所。那个来自大陆的男性目击者可是一直在关注着她的，连这个人都没有发现金虹下车后的踪影，这就可以说明我的这个推论很可能是正确的。此外，明明当时距离大巴出发还有近十分钟的时间，她为什么飞快地朝大巴的方向跑去？"

侯小君心里一震，恍然道："肯定是她遇到了什么事情……"

沈跃却摇头道："不。如果她真的是遇到了什么事情的话，肯定会呼救或者尖叫。所以，我更倾向于她是接到了某个人的电话或者短信、微信。而那个电话或者信息对她造成了强烈的刺激，以至于……"

沈跃的话没有说完，侯小君一下子就明白了，大声道："她并不是着急要去乘坐那辆旅游大巴，而是要着急返回东京！"

沈跃的声音也有些激动："对！她很可能是想要着急返回东京！所以，我们现在必须要查明她在日本的时候使用的电话号码，并查出她在富士山脚下接听或者拨出的号码，如果可能的话，最好是有她当时从下车开始一直到出车祸整个过程的监控录像。那是旅游景区，应该是有监控录像的。"

听完了沈跃的分析，龙华闽皱眉沉吟着说道："这件事情有些麻烦，可能需要我们国家驻日本大使馆出面。"

沈跃当然能够理解，说道："虽然麻烦，但必须要查明这件事情。而且这件事情很可能是整起案件的关键，一旦我们的这个分析被证实，我们目前的很多困惑也许就能够迎刃而解了。"

龙华闽道："好吧，我马上去办，不过这需要时间。"

是的，这确实需要时间。沈跃感到有些无奈，说道："我需要一份当时考察团成员的名单，正好借这个时间去调查一下甘文峰和金虹在日本时候的有些事情。"

龙华闽提醒道："既然你已经发现了金虹的死另有原因，是不是可以现在就给郝四文打电话？"

沈跃想了想，道："不，这件事情得等一等。我们应该拿出一定的证据给郝四文看，这样的话他才会完全对我们讲实话。爱情这东西有时候就像一服迷魂药，会让一个人固执到可怕的地步。"

龙华闽道："好吧，你自己看着办就是。对了，有件事情告诉你一声，甘文峰老婆所在单位的一把手被'双规'了。"

沈跃淡淡地道："这不是我想要关心的事情，除非他与案情有关。"

龙华闽讪笑着说道："好像目前还没有这方面的情况……考察团的人员名单我马上让人发给你，你注意接收。"

不多一会儿，沈跃的电子邮箱里面就出现了一封邮件。名单上有十多个人，分别是内科、外科、妇产科、儿科、传染科、影像学、麻醉、医学检验方面的专家，领队的专家姓姚，是著名的影像学教授，同时也是一所三甲医院的院长。

沈跃沉吟了片刻，对侯小君说道："你和江队长接洽一下，最好是能够约定个时间将名单上的这些人都邀请到我们这里来，这样效率高一些。一定要叮嘱江队长，对这些人要客气一些。记住，是邀请。"

侯小君马上就去接洽了，时间也很快确定了下来，就在当天的晚上。专家白天的时间大多用于坐诊和查房，晚上的时间相对灵活一些。沈跃点头道："那就今天晚上。这样吧，今天晚上我请他们吃饭，顺便就把情况了解了。"

一直以来，沈跃都在遵从一个原则：无论是面对普通人还是被调查者，都给予对方最起码的尊重。这并不是因为他受到了西方平等思想的影响，而更多的是骨子里的对中国传统文化的继承。当然，沈跃本身的名气和影响力也是巨大的，这些专家在得到沈跃的邀请后都很快调整出了时间。

晚餐安排在了一家普通的酒楼里面，环境不错，菜品的味道倒是一般。沈跃曾经听到过一种说法：越是高档的酒店，菜品的味道往往并不出色，因为出入那种场所的人并不全然是为了满足口腹之欲，更主要的是为了重要事情的商榷与谈判。菜肴的味道太好反而容易转移客人的注意力。从心理学的角度上讲这样的说法是成立的，所以沈跃才刻意安排了这样一个地方。

当然，五星级酒店肯定不合适。太奢华也会让人产生惶恐的心理，也没有必要。

虽然这座城市比较堵车，但客人们都准时到达，在经过简单的寒暄之后，沈跃说道："可能各位专家都知道了，今天我请大家来是为了案子的事情。当时你们一行十多人去往日本考察学习，如今却有两个没有能够出现在这里，想起来实在是令人唏嘘。"

姚院长也感叹着说道："是啊。在那之前我已经有过三次带队出国考察的经历了，想不到这一次会出这样的事情。沈博士，我知道你今天请我们来的目的，有什么问题你随便问好了。"

沈跃端起酒杯，真挚地道："我也是学医出身，不过在你们面前我只是一个晚辈，如果不是因为这起案子的话，我也不会耽误大家的时间。这杯酒是我向各位专家表示歉意和感谢的。"

大家都客气了一番，一起喝下，沈跃接着说道："到目前为止，无论是甘文峰的案子还是金虹的死亡都还没有什么进展，请大家来也只是为了多了解一些情况。"

姚院长诧异地问道："金虹的死有什么问题吗？"

沈跃点头道："她属于意外死亡这没有问题，但是……"随即，沈跃将自己的推测说了一遍，然后说道，"无论是甘文峰的案子还是金虹的死都透出浓浓的诡异，而对我来讲，除了甘文峰在他出事前告诉过我一些事情之外，其他的却是一无所知，所以我非常希望能够从在座各位这里获取更多的信息。"

这时候一位姓刘的专家说道："我们到了日本后很快就按照每个人从事的专业去了不同的医院和科室，平时接触的时间比较少。后来金虹出了事，甘文峰却坚持说是他杀害了金虹，那时候我们才发现事情有些诡异。不过我们都是学医的，也就只能将甘文峰所表现出来的情况往精神异常方面去想。"

沈跃微微点头道："是啊，如果是我的话也会那样去想。不过我想，不管怎么说甘文峰和金虹与你们是属于一个临时性的团体，有些事情或许你们以前没有留意，或者是不方便讲出来。比如金虹在日本期间与你们每个人说过的话，还有，当时住在甘文峰、金虹隔壁的老师是否注意到甘文峰与金虹的关系，如此等等，现在我都希望各位老师不要有任何顾忌地讲出来。"

"沈博士这样一说我倒是想起来了一件事情。"一位姓周的专家说道，"有天晚上，我看到甘医生和金医生两个人从外边回酒店，因为我就住在甘医生隔壁，后来我好像听到了金医生去敲了甘医生的门。"

沈跃神色一动，急忙问道："后来呢？"

姓周的专家说道："我们住的酒店房间比较隔音，而且我也没有特别去留意他们的事情。"说到这里，他古怪地笑了笑，"甘医生和金医生是大学同学，有些事情我不愿意过多去想象。"

这时候在座其他人的脸上都露出与周医生同样古怪的笑容，此外，沈跃也注意到了周医生最后那句话是在撒谎。嗯，他不去多想就奇怪了。沈跃笑了笑，问道："其实你们都觉得他们两个人的关系很不一般，是这样的吧？"

姚院长道："在出国之前我们就已经知道他们俩是同学关系了，而且他们两个人的关系好像很亲密。"

沈跃的眼睛一亮："哦？你们是怎么看出来的？"

一位姓郑的专家笑着说道："第一次大家见面的时候金虹就介绍说他们是同学。男的那么帅，女的又那么漂亮，虽然他们保持着最起码的距离，但我们可是过来人，从两个人互相看对方时候的眼神还是能够发现一些问题的。"

其实这也是微表情。沈跃点头，问道："你们还有其他什么发现没有？"

姚院长道："我发现金医生到了日本后几乎没有遵照事先的安排参加考察学习，而是四处游玩。其间我找她谈过一次，结果她却说：'姚院长，我是做试管婴儿的，日本在这方面的技术可是比我们差远了，我觉得他们才应该去我们那里学习考察才是。'虽然我觉得她说得有些道理，不过还是继续劝说她：'甘医生的技术水平也比他们高，你也可以像甘医生那样给他们做一些讲座啊？'金医生却不以为然地说了一句：'我和他不一样，我不好为人师。'这次我们一起出来的都是专家，而且她又不是我们医院的医生，所以我也就不好再多说什么，只好由她去了。可是谁知道她会出那样的事情呢？回来后我还因为这件事情受到了处分……"说到这里，他苦笑了一下，"说实在话，我并不是第一次带团出国考察学习，像金医生这样的情况我还是第一次遇见。"

姚院长说完后其他人并没有再补充什么，此时已经酒过三巡，话题也早已打开，想必他们应该是把知道的情况基本上都讲完了。沈跃朝在座的各位又敬了一杯酒，然后说道："谢谢各位老师给我们提供了这么多的线索。"他随即看着那位姓周的专家，"对了周老师，您看到甘文峰和金虹一起从外边回酒店的事情是哪一天？"

姓周的专家回答道："就在金医生出事的头天晚上。"

沈跃看着在座的专家们，歉意地道："对不起，有个问题我必须要问大家：你们当中有谁懂得催眠术？"

所有人都是愕然的表情，沈跃的目光很快从他们脸上扫过，忽然举杯喝下："对不起，我确实不应该问这个问题。"

姚院长首先反应了过来，举杯一口喝下，问道："沈博士，你真的能够一眼就看出我们当中没有人懂得催眠术？"

沈跃指了指自己的脸，微笑着说道："微表情是我们每个人最真实想法的表现，只不过一般的人发现不了罢了。据我刚才的观察发现，在座每一位脸上惊讶的表情都是真实的，而且紧接着没有任何遮掩。"

所有人都惊叹不已。

鉴于大家都没有新的情况可提供了，接下来沈跃也就不再去谈及案子的事情。沈跃本身就是学医的，与他们有共同的话题可以探讨，再加上心理学与医学息息相关，所以晚餐后面的时间段可是要比前边热烈、融洽得多。其间沈跃也在姚院长的请求下游戏般地做了微表情测试，所有人都惊奇万分，叹为观止。

晚餐结束的时候沈跃再次向各位专家表示感谢，当大家都准备散去的时候沈跃忽然想起一件事情来，问道："金虹出事的那天，你们谁接到过她的电话或者短信、微信？"

晚餐的时候侯小君完全充当着服务员的角色，给沈跃请来的各位专家们添茶倒酒，其间一言不发。她知道，在这些医学专家面前，沈跃必须是主角。

终于将这些人送走了，侯小君问沈跃道："他们当中没有嫌疑人？"

沈跃的脸上洋溢出阳光般的笑容，点头说道："说实话，我是真的不希望嫌疑人就在他们当中。他们都是医学专家，我真的不希望'白衣天使'这个称呼被人亵渎。所以，这样的结果让我感到非常高兴，也深感欣慰。"

侯小君看着他："可是，我们依然一无所获，接下来……"

沈跃即刻说道："我们一无所获？不，今天我们的收获太大了。首先，排除了这些人的嫌疑本身就是最大的收获；其次，他们提供的信息至少证明了一点，那就是甘文峰和金虹之间的关系似乎一直不错……"

这时候侯小君忽然说道："刚才我还在想，当初甘文峰是如何躲过你对他微表情观察的。"

沈跃摇头道："因为他当时并没有撒谎。你想想，这说明了什么？"

侯小君忽然明白了："你以前说过，甘文峰很可能是被人抹去了一部分的记忆。"

沈跃点头道："所以，从这件事情上正好证实了我当时的那个猜测。除了以上的发现之外，现在我们还知道了一点：甘文峰认为他杀害金虹的时间应该就是在金虹出事的头天晚上。小君，综合以上所有的信息，你分析一下，由此我们可以得出什么样的结论？"

侯小君皱眉思索了好一会儿，试探着问道："难道是金虹催眠了甘文峰？"

这样的结论可以说是石破天惊，在一般人的思维里绝对是匪夷所思。沈跃也有些意想不到，欣赏地看着她，问道："这样的结论你是如何得出来的？"

侯小君从沈跃的表情上一下子明白了，也许他早就有了这样的推论，只不过在此之前还缺乏依据罢了。她一边思索着一边回答道："我只是有这样一种感觉……如果金虹和甘文峰之间早就有着不一样的关系，而后来又不想让他人知道这件事情的话，从动机上来讲似乎就只有金虹。此外，从我们目前对金虹的了解来看，这个女人的社会关系似乎又简单得让人不可思议，给人以非常神秘的感觉，像这样的人做出任何事情来都是可能的。可是，我想不明白的是，如果真的是金虹催眠的甘文峰，她为什么要让甘文峰去杀害他的妻子呢？"

沈跃微微一笑，说道："我倒是想到了一种可能，不过还需要我们进一步去证实。"

侯小君急忙问道："什么样的可能？"

沈跃拿出手机，自言自语般地说道："也许郝四文可以为我们提供答案。"

在经历了不久之前的困难重重、前景迷茫的调查阶段，当案情很快有了转机之后，山穷水尽疑无路，柳暗花明又一村的豁然开朗感觉是如此的让侯小君感到激动与兴奋，这一刻，她更加真切地感受到心理学应用技术的无穷魅力。她发现，与沈跃一起探寻案件真相就好像是在观看花开花落、果实显露、静候瓜熟蒂落的过程，其间也许会经历寂寞与烦躁，但在手捧丰硕果实的那一刻就会发现，曾经的那一切、每一分每一秒都是如此的精彩纷呈。

也许郝四文就是这起案件调查过程中的一枚果实，现在，它已经成熟了。侯小君看着沈跃拨通了郝四文的电话，听到他缓缓说道："现在我有充分的理由怀疑金虹的死另有原因。我们见个面吧。"

12 口 红

郝四文竟然主动到了康德 28 号。沈跃的分析没错，这其实是爱情的力量。不过这也正是让沈跃感到奇怪的一个问题——既然郝四文和金虹之间有着真挚的情感，他们为什么要离婚呢？

答案就在眼前。所以，沈跃面对郝四文提出的第一个问题就是："你和金虹，为什么？"

郝四文当然明白沈跃想要问的是什么，他苦笑着回答道："是她非得要和我离婚，而我挽救不了我们的婚姻。"

沈跃早已想到这样的可能，不过他依然感到奇怪："那么，她又为什么？"

郝四文看着他："金虹，她的死真的另有原因？"

这才是郝四文最关心的问题，同时也是他讲出一切的条件。很显然，关于金虹的故事，其中必定有着难以启齿的隐情。沈跃点头，道："是的……"

听完了沈跃的讲述与分析，郝四文沉默了许久，他的脸上有着明显的悲戚，还有数次欲言又止的犹豫。这一切都被沈跃看在眼里，不过他并没有催促，只是静静地等待。他会讲出来的，而且他一旦讲出来，背后的故事必定震撼人心。

侯小君也一直静静地坐在旁边，她的心里也带着强烈的期盼。沈跃的办公室里面一时间静谧得落针可闻，郝四文的呼吸声也越来越粗重、急促，后来终于，他开口说了一句："其实，直到现在为止我都不知道金虹她为什么要和我离婚，不过我知道，她的心里一直有一道过不去的坎……"

金虹的父母早年因为工作的原因一直异地分居，她是跟着外公和外婆长大的。为什么跟着外公外婆而不是爷爷奶奶？其中的原因很简单，因为她是女孩。这样的事情金虹在小的时候或许并没有意识到，但当她长大后心理上肯定受到了影响，而可悲的是，无论是金虹的爷爷奶奶还是她的父母都认为这是一种理所当然。越是贫困的地区，重男轻女的思想往往越严重。

当金虹上高中的时候，她的父母同时调到了县城，一家人终于生活在了一起。金虹曾经对郝四文说过，那是她期盼已久的最幸福的时光。可是，那样的幸福感受维系的时间极其短暂，一次意外的发现让她从此生活在噩梦之中……

那是在高一的下半学期，有一天金虹的母亲出差去了省城，金虹上完晚自习回家后做了会儿作业，在吃了父亲做的荷包蛋后很快幸福地进入梦乡。当时金虹正处于例假前夕，半夜时分因为痛经醒来，忽然听到外边传来父亲刻意压制着的细小声音："我改天再和你联系……"

然后就是轻微而细碎的脚步声，轻轻的关门声。那一瞬，金虹感到全身冰凉，差点打开门冲出去，但是她克制住了自己，悄悄去到窗户处。大约两分钟后，她看到一个女人在楼下匆匆而去，路灯将那个女人的影子拉得长长的……金虹的眼泪潸然而下：也许父亲早就出轨，只不过是第一次被她发现而已。

那天晚上，金虹再也没能入睡。第二天天亮后不久她就听见父亲起床了，厨房里面很快就传来了父亲做早餐的声音。

金虹像往常一样起床，洗漱后发现父亲已经将早餐端上了桌。浓稠的小米粥，父亲亲手做的肉包子，一碟炒鸡蛋，还有一杯牛奶。这天的早餐比以往的要丰盛许多。

吃过早餐，金虹就去上学了。那天晚上发生过的事情被她深深地隐藏在心里，即使是她母亲出差回家后她也没有透露出丝毫，一直到结婚前，她才将这件隐藏在心底多年的事情告诉了郝四文。

当郝四文讲到这里的时候，沈跃忽然问了他一句："你和金虹曾经是夫妻，有关她的事情你应该知道得不少，你为什么首先要告诉我们这件事情？"

郝四文苦笑着说道："其实我对她的了解十分有限。后来她非得要和我离婚，我至今都还不知道原因。"

沈跃看着他："这句话你已经不是第一次说了，但是我早已发现你的这句话是在撒谎。而且我还发现你父母也在这个问题上撒了谎，只不过我当时并没有当面指出来罢了。郝先生，请你告诉我，这究竟是为什么呢？"

郝四文右侧颧骨处的肌肉抽动了一下，却并没有回答刚才的这个问题。沈跃依然在看着他，缓缓说道："我知道，你对金虹的感情是真挚的，所以我们就应该一起去将金虹的死因搞清楚，而不是给自己留下任何遗憾。郝先生，你说呢？"

郝四文苦笑着说道："我忘了自己面对的是沈博士你。看来我不得不把自己家里的有些事情讲出来了。其实我和金虹离婚的原因很简单，就是因为她不愿意要孩子。这件事情让我父母很恼火，在再三劝说无效的情况下，我父母才对我下了最后的通牒，他们非常严厉地对我说：不换思想就换人。我是家里的独子，虽然我很爱金虹，但是……"

一边是爱情，一边是孝道。当时这个男人陷入了极度的矛盾之中。沈跃有些同情地看着他，叹息着说道："其实，你心里也是非常希望能够拥有自己的孩子的。正因为如此，你最终才屈服在了父母的最后通牒之下。嗯，我能够理解。人生本来就是如此，在有些问题面前我们必须做出选择。也正因为是这样，所以一直以来你才对金虹有着深深的愧疚。"

郝四文的声音变得有些哽咽："是的。而且当我们离婚之后我才发现，自己原来是那么的爱她。"

沈跃似乎有些明白了，问道："你刚才讲那件事情的目的是希望我们能够替你分析出金虹不要孩子的原因，是这样吧？"

郝四文叹息着说道："早就听说沈博士在心理学方面的造诣非同寻常……确实是这样，我问过她很多次，但她就告诉我说不喜欢孩子。我当然不相信，后来反复去想，觉得这很可能与她曾经告诉我的这件事情有关系，但是我又不能肯定。"

沈跃想了想，沉吟着说道："也许有一定的关系，但似乎还不至于对她影响到那么深。郝先生，金虹出事后她的遗物在什么地方呢？"

在金虹父母家的时候沈跃有些奇怪地注意到，视线范围内竟然寻找不到有关金虹的一丁点痕迹，虽然金虹父亲的讲述中解释了其中的缘故，但那样的情况依然让沈跃感到有些不正常。而现在，当郝四文讲出了那件事情之后，似乎一切都明白了。

郝四文回答道："我们离婚后她在外边租了套小房子，我曾经不止一次去看望她但是她都不让我进屋。她出事后是我去的日本，她的遗物除了一些衣服和化妆品之外就没有别的东西了，我带回了她的骨灰，在和她父母商量后就埋葬在这座城市的公墓里面。她住过的出租屋我继续花钱在那里放着，她所有的东西也都还在，有空的时候我会经常去那里坐坐。"

这是一个痴情的男人。此时，侯小君看他的眼神也和刚才不一样了。沈跃也在心里叹息，问道："可以带我们去她住的地方看看吗？"

金虹所住的地方距离省妇产科医院很近。金虹租住的房子在小区的最里面，一楼，一室一厅的房子，无论是客厅还是卧室的外面都是葱郁的树木，当沈跃还在外面的时候就已经感觉到一种阴暗的气息。沈跃停住了脚步，问郝四文道："据说金虹和你离婚的时候没有分到任何财产，是这样的吗？"

郝四文苦笑着说道："那时候我刚刚开始创业，除了家里支持的一部分钱之外还向银行贷了款，我实在拿不出钱去给她。不过我对她讲了，公司的股份中有 30% 是她的，可是被她拒绝了。"

侯小君惊讶地问道："为什么？"

郝四文叹息了一声，说道："她说离婚的根本原因还是她，所以她说自己愿意净身出户。"

沈跃看着他："像这样的女人可不多……难道你就真的那么忍心让她净身出户？"

郝四文再次苦笑："本来我不想多说的，不管怎么样都是我对不起她……后来我还是从公司不多的流动资金中拿出了八万块钱给了她。一直到现在我都感到内疚，她把自己最美好的一切都给了我，但是我那样对待她……"说到这里，他的眼里已经全是泪水，声音也再次变得哽咽起来，"沈博士，上次你们来找我的时候我有意逃避，实在是因为我不忍再去细想过去的事情，更不想……"

沈跃点了点头，轻轻拍了拍他的肩膀，说道："我完全能够理解。男人活在这个世界上很累，事业、父母、爱人等，都要面面俱到地去考虑，而且在面对某些艰难选择的时候还必须要做出抉择。"

郝四文仿佛遇到了知音，不住点头道："是啊。"

这时候沈跃忽然问了一句："金虹是真心爱着你的吗？关于这个问题，你应该有自己的判断是吧？"

郝四文愣了一下，回答道："我想，她对我的感情是真的。"

沈跃紧接着又问了另外一个问题："甘文峰这个人，你认识吗？"

郝四文的神色显得有些萧索，点头道："认识，他是金虹的同学。我和金虹从大学期间就开始谈恋爱，那时候我就见过他。我和金虹离婚后不久，有天晚上我到这里来，金虹不让我进门，但是我从门外看到了坐在里面的那个人就是甘文峰。"

"当时你心里是什么感受？"沈跃问道。

郝四文神色黯然，回答道："那一瞬间，我才真切地有了彻底失去她的感觉。"

侯小君诧异地问道："你和她离婚的时候难道没那样的感觉？"

郝四文苦笑着说道："离婚的时候心里总还带着一丝的希望。那时候我想，或许可以慢慢做通父母的工作。"

这是眼前这个男人内心最真实的想法，由此也可以证明他对金虹确实是真爱。也许他对金虹确实并不完全了解，但这完全是可以理解的——因为真爱，他才不敢轻易去触碰对方更多敏感的东西。沈跃在心里叹息着，对郝四文说道："开门吧。"

郝四文从手包中取出了钥匙，熟练地去开门。沈跃发现，打开眼前房门的钥匙是和他的其他钥匙串在一起的，看来他已经把这个地方当成了心灵的家。从人类心理的角度上讲，这说到底还是——失去的东西才最珍贵。

这套房子的面积三十多平方米，客厅被布置成了书房，除了书桌处的椅子之外再也没有别的座位了。很显然，这样的布置不应该属于房东，而是金虹的创意。她根本就没考虑过接待来访者的问题。也许甘文峰是例外。

书架上摆放着不少专业书籍，还有不少女性小说，沈跃一一浏览过去，忽然在一个地方停留住了……那一排全部是器官移植方面的书籍。金虹居然对这方面的知识感兴趣？伸出手去将其中一本抽出来，简单翻看了几页，不多一会儿后又抽出了其他几本，一边看着一边问郝四文道："金虹是从什么时候开始关注器官移植这门学科的？"

郝四文愣了一下，回答道："我不是学医的，所以从来没有关注过这个问题。这些专业书籍我也看不懂，也就没有特别注意。"

沈跃点了点头，忽然想起了什么，转身去看身后的书桌，问道："金虹不用电脑？"

郝四文道："她有个笔记本电脑，但是日本警方告诉我说他们清理金虹遗物的时候没有发现那个东西，估计是她出国的时候根本就没有带出去。我去过她工作的科室，那里的医生说从来没见过她将笔记本电脑带到科室去过。我想，很可能是被人偷了。"

沈跃若有所思。侯小君道："沈博士，会不会是金虹出事后有人来过这里？"

沈跃反问她道："那个人为什么要来这里？而且还拿走了金虹的电脑？"

侯小君眼睛一亮，回答道："说不定金虹的电脑里面……"

沈跃即刻制止住了她后面的话，随即快速地朝卧室走去。郝四文的内心再一次被震惊，问侯小君道："金虹的死真的另有原因？"

侯小君看着他，问道："你还知道些什么？"

郝四文却摇头说道："对于她的事情，我觉得比较特别的就这么多。可能你们会觉得奇怪，其实我们大多数人都是这样：喜欢上了一个人，就会情不自禁地想和她在一起，和她结婚，然后和她过一辈子。如果不是我父母的原因，即使是她不想要孩子，我也会和她白头偕老的。"

侯小君不得不认同他的说法。是的，两个人相爱根本就不需要理由。侯小君忽然觉得这个人非常值得尊敬，也很可怜。

这套出租屋的卧室有些小，一张双人床、一排衣柜以及梳妆台让这个本来就狭小的空间显得更加局促。沈跃去打开衣柜，发现里面全部是衣服，还有不少盒子，盒子里面都是样式各异的鞋子，但并不都是新的。沈跃用手去摸了一下鞋面，递到鼻子前嗅了一下……鞋油味很浓。

沈跃在衣柜里面没有什么特别的发现，随后打开了旁边的床头柜，里面装的是袜子，厚薄都有，还有几双没开封的丝袜。另一侧的床头柜里面有一只手电筒，还有蜡烛和一只一次性的打火机，除此之外别无他物。

侯小君进去的时候沈跃刚刚检查完床头柜，只见他正趴在地上看床底下。侯小君也忍不住好奇趴下身去看，发现下面塞满了东西，这时候就听到沈跃在问："郝先生，床下都是些什么东西？你检查过吗？"

郝四文回答道："是棉絮、棉拖鞋之类的东西。这房子太小了，金虹将冬天需要用的东西都放在了床下面。"

沈跃从地上爬了起来，看了看双手，很干净，去到梳妆台前。镜面也很干净。打开梳妆台左侧的抽屉。这时候郝四文在旁边说道："这里面装的都是金虹从小学时候起获得的各类奖状，大学毕业证、行医许可证、中级、副高级职称证，等等。"

沈跃将里面的东西翻看了一遍，将抽屉关上，随即打开了旁边的大抽屉。里面全部是化妆品，都是比较普通的牌子。沈跃将一支口红从里面拿了出来，打开上面的小盖，旋转了一下，发现这支口红是大多数女性常用的淡红色。沈跃问郝四文道："这是金虹的遗物？你从日本带回来的？"

郝四文点头道："是的。"

沈跃朝郝四文微微一笑，说道："其实她也有浪漫的一面，是吧？"

郝四文惊讶地看着他，点头道："是的，我们离婚前，周末的时候她会提议去露营，或者去江边看夜景。"

沈跃将手上的口红放了回去，关上抽屉，想了想，又问道："郝先生，有一件事情我不大明白：既然你依然深深爱着她，为什么不将这些东西带回到你们曾经的家里去呢？"

郝四文很是难为情的样子，苦笑着回答道："我父母前不久给我介绍了一个女朋友，我们正在相处。"

"明白了。"沈跃去拍了拍他的肩膀，真挚地道，"也许你再也找不到曾经与金虹在一起时候的那种感觉了，但你的生活还需要继续下去。曾经的那份感情记在心里就行了，没有必要再去伤害另外一个女人。你说呢？"

郝四文点头道："我知道。但是……"

沈跃叹息着说道："是啊，这需要时间。郝先生，我只是提醒和建议罢了。谢谢你告诉了我们这么多，也谢谢你带我们来这里……"

郝四文满怀期待地问道："沈博士有什么重要的发现没有？"

沈跃沉吟着说道："金虹的笔记本电脑不见了，或许这是我们今天最大的发现。郝先生，你放心吧，我们会尽快查明一切真相的。对了郝先生，我想见一下这房子的房东，麻烦你带我们去一趟可以吗？"

房东是一位年轻的女性，模样并不是特别漂亮，但白皙清纯，沈跃一见到她就忽然想起小说中关于邻家女孩的描述。

当沈跃他们出现在她面前的时候她显得有些紧张，沈跃朝她微微一笑，说道："想不到你这么年轻就买房了，还出租，这说明你很努力。"

年轻女房东不好意思地道："没办法，像我这样的人依靠不了家里，只能自己去想办法赚钱。现在的房价一天天往上涨，投资这一块很划算。"

侯小君很是羡慕地看着她，问道："投资房产总得交首付吧？"

女房东道："我本身是做药品销售的，一个月就几万块的收入，当凑齐了首付的钱之后我就去买房，然后简单装修一下出租出去，租金用来还贷，就这样以房养房，几年下来后手上的房产也就好几套了。"

侯小君知道刚才沈跃开始这个话题是为了缓解这位房东的紧张，赞扬道："你真会理财。"

房东不好意思地笑了笑。沈跃饶有兴趣地看着她，问道："你刚才说你是做药品销售的？"

房东点头："是啊。我是医学院毕业的，学的是医学心理学专业，毕业后不好找工作，于是就去医药公司做销售了。"

沈跃若有所思地看着这个叫孙詹的女孩，问道："其实，你和金虹金医生早就认识？"

孙詹点头，神情悲哀地道："是的。我是省妇产科医院的医药代表，金虹姐一直对我很关照。想不到她会出那样的事情……"

沈跃的心里感到有些奇怪，问道："你是医药代表，金医生对你那么照顾，你这房子又不大，租金想必很便宜，从交换的角度上讲，你不应该收她的钱才是。"

孙詹的脸一下子就红了，解释道："开始的时候我也是说不收金虹姐房租来着，可是她坚决不同意。她说我也很不容易，不愿占我的便宜。"

她在撒谎。不过沈跃并没有马上揭穿她，继续问道："你知道金医生当时为什么找你租房子吗？"

孙詹点头道："知道。她告诉我说她离婚了。"

沈跃微微一笑，道："看来金医生和你的关系确实是不错啊。你非常信任她，而且她也曾经给你提供过许多关于药品销售的建议，说不定还把她在其他医院里面的关系都介绍给了你。是这样的吧？"

当沈跃说出这番话来的时候，不仅仅是孙詹，郝四文也感到惊讶万分。孙詹似乎有些猝不及防，说话都有些结结巴巴起来："我……她……你是怎么知道的？"

沈跃的脸色一下子变得沉静起来，淡淡地道："因为我是一名心理学家。"说到这里，他转身对侯小君说道："小君，记得我曾经对你讲过，心理学家是可以凭借女人的化妆品看出她们真正的性格的。刚才在那出租屋里面的时候你注意到没有，金医生所使用的那支口红比较特别？"

侯小君点头道："那支口红是淡红色的，这说明金虹相对来讲比较传统，也很自信，平时也就只是化一下淡妆。"

沈跃却在摇头："小君，你只注意到那支口红最基本的东西。是的，你说得没错，不过你并没有注意到那支口红被使用过后的形状。其实，每一位女性使用化妆品都有自己独特的习惯。我说的是习惯，不是因为经济上的原因使用何种品牌的问题。比如口红，一般来讲，女性使用口红的习惯大致有以下几种：只使用固定的一边；使用正中的部分，于是口红就形成了内凹的形状；很细致地旋转口红，口红的形状因此就变成了非常光滑的半圆形；重点使用中间部分后旋转口红，最终口红就会变成浅盘形。金虹使用口红的习惯正是最后一种，像这样的女性往往富于浪漫色彩，也比较理性，而且记忆力惊人，她常常能够向他人提出合理化的建议，所以像这样的人很容易获得他人的信任。"

郝四文和孙詹的脸上都露出了震惊的表情。侯小君却感到很是兴奋，她发现自己总是能够从沈跃那里学到更多的令人喜出望外的知识。沈跃是一位杰出的心理学家，更是一位好老师。侯小君暗自庆幸自己当初的那个决定，同时也在心里感激着沈跃。是的，是沈跃，是康德28号为她打开了那道通往神奇心理学的大门，让她不但看到而且亲身感受着这道大门里面亮丽非常的风景。

沈跃说完了那段话之后，目光转向了孙詹："很显然，你和金虹之间的关系应该比你刚才所讲的要深厚得多。刚才我已经注意到了，那间出租屋里面的家具都是品牌产品，价值起码数万，想必应该不是金虹自己所购买。你一方面收取了金虹房屋的租金，另一方面却给她配备了如此高档的家具……嗯，你可能会这样解释：因为她帮了你很多。"

孙詹的脸上闪过一丝慌乱，嘴里却在说道："本来就是这样。"

沈跃朝她摆手："不，这不符合心理逻辑。你要感谢金虹，就不会收她的房租，因为那是你自己的房子，何况租金远远不及那些家具的价值。在我看来，你和金虹之间的关系似乎更像交易。嗯，看来我的分析没错。小孙，请你告诉我，为什么要对我撒谎？"

孙詹的嘴唇紧闭着。旁边的郝四文内心更加震惊，刚才他也亲耳听到了孙詹的回答，但是根本没有发现其中有任何的逻辑漏洞。这一刻，郝四文的内心感到震惊的同时也有些恐惧：原来传说中的这位心理学家竟然真的厉害如斯，他的双眼仿佛可以直达他人的内心，在他面前你休想隐瞒住一丝一毫。

沈跃一直在盯着孙詹，此时见她闭口不回答，缓缓地道："我再问你另外一个问题：金虹的笔记本电脑是不是你拿走的？"

孙詹浑身一激灵，连忙说道："没有！我拿她笔记本电脑干吗？"

让沈跃感到诧异的是，她竟然没有撒谎。沈跃感到有些头疼……看来这个案子比原先想象得要复杂得多。皱眉想了想，他又问道："好吧，我相信你刚才的话是真的。那么还有一个问题：你是医学心理学专业毕业的，你学过催眠术没有？"

孙詹回答道："学过，可是学得不好。"

沈跃紧跟着问道："金虹曾经向你请教过心理学方面的知识，特别是催眠术。是这样的吗？"

孙詹点头，道："是的。金虹姐对心理学，特别是催眠术很感兴趣，可是我懂得的东西也不多，只是和她交流而已。"

沈跃看着她，继续问道："她在你身上实践过催眠术没有？"

孙詹再次点头，道："尝试过，不过她几乎没有成功过。"

这就对了。沈跃点头，又问道："出租屋里面书架上那些关于心理学及催眠术方面的书籍是你买给她的？"

孙詹想也没想地就回答道："是的。"

沈跃朝她微微一笑，问道："其实金虹并不缺钱，因为你和她暗地里有交易。是吧？"

孙詹极其自然地点头："嗯。我……"

沈跃的目光瞬间变得炯炯有神："请你告诉我，你和她的交易究竟是什么？小孙，现在我有充分的理由认为金虹的死另有原因，这很可能是一起刑事案件，所以你必须要如实回答我的这个问题。"

孙詹的脸色一下子就变了，恐慌的表情一览无余。她在经历了短暂的内心搏斗之后终于回答道："妇产科医院试管婴儿方面的试剂和药品是我和她合作做的，利润对半分成。以前我们有过约定，这件事情不能让任何人知道。现在金虹姐已经不在了，我就更不能把这件事情讲出来了。其实我从来没有收过她的房租，不过这位先生……"她看着郝四文，"他来找我续租房子，我不好把实际情况讲出来，所以才收了他的钱。"

沈跃点头道："这就说得过去了。说到底还是利益在作祟，现在金虹死了，今后的利润也就全部归了你，你就更不能把真实的情况讲出去。而且那套房子的租户死于非命，估计一时间也很难再租出去。小孙，请你告诉我，你与金虹合作做生意的事情还有别的人知道吗？"

孙詹的脸色有些苍白，摇头道："应该没有人知道，反正我从来没有告诉别的人，想必金虹姐也不会讲出去。"

沈跃又问道："你估算一下，金虹和你一起做生意以来她一共得到了多少钱？"

孙詹计算了一会儿，回答道："大概有百万吧。"

沈跃问郝四文道："金虹出事后她的账户上还有多少钱？她名下有不动资产吗？"

郝四文回答道："她的后事是我帮忙处理的。她账户上只有不到十万块钱，名下没有房产什么的，那笔钱都给了她父母。对了，她有一辆代步车，国产品牌，她出事后我把那车卖了，钱也给她父母了。"

沈跃嘀咕着说了一句："奇怪，她的钱都用到什么地方去了呢？"

13 罗医生

当龙华闽听到沈跃讲述了目前的情况后很快就意识到这起案子有些不大寻常，于是就直接去了康德 28 号。

"你也觉得这起案件很不一般了，是吧？"沈跃一边给龙华闽泡茶，一边问道。

龙华闽点头道："是啊，我怎么就觉得这起案件越来越诡异了呢？"

沈跃道："谈谈你对这起案件的分析吧。"

龙华闽拿出一支烟来，笑了笑，问沈跃道："可以吧？"

沈跃无奈地摇头，他知道，像龙华闽这样的人戒烟几乎不大可能，点头道："你随便。"

龙华闽点上了烟，深吸一口后说道："首先，我赞同你认为甘文峰是被金虹所催眠的分析，可是这其中就存在着两个问题：金虹为什么要催眠甘文峰？甘文峰的精神为什么会出现异常？其次，关于金虹的死，我也同意你的看法，不过这还需要等待日本警方的调查结果后再做结论。第三，金虹的笔记本电脑为什么会失踪？我认为有两种可能：一是被某个人拿走了；二是被小偷偷去了。从逻辑推理的角度，我觉得后者的可能性比较大。"

沈跃问道："为什么？"

看来龙华闽确实是在控制着吸烟的量，他将只吸到一半的烟摁在了烟缸里面，回答道："我的这个结论是和第二个问题联系在一起的。也许金虹的电脑里面保存着什么不可以让人知道的秘密，当某个人发现这部电脑被人偷走之后就即刻给金虹打了电话，在这样的情况下金虹才急急忙忙地穿过马路，试图尽快赶回东京然后回国。"

沈跃道："也就是说，那个给金虹打电话的人肯定经常去那个出租屋？"

龙华闽点头道："如果我刚才的推论是正确的话，那就确实应该存在着那么一个人。"

沈跃看着他："所以，你要尽快取得日本警方的回复。"

龙华闽叹息着说道："我尽量接洽吧。可是我们不能就这样等着对方的回复，万一查到的电话号码并不是手机号呢？"

沈跃的神色一动，问道："你为什么会有这样的担心？"

龙华闽回答道："以我多年的经验以及直觉，我感觉到金虹这个女人很不简单。她宁愿与自己的爱人离婚也不要孩子，而且始终不告诉丈夫她不要孩子的原因，更让人感到奇怪的是，金虹本身就是从事试管婴儿研究的，如果她是因为身体的原因，这个问题应该很好解决啊。所以，我更加觉得在这个女人的背后很可能隐藏着不为人知的巨大秘密。如果她身边，或者是背后还有别的人，那么这个人就很可能非同寻常，做事必定和她一样小心翼翼。"

沈跃叹息着说道："也许甘文峰知道些什么，可惜的是现在我们不能从他那里得到突破。"

龙华闽思索了片刻，问道："像甘文峰目前的情况，真的不能对他实施催眠吗？"

沈跃摇头道："不可以。目前他的精神状况非常不稳定，如果强行对他实施催眠的话，很可能就彻底毁掉这位优秀的外科医生了。"说到这里，他不住叹息，"是金虹毁掉了甘文峰。金虹的催眠术是向孙詹学的，孙詹只是医学心理学专业的本科生，学到的催眠术刚刚入门，金虹的水平也就可想而知了。以金虹那样的水准去强行催眠甘文峰，并抹去他的部分记忆，不出事情就怪了。"

龙华闽再一次问沈跃前面的那个问题："金虹为什么要催眠甘文峰？"

沈跃回答道："我觉得金虹本来是试图说服甘文峰与她一起做某件事情，可是却被甘文峰拒绝了，只有这样才符合逻辑，而且我基本上可以推断，金虹是用色诱的方式转移了甘文峰的注意力，于是才得以成功地催眠了甘文峰。"

龙华闽点头道："你的分析很有道理。可是接下来我们要如何做才可以寻找到更多的线索呢？"

沈跃思索着说道："我们应该进一步去分析金虹的心理，也许可以从中获得某些信息。"

沈跃每一次的调查过程都是建立在心理分析的基础之上，通过触及被调查者的灵魂获取到让人意想不到的信息，案情也因此峰回路转，豁然开朗。龙华闽对沈跃这种独特的破案方式一直都非常感兴趣，此时听他又一次说起，即刻问道："那么，在你看来，金虹究竟是一个什么样的人呢？"

沈跃没有直接回答他的这个问题："龙警官，你认为女人不想要孩子的主要原因有哪些？"

龙华闽回答道："经济原因，本身就不喜欢孩子，夫妻感情出现了问题，等等。我想，主要还是心理上的问题吧？"

沈跃放松身体，跷起了二郎腿，说道："是的。繁衍后代是动物的本能，人类也是如此，不过人类有意识，所以才容易受到心理的影响。金虹小时候父母一直分居两地，她一直跟着外公外婆，很显然，她一直缺乏父爱和母爱，也因此而缺乏安全感。后来她父母好不容易调到了县城，一家人终于生活在了一起，可是这时候她却发现了父亲出轨的事情。龙警官，你认为在这样的情况下金虹的心理会发生什么样的变化？"

龙华闽想了想，回答道："她会更加没有安全感，所以她也就假装什么都不知道，因为她害怕父母因此离婚。"

沈跃摇头道："这只是一方面。那时候金虹是高中生，已经有了一定的独立思维能力，也许在那之前她还能够理解父母为什么一直不能和她生活在一起，但是在经历了父亲出轨的事情之后她肯定就会因此而对自己的家庭产生怨恨。是的，是怨恨——肯定是父亲故意要和母亲两地分居，原来他根本就不喜欢这个家，不喜欢她这个女儿。但是她又不希望父母因此而离婚，那样的话她将更加没有安全感。这是一种复杂的心理，也许当初金虹为此而痛苦了许久，从而将不安全感深深地埋入了内心深处。大学生谈恋爱的并不少见，但我认为金虹那么早就开始谈恋爱的原因肯定与这样的心理有关系。"

龙华闽点头道："我同意你的这个分析。"

沈跃站了起来，一边踱步一边继续说道："郝四文聪明能干，模样帅气，家庭出身也还不错，这些条件都非常符合金虹的择偶标准，更重要的是，在经过大学四年的热恋之后，两个人的感情也已经非常深厚，谈婚论嫁也就毫无悬念了。很显然，郝四文给了金虹最希望得到的安全感，按道理说她就应该好好经营自己的婚姻才是，然而奇怪的是，她在面临离婚威胁的时候却依然坚持不要孩子，原生家庭对她造成的伤害也无法解释她的那种坚持，所以，我认为最大的可能是她的心理出现了严重的扭曲，而让她产生严重心理扭曲的原因很可能是因为她在犯罪。"

龙华闽若有所思："你认为她在犯什么样的罪？"

沈跃缓缓地道："我在金虹所住的出租屋里面发现了好几本器官移植方面的书，而她所从事的又正好是试管婴儿方面的工作……"

龙华闽顿时耸然动容，全身涌起一股寒意，吃惊地问道："你认为她是在做人体的活体实验？"

沈跃转过身去看着龙华闽，道："这是最符合金虹心理逻辑的结论。成长过程中形成的心理阴影，让她的性格变得叛逆，同时也让她更加独立。她不想要孩子，这其中很可能是因为她不希望自己今后的孩子和她一样不被重视，也可能是在她医学专业的学习过程中目睹了产妇生产过程的痛苦，从而对生孩子产生了恐惧的心理，不过这些都不足成为她舍弃婚姻的理由。"

龙华闽顿时明白了："所以，用孩子做人体实验，这才是她不要孩子的根本原因，因为她的内心一直充满着邪恶、恐惧！"

沈跃忽然大声地道："是的！她的内心充满着邪恶，因为她希望通过巨大的成功证明自己的能力，她要让父亲为曾经所做的那一切后悔。但她的内心同时也是极度恐惧的，她骨子里相信报应，她害怕报应最终会落在自己的孩子身上。她不可以要孩子，但是不能向丈夫解释这一切……然而，她的父亲对自己女儿所有的一切根本就不了解，也许是因为逐渐老去，他的心终于回归了家庭，出于长期以来隐藏在内心深处的愧疚，他强忍着内心的痛苦去安抚着自己的老伴，这时候他才真正明白白头偕老的真谛……不，也许还有另外一种可能……"

龙华闽的情绪也受到了沈跃的感染，禁不住问道："什么样的可能？"

沈跃的声音仿佛是从牙缝中挤出来似的，带着丝丝寒意："说不定金虹的父亲早已和某个女人有了孩子，而且那个孩子很可能是儿子。我就觉得奇怪呢，当时我在金虹父亲的脸上竟然看不到太多的悲伤。由此可见，重男轻女的观念早已浸入了这个人骨子里面，可惜的是当时我并没有意识到这一点，错过了证实这个猜测的机会。当然，这并不重要，重要的是我们接下来如何去发现和寻找新的线索。"

龙华闽点头道："如果我们前面的分析是正确的，那金虹就应该有一个实验室，只要我们找到了那个地方，一切也就真相大白了。"

沈跃点头道："所以，我们必须尽快找到金虹的那辆车，查清楚近一年来那辆车最常去的地方。"

龙华闽苦笑着说道："这又是一件大海捞针的活儿。"

沈跃耸了耸肩，说道："没办法，这也是你们警方的强项。接下来我也不会闲着，因为我要花费大量的时间去拜访金虹所在出租屋小区的物业、保安，以及她的那些邻居。"

"认识她吗？"沈跃将金虹的照片递到小区保安面前，问道。

保安看了看，回答道："好像是这个小区的住户，不过我很少见到她。"

沈跃微微一笑，问道："因为她长得漂亮，所以才对她有点印象是吧？"

保安不好意思地笑了。沈跃又问道："前不久这个小区是不是发生过盗窃案件？"

保安点头："是的，被盗的有好几家。我们已经向警方报了案，可是直到现在都没有结果。"

沈跃问道："大概是什么时候的事情？"

保安的回答证实了龙华闽的猜测，案发的时间正好是在金虹出事前的晚上。沈跃并没有再问保安别的问题，直接就和侯小君一起去了附近的派出所。在路上的时候沈跃问侯小君道："你怎么看？"

侯小君道："看来金虹常常是早出晚归，所以这里的保安很少见到她。如果不是因为她长得漂亮的话，说不定保安对她根本就没有任何印象，所以再问保安别的问题也就没有了必要。"

沈跃点头，道："还有呢？"

侯小君想了想，回答道："盗窃案发生在金虹出事前的那天晚上，从常规上讲，像这种小区里面的盗窃案不大容易被外面的人知道，除非是有人在工作的地方谈及此事。也就是说，如果在金虹的背后还有着某个人的话，他得知小区被盗然后去查看金虹所住出租屋的情况纯属偶然。此外，另外一种最有可能的情况，那就是那个人就住在这个小区里面。"

沈跃点头道："我是不大愿意相信偶然的，无巧不成书毕竟是小概率事件，所以我赞同你后面的那个说法。"

侯小君皱眉道："可是，这个小区里面住了那么多的人，我们要如何才能够找到他呢？"

沈跃道："那个人究竟存在与否现在还无法完全确定，如果那个人真的存在的话，我们目前也只能通过其他的方式将他找出来。一个个去询问、去辨别他们是否撒谎，这工作量太大了，而且有的人也可能因为别的某种原因而撒谎，这样一来的话事情就会变得更加复杂。我们还是先去派出所了解一下情况吧，如果龙警官那边有消息的话就更好了。"

派出所距离小区不远。中国的治安状况总的来说是非常不错的，个中原因应该是得益于派出所这样的机构设置，特别是在城市里面，派出所的管辖范围明确、合理，使得有限的警力得到了最为充分的利用。

派出所所长姓汤，在得知了沈跃的来意后马上介绍了小区盗窃案的案情。盗窃案发生在晚上九点之后，被盗的住户当时家里都没有人，那些人要么是在加夜班，要么外出和朋友聚会，或者外出出差去了。很显然，作案者是专门针对没有亮灯的屋子进行入室盗窃的。当天晚上就有人发现了家里被盗的情况，于是就马上报了警。据报案的情况统计，被盗的家庭情况大致相同，基本上损失的都是现金、首饰和电脑，都是值钱并容易带走的东西。作案者的手法纯熟，地上没有留下鞋印，也没有发现可疑的指纹。派出所并没有关于金虹所住出租屋的报案记录。

"监控录像里面有什么发现没有？"沈跃问道。

汤所长摇头道："这个小区的管理比较差，摄像头坏了不少，我们早就勒令小区物管进行整改，但是他们一直没有照办，所以我们并没有从监控录像里面找到有用的线索。"

沈跃问道："怎么会发生这样的情况？小区物管那么糟糕，住户难道就没意见？"

汤所长叹息着说道："物管也没办法，小区里面不少房子是空着的，房主根本就不露面，物管费也就收不齐，前不久物管想动用大修基金，有的住户觉得事情与他们无关，结果还闹了矛盾。其他小区像这样的情况也不少，我们勒令物管更新设备、加强管理，可是他们总是向我们叫苦。不出事情也就罢了，出了事情才迫不得已去做。没办法，市场经济嘛。"

沈跃不想听他叫苦，其实他也知道基层的工作难做，又问道："那么，小区附近街道的监控呢？"

汤所长道："小区外边就是主干道，人来人往的，晚上那个时候的车也多，我们根本就无法从监控中寻找到可疑的对象。"

沈跃问道："销赃的渠道呢，你们调查过没有？"

汤所长苦笑着说道："销赃渠道往往非常隐秘而且还具有随机性，特别是像手机、电脑那样的东西，有人拿着沿路叫卖非常常见。工作量太大了，我们派出所的警力实在有限……"

沈跃这才发现自己确实是把问题想得太简单了，点头道："是啊，除非是发动全市的派出所……对了汤所长，想必这个小区里面住有不少妇产科医院的医生，你可以给我提供一份名单吗？"

汤所长怔了一下，问道："沈博士，你怎么知道？"

沈跃道："人都是有惰性的，这个小区距离妇产科医院那么近，上班方便，而且医生群体的收入也还不错，买商品房相对来讲也会容易许多。"

汤所长咧嘴笑道："有道理。"

拿着手上的这份名单，沈跃微微笑着对侯小君道："我们要找的那个人很可能就在其中。"

侯小君的心里再次升起一种颓丧：我怎么没有想到？沈跃仿佛知道她此时的内心："心理学家在思考问题的时候总是会首先想到人的本能，然后再去分析心理逻辑。只要掌握了这个原则，有些问题的答案也就自然而然会出现。"

侯小君的心里霍然敞亮，道："我懂了。"

沈跃想了想，道："我们还是先回小区吧，去拜访一下金虹的那些邻居，然后再去妇产科医院。对了，你给江队长打个电话，让他一会儿在妇产科医院外边等我们，如果我们要找的那个人真的在这份名单里面的话，江队长就可以当场抓捕了。"

然而，在沈跃和侯小君拜访了金虹住处隔壁及楼上的邻居后却并没有得到任何有用的线索。他们所介绍的情况与那位保安所说的差不多，平时金虹都是早出晚归，与周围的人几乎没有任何的接触。开始的时候大家发现那个地方住进了一位漂亮的单身女人，一个个还比较关注，结果时间一长却并没有发现有什么特别的情况，也就慢慢忽视了她的存在。

随着改革开放以及城市化的进程，当人们从家属院、大杂院搬进高楼大厦之后，人与人之间的关系变得淡漠起来，很可能即使是门对门的邻居也极少往来。当代社会人们竞争压力大、缺乏安全感或许是其中最主要的原因。

沈跃和侯小君到达妇产科医院的时候江余生带着几个警察已经等候在那里了，他对沈跃说道："我已经与医院方面联系过了，名单上的人除了有两个正在手术，其他的都到了医院的办公室。"

沈跃本不想如此兴师动众，他觉得最好的方式就是一个一个叫来询问，不过事情已经这样了他也就没有多说什么，随即和江余生一起进入会议室。

妇产科医院和医院的妇产科一样，男性医生有不少，这并不奇怪。男性医生往往更同情女性的痛苦，而且手术需要足够的体力。沈跃发现会议室里面有十几个医生，其中有一半是男性。他客气地朝大家打了个招呼，微笑着说道："大家不要紧张，今天叫大家来就只有一个问题：在×月×日的×时间段，你们当中有谁给正在日本的金虹医生打过电话？"

沈跃一边提出这个问题，一边暗暗在观察着所有人的细微表情，然而让他万万没有想到的是，他的话音刚落就听到一个声音响起："我打过。"

说话的是一位三十来岁的男医生。沈跃看着他，问道："哦？你可以告诉我们你打那个电话的内容吗？"

男医生道："当时我们所住的小区不是才发生了盗窃案吗？我心想金医生出国去了，于是就打电话给了她，想问问她住的地方是否有贵重的物品或者现金什么的。"

沈跃朝其他人道："这位医生留下来，其他的人可以离开了。没什么事，仅仅是常规调查，给大家添麻烦了。"

"请问你贵姓？"其他的医生都离开后沈跃问眼前的这位。

"我姓罗。"他回答道。

"罗医生，请你告诉我，当时你告诉了金医生小区失窃的事情后她是怎么回答的？"

罗医生道："她告诉我说，她也就是一个小医生，住处没什么贵重物品，向我说了声'谢谢'然后就把电话挂断了。"

沈跃饶有兴趣地看了他一眼，问道："金虹在国外用的是临时号码，你是怎么知道她的那个电话号码的？"

罗医生显然有些紧张："我，这个……"

沈跃似乎想到了什么，问道："你是单身？"

罗医生红着脸点了点头。

沈跃和颜悦色地朝他点了点头："窈窕淑女，君子好逑。这没有什么不好意思的。罗医生，你的条件其实很不错，为什么至今还单身呢？"

罗医生苦笑着说道："初恋失败后我一度对爱情失去了信心，一直到知道了金虹离婚的事情之后，我这才……"

　　这是一个十足的美女控，其实他想要得到金虹在国外的临时号码并不难，去卫生厅询问一下就知道了。沈跃微微一笑，点头表示理解，又问道："你和金医生同在一个单位，又住在同一个小区里面，按道理说你追求她比较容易啊？我怎么听金虹的邻居讲很少有男性去她的住处拜访？"

　　罗医生再次苦笑，说道："其实她知道我喜欢她的事情，不过她早就告诉了我说我们之间不可能，而且我也发现有个男人偶尔会去她的住处，后来我暗地里去调查了那个男人，原来金虹和他是大学同学，名叫甘文峰。虽然我知道自己和她不可能，但心里还是放不下。"

　　这就是爱情，所以他比金虹的那些邻居更加注意金虹的一举一动。沈跃问道："金虹除了与甘文峰的接触相对频繁一些之外，还有别的和她关系不错的人吗？"

　　罗医生摇头道："她虽然很漂亮，其实很传统。"

　　沈跃又问道："听说金虹日常的生活都是早出晚归，你知道她晚上都常去什么地方吗？"

　　罗医生急忙道："我是不会去跟踪她的……"

　　这是一种矛盾的心理，尊重与情不自禁。沈跃依然表示理解，又问道："那么，关于金虹，你还能给我们提供更多的情况吗？"

　　罗医生苦笑着摇头："其实我对她的了解并不多，她根本就不给我接近的机会……"

　　沈跃拍了拍他的肩膀，温言道："我能够理解。事情都过去了，节哀吧。"

　　罗医生轻声叹息了一声，双眼瞬间变得湿润起来："沈博士，我可以离开了吗？"

　　沈跃朝他微微一笑："当然。罗医生，我想送你一句话可以吗？"

　　罗医生看着他："请讲。"

　　沈跃的目光透出一种真诚，说道："一个人在什么样的年龄就应该去做什么样的事情。其实婚姻比爱情更加现实。罗医生，祝你好运。"

罗医生愣了一下，眼里透出的却是迷茫。

"想不到竟然是这样一种情况。要是这位罗医生知道就是因为他的那个电话造成了金虹的死亡，不知道他能不能承受？"当罗医生走出了会议室后，江余生低声对沈跃说道。

沈跃也在看着会议室门口的方向，轻声说道："所以我们不能告诉他事情的真相。《聊斋志异》里面不是有句话吗：无心为恶，虽恶不罚。这个人喜欢金虹并没有错，他给金虹打那个电话也是出于关心。你说是吧？"

江余生笑道："确实是这个道理。"

沈跃却似乎瞬间忘记了眼前的这件事情，喃喃地道："现在看来日本警方是否提供新的线索已经不再重要了，关键是要找到那台笔记本电脑。"

江余生还以为沈跃这是在对他说话，连忙道："我们也正在查那辆车的情况。"

沈跃这才回过神来，点头道："嗯，这件事情也很重要。"

14 小 偷

沈跃并没有告诉康如心案情的进展情况，她怀有孩子，沈跃担心她和孩子因此受到惊吓。是的，作为心理学家，沈跃并不认为还没有出生的孩子是没有意识的，否则胎教就变得毫无意义。

要想办法尽快找到那个小偷，或许这才是揭开这起案件真相的最佳途径。沈跃从派出所要来了那起小区盗窃案的案卷，还把侯小君、匡无为、彭庄和曾英杰都叫来一起研究案情。

"你们对这个小偷的情况有什么想法？"当所有人都看完了案卷后沈跃问道。

匡无为道："肯定是个惯偷。敢于在那个时间段作案的小偷可不多。"

曾英杰也同意匡无为的这个分析，说道："我去现场勘查过，金虹住的是底楼，窗户都安装有防盗网，小偷是分开了防盗网的两根钢条进去的，使用的必定是千斤顶之类的工具。也许是因为防盗网被分开得不是特别厉害，所以有些不大引人注目，而且小偷在现场没有留下脚印和指纹，孙詹后来没有发现被盗也很正常。不过，这确实很可能是惯偷。还有其他被盗的住户是在楼上，从现场的情况看，小偷是沿着下水管道或者是利用墙角直接爬上去的，而好几家被盗住户的楼下邻居是有人的，小偷却并没有惊动他们，说不定这个小偷就像是时迁一般的人物。"

彭庄对此表示怀疑："这个世界上真的有时迁那样的小偷吗？"

匡无为有些生气，曾英杰急忙道："当然有，只不过没有小说中描述得那么神奇罢了。"

侯小君问道："也就是说，这个小偷具有身轻如燕、个子矮小的特征？"

曾英杰笑道："肯定不会是一个胖子。不过现在的作案工具也比较先进了，出现了吸附手套之类的东西，所以小偷要做到身轻如燕也并不是特别困难。"

侯小君道："英杰说的这个人不会是胖子，从防盗网的缺口就可以看出来。不过那个缺口显得有些小，似乎只有瘦小的小孩才可以爬进去。所以我认为这个小偷要么就真的是个小孩，要么确实是身材非常瘦小的人。"

彭庄忽然道："还可能是女性，说不定会柔术什么的。"

所有人都目瞪口呆地看着他。彭庄瞪着大家，嚷嚷道："干吗这样看着我？难道我说得不对？"

侯小君"扑哧"一笑，说道："你说得很对，我们只是奇怪你的思维竟然那么的发散。"

沈跃也笑道："大家的想法都很好，你们的有些想法我也没想到。我看这样，大家再深入讨论一下，最好能够给这个小偷形成心理画像，这样的话警方要找到这个人就容易多了。"

曾英杰一边思考着一边说道："我还觉得很可能是两个以上的人作案。盗窃案发生的时间都是在当天晚上，最先发现的那户人家是晚上十一点之后回家的，也就是说，小偷在两小时以内就完成了数家的盗窃，而且被盗的笔记本电脑有五台，显然一个人在偷盗的同时又要带走那些东西是不大可能的。"

这依然是警察思维，不过非常符合逻辑。沈跃的目光朝向匡无为："你还有什么补充没有？"

匡无为道："我想，最多也就是两个人协同作案，人多了就很容易暴露，而且我更倾向于彭庄前面的说法，入室偷盗者很可能是女性，身材瘦小，至于会不会柔术就不好说了。另一个人在下面接应，五台笔记本电脑只需要一个背包就可以装下了。"

侯小君问道："为什么入室的那个人非得是女性？"

匡无为道："男性虽然也有长得特别瘦小的，但那样身材的特别少，除非作案者是孩子。相对来讲，女性中像那样身材的人比较多一些。但是我并不认为这起盗窃案的罪犯是孩子，手法太快捷、细腻了，细腻到如果不是笔记本电脑不见了，很难发现家里被盗过，这样的手法没个三五年的作案经历是不可能做到的。"

侯小君问道："从心理的角度分析的话，放风与入室盗窃哪一种情况所承受的心理压力更大？或许可以通过这样的方式确定这两个人的分工。"

曾英杰道："这个不好说吧？每个人的心理承受力是不一样的，这似乎与性别无关。其实我们没有必要非得把这两个人的分工搞得那么清楚，万一就是一个人或者还有第三个人呢？"

侯小君道："按你这样说的话情况岂不是就很复杂了？这个心理画像还怎么弄？"

她的话说完后几个人就都看着沈跃。沈跃思索了片刻，说道："我们不能因为害怕麻烦而忽略掉某些重要的信息，这样就会造成心理画像的误差。不过就这件事情而言，我们将入室盗窃的这个人进行详细的分析就可以了。"

侯小君皱眉道："这怎么分析？"

沈跃道："在我看来，这个人的大致特征如下：女性，嗯，也可能是男性，年龄在十八岁到三十岁之间……攀爬墙壁可是需要体力的，再结合无为前面的分析，我想大致可以确定出作案者的年龄。这个人是盗窃惯犯，身材瘦小，灵活，心理承受力强，习惯与他人协同作案，如果是女性的话很可能是短发……为什么是短发呢？头发太长容易碍事，不便于行动。此人眼睛比较明亮，肤色较黑，也许有过服刑的历史。彭庄，你把这些特征画下来，加上文字说明后交给警方，让他们按图索骥尽快找出这个人来。"

彭庄已经在画了，嘴里问道："为什么眼睛明亮、肤色较黑呢？"

沈跃解释道："此人习惯于选择家里没人的房屋作案，开灯寻找东西的可能性不大，那样的话风险太大，有可能是用红绸蒙住手电筒作案，这样的人夜视能力想必极强。俗话说，艺高的人才胆大嘛，一般来讲，身材瘦小同时手脚灵活、善于攀爬的人往往肤色较黑，因为这样的人需要经常进行攀岩或者爬树等方面的训练。"

彭庄很快画完了，同时在旁边注明了心理分析的内容。沈跃看了看，点头道："不错，马上发给江队长吧。"

事情交代完毕，沈跃把曾英杰叫了来："你去调查一下这个人的情况。这件事情要注意保密。"

江余生接到康德28号交去的画像后大吃一惊，对旁边的下属说道："他们为什么确定这个盗窃犯具备这些特征呢？"

旁边的警察提醒道："沈博士是心理学家，他的方式与我们完全不同，我们应该相信他的判断才是。"

江余生点头道："那就马上去我们的数据库比对吧，同时把这个画像发给下面的派出所，请他们尽快提供线索。"

警方的数据库虽然有所欠缺，但依然强大。工作人员在输入康德28号提供的主要特征之后数据库很快就筛选出了一个人来。江余生瞪大眼睛："竟然还真的有这样一个人！马上找到她以及她的那个同伙，然后直接送到康德28号去！"

话音刚落，龙华闽的电话就到了："小江，听说沈博士给出了那个盗窃嫌犯的心理画像？"

江余生不明白龙华闽的意思，如实回答道："是的，我正在布置对嫌犯实施抓捕。"

龙华闽的声音平淡而威严："如果在这样的情况下你还让嫌犯给跑掉了，我就不得不怀疑你的能力了。"

江余生心里一震，急忙道："您放心吧，她跑不了！"

江余生并不知道，龙华闽的这个电话就是在沈跃的办公室里面打出的。彭庄刚刚将心理画像发到刑警队的时候他就到了。

见龙华闽挂断了电话，沈跃朝着他说了一句："谢谢。"

龙华闽诧异地看着他："你这话是怎么说的？应该我们谢谢你才是。"

沈跃道："在我看来，无论是甘文峰还是金虹的案子，其中的节点很可能就在那台笔记本电脑里面，所以，抓住这个小偷是破获这两个案子最关键的一步。如果让这个小偷逃掉了，接下来的事情就很不好办了。"

龙华闽点头道："我当然明白。江余生的能力还是很不错的，不过我不希望有意外发生。对了小沈，日本警方已经回话了，情况与你分析和已经知道的完全一样，当时金虹确实接到了一个电话，而且那个电话就是那位罗医生打去的。小沈，你还真是神了。"

沈跃朝他摆手道："事情的真相就是那样，我只不过是从心理学的角度去进行了还原罢了。现在看来，我在分析的过程中还是把事情想得太复杂了些……"

龙华闽道："你的大方向没有错，这就非常不简单了。这个世界上的事情就是这样，我们往往容易把简单的事情复杂化，也经常性地将复杂的事情想象得过于简单。这个世界的事情变数太大了，毕竟我们是人，并不是神仙，哪能做到事事了然于胸？你说是吧小沈？"

沈跃并不完全同意他的这个说法："道理确实是如此，不过我觉得自己不应该犯那样的错误。因为我忽略了人与人之间情感的力量，而且总是把有些事情想象得太阴暗。说实话，现在我都有些开始怀疑金虹可能犯了罪这一分析结论了。"

龙华闽太了解眼前这个人了，笑着说道："小沈，我提醒你一下啊，到目前为止我们还不知道这起案件最后的真相呢，也许你的分析根本就没有错。罪案的背后总是残忍、阴暗的，那是人性的光辉所照射不到的地方。你说是吧？"

其实沈跃是明白这个道理的，可是他发现自己越来越恐惧自己阴暗的思维模式，而寻求真相的欲望又让他难以克制。他有些为自己内心的这种矛盾而感到厌倦了。

正如龙华闽所说的那样，这个世界的事情变数确实太大，虽然龙华闽已经给了江余生足够的压力，但在拘捕那个盗窃嫌犯的过程中还是出现了意外。

这个嫌犯的身手实在是非同寻常，她居然在被警方包围的情况下快速逃窜到屋顶，几个纵身之后就逃出了警方的包围圈。这个嫌犯并不是穷凶极恶之徒，也不曾危及他人的生命，所以警方也就没有开枪将其击毙的理由，只能眼睁睁地看着她在一座座屋顶上面飞快远遁。警方当然也不会轻易放弃对她的追捕，马路上的警车纷纷朝着她逃窜的方向紧追。后来，嫌犯竟然爬到了一栋高楼的屋顶。这栋高楼的屋顶是封闭的，警察根本就上不去，除非是使用直升机并出动特警。

情况报告到龙华闽那里的时候他正在和沈跃闲聊，当龙华闽听到江余生气急败坏的声音的时候反倒冷静了下来，问道："她的同伙抓住了没有？"

江余生道："已经抓住了，可是这个主要的嫌犯……"

龙华闽看了沈跃一眼，对着电话说道："保持包围的态势，我们马上到现场来，没有我的命令你们不要采取任何行动。"

龙华闽挂断了电话，看着沈跃问道："就算我们出动直升机和特警估计也很难抓捕到她，关键的问题是不能开枪。小沈，这样的情况你觉得怎么办才好？"

沈跃苦笑着说道："你不就是希望我出面吗？走吧，我们去现场。让江队长在电话里面告诉我嫌犯的相关资料。"

这起盗窃案的嫌犯确实是一男一女协同作案。男的叫杨飞，女的叫吴霞，这二人在地下江湖上还有一个外号：飞侠。这个外号其实就是两个人名字最后一个字的谐音。杨飞和吴霞年龄相仿，都是孤儿，从开始的小偷小摸到后来入室盗窃，数年前被捕入狱，后来刑满释放后竟然销声匿迹，不知道什么原因这次又重现江湖。

"这两个人是什么关系？"沈跃问道。

"两人当年被捕的时候都不满十八岁，资料上显示二人当时是以兄妹相称，因盗窃财物数额巨大而且是多次盗窃，都被判处了五年徒刑。两人三年前出狱，后来不知所终，现在他们究竟是什么关系还不得而知。"江余生回答道。

沈跃挂断了电话，对龙华闽说道："现在这样的情况我们也不用太过着急，先将情况稳定住，我们先去见见那个已经被你们抓住了的杨飞。"

让沈跃有些出乎意外的是，杨飞竟然是一个大胖子。沈跃看了他好几眼后这才问道："你叫杨飞？"

杨飞根本就没有想要回答的意思，仰起头看着斜上方，而且还冷哼了一声。沈跃似乎并不在意，又问道："你这身体肥胖得不大正常，是长期使用激素的表现。类风湿？红斑狼疮？严重的肾脏疾病？我明白了，果然是你的肾脏出了问题，难怪你们二人会重出江湖铤而走险再次犯罪，原来是为了替你治病。"

杨飞惊讶地看着沈跃。沈跃继续问道："你和吴霞究竟是什么关系？兄妹？夫妻？果然是一对同命鸳鸯啊……你们有了孩子没？孩子多大了？你们三年前出狱，孩子最多两岁。嗯，看来我说得没错，你们出狱后就迫不及待地要了孩子，也许你们确实已经改邪归正，希望从此好好开始新的生活，然而就是你这该死的病……"

杨飞的脸上全部是恐惧，颤抖着声音问道："你是谁？你怎么知道这些？"

沈跃看着他，指了指远处高楼的方向："吴霞已经逃窜到了一座高楼的楼顶上，警方正准备出动直升机和特警，她是跑不掉的。现在我最担心的是万一她一个不小心从那上面掉了下来，那样的话你们的孩子就没有了母亲，你也将失去这个相依为命的妻子。杨飞，去劝劝你的妻子吧，让她安全地从那上面下来，人活着才是最重要的，活着才会有希望你说是不是？"

杨飞的眼泪一下子就滚落了出来："我们现在这样子，还有什么希望？"

沈跃在心里叹息了一声，依然双眼灼灼地看着他，沉声道："但是，你们的孩子需要父亲和母亲，孩子需要你们给他希望！你和吴霞犯了罪，可孩子是无辜的，这么简单的道理你难道不明白？"

杨飞抬起头看着他："我们，还有我们的孩子真的还有希望？"

沈跃看着旁边的龙华闽，龙华闽点头道："当然还有希望。你们都还年轻，即使是你被判了刑，政府也会想办法给你治病，孩子也会被送到民政机关去抚养。"

杨飞犹豫了片刻，终于点头道："好，我去劝她。"他的眼泪一下子又下来了，"我们根本就不应该要孩子……"

沈跃拍了拍他的肩膀，温言道："你们的孩子不会成为孤儿的，因为你们都还很年轻。难道不是吗？"

"请你告诉我，那几台笔记本电脑都卖给谁了？"看着眼前这个身材瘦小、肤色微黑的女人，沈跃的心里感到有些难受，不过他还是直接问了她这个非常重要的问题。

"电脑城外边一个收二手电脑的。"吴霞回答道。

这一刻，沈跃依然有些怀疑现实：这样一个娇小的女人，竟然在逃跑的过程中表现出那么惊人的爆发力，而眼前的她懦弱得像个孩子。沈跃去将彭庄叫了来，然后对吴霞说道："请你描述一下买你电脑的那个人的样子，越详细越好。"

随着吴霞的描述，彭庄很快就画好了那个人的画像。沈跃将画像递到吴霞的面前，问道："是这个人吗？"

吴霞那双暗淡的眼睛瞬间绽现出让人惊讶的明亮，还没等她回答，沈跃就对旁边的龙华闽说道："尽快找到这个人，一定要完好无损地拿到金虹的那台电脑。"

龙华闽马上去布置了，这时候沈跃反倒不再着急，他对眼前这个女人实在是感兴趣。沈跃将凳子朝吴霞的方向挪了挪，坐下后朝她微微一笑，道："这一次你和杨飞的情况不算特别严重，而且在配合警方方面也非常积极主动，我想，到时候法院会酌情量刑的。"

吴霞抬起头来，眼角处有泪水在滴落，轻声问道："我的孩子会成为孤儿吗？"

沈跃的心瞬间抽动了一下，摇头温言道："不会的。你们在服刑期间警方会安排好孩子的一切，有空的话我也会经常去看他。"

她摇头哽咽着说道："我不想让孩子今后和我们一样……杨飞说得对，我们本来就不应该要孩子。呜呜……"

这一瞬，沈跃的内心忽然涌起一股冲动："我答应你，等你出来后我一定想办法给你们找一份稳定的工作，让你们的孩子今后受到良好的教育。"

吴霞呆呆地看着他，片刻之后脸上才焕发出惊喜："真的？"

此时沈跃已经稍微理智了些，点头道："但条件是你们不能再去犯罪。"

吴霞眼里的泪花闪烁着，轻声道："如果不是迫不得已，谁会去走那条路呢？"

吴霞的故事让沈跃有一种似曾相识的感觉：因为是女孩子，很小的时候被父母遗弃，后来被一个老人带走然后养大。老人姓吴，是个小偷，后来又收养了在外面流浪的杨飞，从此吴霞和杨飞成了老人的徒弟。吴霞身材瘦小，在老人的训练下学会了飞檐走壁；杨飞多病，经常发烧，也就只能充当吴霞的副手。

随着吴霞和杨飞慢慢长大，老人也就不再去行那些偷盗之事，一切都靠吴霞和杨飞供养。当初老人收养他们本来就是出于养老防老的打算，所以对待这两个孩子像亲生的一般。杨飞和吴霞虽然是以师姐弟相称，但毕竟是青梅竹马、两小无猜，慢慢地就有了男女之情。

吴霞十五岁那年老人去世了，不多久两人正在盗窃的时候被警察抓获，双双获刑。出狱后两人回想起过去的事情，这才明白曾经多次的化险为夷是因为师父在暗中帮助。两人幡然醒悟，商量着去开了一家小饭馆开始过安稳的生活。

一年后他们的孩子出生了，当两人正沉浸在幸福之中的时候杨飞却忽然病重。据医生讲，杨飞的病源于多年反复的链球菌感染，最终损害到了肾脏。杨飞的病花掉了两人所有的积蓄，最后连那家小饭馆也转让了出去，在万般无奈的情况下他们才再一次铤而走险，重操旧业。

他们的故事在小说和电影、电视剧里面很常见，沈跃却认为这是社会底层生活常态的反映。

这一刻，沈跃并不因为自己刚才的冲动而感到后悔，他觉得自己有这个能力去帮助他们。至少可以帮助这样的一个家庭。

后来侯小君问过沈跃："你真的想帮助他们？可是，什么地方愿意接纳这样的人呢？"

沈跃缓缓而坚决地道："康德28号可以。"

15 实验室

沈跃一看到龙华闽的脸色就知道事情糟糕了。

"浑蛋小子，气死我了！"龙华闽愤怒的声音仿佛是从胸腔发出来似的，一屁股坐进了沙发里，摸出烟来一点上就猛吸了好几口。

如果事情有变坏的可能，不管这种可能性有多小，它总会发生。这就是墨菲定律。墨菲定律并不是小概率事件，而是人类自身缺陷造成的必然，而人类的这种自身缺陷说到底就是错误的累积。在沈跃看来，人类并不是上帝，所以犯错误也就是不可避免的，也就是说，墨菲定律这个梦魇人类根本就无法克服。既然如此，当墨菲定律成为事实之后就应该坦然面对，而不是气急败坏。

沈跃坐到了龙华闽的面前，神色淡然地看着他，问道："究竟发生了什么？"

龙华闽怒道："我们找到了购买吴霞电脑的那个人，那个人不过就是一个普通的二道贩子，他很快就把手上的电脑卖出去了。根据彭庄的画像，我们终于找到了那个从二道贩子手上买去金虹那台电脑的人，结果你猜怎么的？他居然把那台电脑给彻底毁了！"

沈跃感到很是诧异，问道："他为什么要这样做？"

龙华闽道："他说，他发现电脑里面存放的资料太可怕了，心想这电脑一定是被偷来卖的，他害怕被杀人灭口，所以就……太混账了！对了小沈，你以前的分析确实没错，据那个人讲，电脑里面保存的就是活体实验的相关资料。那个人说，里面好多婴儿的照片，很多都是开膛破肚的。"

沈跃禁不住打了个寒噤，喃喃地道："她为什么要那样做？为什么？"

龙华闽诧异地看了他一眼，心想你不是早就分析过吗？转瞬之间一下子就明白了：他的本性其实很善良，实在不愿意相信这样的事实。龙华闽站了起来，去拍了拍沈跃的肩膀，道："只要是罪恶，最终总是要暴露出来的。小沈，虽然电脑已经被彻底毁掉了，不过我相信你一定还有别的办法找到新的证据的。"

沈跃的身体一激灵，忽然道："不对，这个人在撒谎，他不可能彻底毁掉那台电脑！"

龙华闽被沈跃的话刺激得一下子站立了起来，大声问道："什么？！"

沈跃更加激动起来："我要见这个人，马上！"

当卓一航被警察带到康德 28 号的时候，沈跃的情绪早已经平静了下来。他已经向龙华闽解释了自己的分析，龙华闽顿时恍然大悟。不过现在还需要沈跃去证实那个分析的结论。

坐在那里的卓一航有着一种明显的不安，他的双手紧紧绞在一起，手指骨节发白，上身和双腿都处于紧张的僵直状态。

沈跃坐到了他面前，手上拿着眼前这个人的资料，随意般地念道："卓一航，现年二十四岁，大学毕业一年，某公司一般文员，月薪三千五，父母是某市普通公职人员……嗯，看来你目前的经济确实比较困难，想必买那台二手电脑本来是准备自用……卓一航，我首先要对你说的是，警察请你来的目的只是想把有些事情搞清楚，所以你根本就用不着紧张。"

卓一航果然放松了许多，说道："我就是买了一台二手电脑，想不到这样的事情也被你们给抓了来。"

沈跃微微一笑，说道："买二手电脑当然不犯法，不过，如果你买的是赃物的话情况就不一样了。"

卓一航急忙申明道："我不知道那是赃物啊。"

沈跃的脸上依然带着微笑："也许你买的时候并不知道，但是当你打开那台电脑后就马上想到了。是吧？可是你接下来做了什么？"

卓一航申辩道："我发现电脑里面有那样的东西，心里很害怕。"

沈跃盯着他："为什么不报警？不将电脑交给警方去处理？"

卓一航申辩道："我担心在警察面前说不清楚电脑的来源，我真的很害怕。我花了近一个月的工资买了那台电脑，想不到里面有那样的一些东西，当时我就想，干脆将电脑销毁了，到时候别人问起就说什么都不知道。"

沈跃忽然就笑了，说道："你的话有一半是真实的，但另一半在撒谎。我会读你脸上的微表情，所以你骗不了我。不过，即使是我不懂得微表情，你也一样骗不了我。卓一航，你知道这是为什么吗？"

卓一航的神情有些慌乱了起来，嘴里却依然坚持着说道："我没撒谎……"

沈跃没有理会他的坚持，微笑着继续说道："我相信你说的害怕，因为人类在遇到麻烦的时候会产生恐惧的心理，这是本能。但人类的本能中还有一样更为重要的东西，那就是好奇与侥幸。有一件事情你说了真话，那就是舍不得已经花出去的那近一个月的工资，而恰恰是你的这句话暴露了你内心最真实的想法。"

卓一航的眼神中闪过一瞬的慌乱，即刻就听到沈跃继续说道："你确实很害怕，害怕笔记本电脑的失主找上门来，怕自己因此被杀人灭口。你不敢报警，害怕在警察面前说不清楚。但是你不甘心花出的那笔钱就那样没有了，而且那台电脑里面所保存的东西实在是骇人听闻，既然你已经大致看过了一遍电脑里面的东西，也就绝不会就那样轻易抛弃掉，你会毁掉那台电脑，但侥幸与好奇会使得你将其中的内容保存下来，这才符合你的心理逻辑，因为这是我们大多数人共有的本能反应。"

卓一航不说话，不过他的脸色早已变得慌乱与恐惧。沈跃站了起来，俯身下去看着他："告诉我，你复制的内容被你藏在什么地方了？"

这一刻，卓一航再也承受不了沈跃的俯视和语言所造成的巨大威压，终于说出了实话："我保存在了移动硬盘里面……"

移动硬盘里面的内容让省公安厅的上层十分震惊，没有人会想到甘文峰杀妻案的背后竟然隐藏着这样一起耸人听闻的滔天大案。沈跃虽然也有极强的好奇心，但只看了一部分内容就没有再继续看下去了——并不仅仅是因为里面的内容和图片惨不忍睹，而是这种反人类的行为让他的精神差点难以承受。

省公安厅请来了一位相关学科的专家，秘密对硬盘里面的内容进行核实、评判。这位专家在研究完了里面的内容后也是震惊不已，好一阵子都说不出话来。

根据移动硬盘里面保存下来的资料，这位专家认为，金虹确实是在秘密从事人体器官移植实验，其中包括人体外器官培植、排异反应观察、相关药物的临床实验，等等。而且从卓一航所复制下来的资料上看，金虹似乎根本就没有经过动物实验阶段，而是直接用婴儿做活体实验。其中的数据显示，婴儿编号为1~9，也就是说，到目前为止，金虹已经使用九个婴儿做了类似的实验。九个婴儿，九个活生生的幼小生命……

龙华闽听完了专家的结论后有些不大明白，问道："据我所知，试管婴儿并不是用试管将婴儿培养出来，而是将受精卵植入女性的子宫里面，然后经历正常人一样的怀孕和生产过程。那么，这些婴儿究竟是从什么地方得到的？"

专家回答道："龙警官说得没错，这些婴儿不应该是从医院里面获得的，没有哪个母亲会残忍到将自己的孩子拿去做实验，所以最可能的情况就是代孕。"

龙华闽顿时明白了，点头道："嗯，这应该是最大的可能。这也解释了金虹与孙詹合作做药品生意获得的资金去向的问题。"说到这里，他忽然发现沈跃站在那里一言不发，问道："沈博士，你怎么看？"

沈跃愕然地抬起头来："你们在说什么？"

龙华闽这才知道这个家伙根本就是心不在焉，哭笑不得地问道："你刚才在想什么？"

沈跃郁郁地道："我在想，金虹究竟为什么要那样做……"

龙华闽道："心理变态嘛，这还有什么值得疑惑的？"

沈跃朝他摆了摆手，道："任何人的心理变化都会存在着一个过程的，金虹也应该是如此……好吧，我们暂时不用去理会这件事情了。刚才你们在说什么？人工代孕？嗯，我赞同你的那个分析。对了，金虹的那辆车找到没有？她平常开车行驶的路线有什么规律吗？"

龙华闽回答道："车倒是找到了……"他忽然间意识到沈跃已经通过观察他的微表情知道了答案，不然的话他不会紧接着问这第二个问题，"要查到她平时的行驶路线有些困难。省城这么大，要查出一辆车的规律性轨迹几乎是不可能的事情。"

沈跃道："你们可以从她工作的医院或者住处开始查起，说不定会有所发现的。"

龙华闽摇头道："尝试过了。省妇产科医院那一带是城市的中心地带，车流量特别大，监控录像不可能保存太久，我们只是在录像里面找到她的两次用车记录，一次是从医院去某个酒店，另一次是从医院去市中心的商场。去酒店的那一次我们调查过了，她是和某医院的副院长一起就餐，孙詹也在，谈的是药品销售方面的问题。"

沈跃皱眉道："现在我们所面临的问题是，要如何才能够找到金虹的那个实验室。"

龙华闽点头道："是啊，我们必须要找到那个地方！"

当初沈跃选择这个小区的时候主要是看上了这个地方的环境，与大多数城市开发小区不大一样的是，这个地方的园林设计风格比较淡雅。晚餐后沈跃陪着康如心到小区里面散步，康如心拉着他的手一直放在她的腹部，她早已有了胎动，孩子仿佛感受到了沈跃那只手的温暖，一次次透过母亲下腹的皮肤向父亲传递着兴奋的情绪。

这种久违的幸福差点融化了沈跃的内心。他不忍破坏掉这种美好的感觉，强忍着将眼前的案子抛到脑后……不需要去问如心，这个问题我应该知道答案。或者，我可以通过别的方式。

康如心却对沈跃此时的内心全然不知，她知道沈跃很累，更知道沈跃特别需要这片刻的温馨。

侯小君来了，母亲打电话来告诉沈跃。康如心听到了电话里面的声音，柔声对沈跃说道，我们回去吧。

面对康如心的时候侯小君有些尴尬："如心姐，有点事情我必须单独和沈博士说。"

康如心半开玩笑半认真地问道："连我也不能听？"

侯小君点头道："如心姐，等你生完孩子后沈博士一定会告诉你一切的，但是现在不可以。"

康如心更加好奇，满眼期冀地去看沈跃。沈跃顿时明白侯小君来这里的原因了，柔声道："小君说得对，这是为了我们的孩子好。放心吧，今后我会把所有的事情都告诉你的。"

"通过警方，我找到了社会上的几个代孕妇女……"书房里面，侯小君告诉沈跃。

这正是沈跃接下来准备去做的事情，想不到侯小君提前去做了，这也充分说明了她的进步。沈跃很是欣赏地看着她，问道："你从中得到了什么样的启示？"

侯小君回答道："代孕是一种私下交易，代孕者基本上都是为了钱，虽然这样的交易并不合法，但其中有着合理性。"

沈跃点头道："是的，有的夫妻结婚多年不能生育孩子，有的是男方精子的问题，有的是女方输卵管堵塞，也有的是因为子宫病变使得受精卵不能着床，像最后这样的情况就只能请人代孕。而且这样的情况虽然不合法但是合理，所以代孕慢慢形成了一个市场也就不足为怪了，不过我们应该去了解的是代孕者的心理……"

侯小君也点头道："是的，这正是我去找她们的主要目的。虽然我调查的对象有限，但发现她们的心理基本上是一致的，那就是她们只是把代孕当成是一种工作、一种赚钱的手段。当然，其中也有在生下孩子后感到不舍的，毕竟她们都经过了十月怀胎，也算是孩子的母亲。"

沈跃看着她："小君，你的这个调查非常重要。虽然我们可以想象得到那些代孕妇女的心理可能是什么样的，但她们真实的感受是我们必须要去调查的环节。嗯，她们将代孕当成一种工作、一种赚钱的方式……这非常重要，从中至少可以说明一点：如果金虹请人代孕的话，那样的方式是可行的，只不过金虹向那些代孕者隐瞒了她的目的。"

侯小君若有所思，道："金虹在给他人做试管婴儿的时候保留了多余的卵子和精子，在进行人工授精之后花钱请人代孕，而那些代孕者并不知道她的目的。金虹毕竟是专业从事试管婴儿研究的医生，她必定在代孕者面前隐瞒了自己的身份。九个婴儿，也就应该先后有九个代孕者。这说明了什么？"

沈跃忽然变得有些激动起来："一般来讲，医院在给不育夫妇做试管婴儿的时候都会多取几个卵子作为备用，以防失败，这就给了金虹合理得到卵子的机会，也许这正是她多年来没有暴露的原因之一。此外，她先后请过至少九位妇女代孕……为什么是至少九个呢？因为其中必定有失败的概率。而金虹为了安全起见，更是必须要在代孕者面前隐瞒自己的身份，所以她不可能让那些代孕者在自己工作的医院里面待产及生产。嗯，住在别的医院也不大可能，因为她必须要尽量保证每一个代孕婴儿生长发育健康。所以，金虹必定有一处非常隐秘的场所，这个场所不但可以保证代孕者正常的待产以及安全的生产，而且还可以为她后面的实验提供条件。"

侯小君接过话去说道："那样的地方必须满足最起码的生活条件，房子应该不小，而且还不能引人注目。"

沈跃沉思着说道："如果我是她的话，就应该去找一处租户比较多的小区，这样才不至于引人注意。此外，最好是有地下室的，地下室作为实验室是最好的选择，而且地下室比较隐秘，不至于被代孕者发现。"

侯小君问道："会不会金虹住的那个出租屋就有地下室？"

沈跃想了想，摇头道："我没有发现孙詹有撒谎的迹象……不过我们必须要排除这样的可能，而且……现在我们就去见孙詹，我们必须要排除各种可能。"

孙詹没想到沈跃会再次找上门来，一见面就急忙说道："金虹姐的死真的与我没有任何关系。她是在日本的时候出的事情，那时候我可是在国内呢。"

沈跃看着她："我们是因为另外的事情来找你，希望你能够告诉我们实话。"

孙詹愕然地道："另外的事情？我和金虹姐一起做生意不犯法吧？"

沈跃笑了笑，淡淡地道："是否犯法的问题到时候司法机关会给你一个结论，现在你好好回答我们提出的每一个问题就是。"

孙詹急忙道："只要是我知道的，我都会说实话。"

沈跃对她的态度很是满意，微微笑着说道："很好。第一个问题：你租给金虹的那套房子有地下室吗？"

孙詹吃惊地道："地下室？怎么可能？"

沈跃提醒她道："那套房子是一楼，我注意到了，从地基到一楼之间有大约两米的隔层，也许当初开发商那样设计是为了防潮，但只要从屋子里开个口的话说不定下面就可以作为地下室的。"

孙詹大声道："绝不可能！我自己的房子还不清楚？没有人会那样去做的，说不定那下面全是耗子，很吓人的。"

沈跃看了她一眼，点头道："你说得很有道理。第二个问题：你曾经告诉过我说你有不止一套房子在出租，那么，在你的那些房子中还有租给金虹的吗？"

孙詹不住摇头，道："没有。你们不相信的话可以去查，她就住了那一套。"

她没有撒谎。沈跃又问道："第三个问题：你和金虹之间的合作还有其他方面的吗？"

孙詹疑惑地问道："什么意思？"

沈跃道："我换一种问法：你能够确定金虹从你手上得到的好处就只有那近一百万吗？"

孙詹点头道："就那么多。我不能把我其他渠道赚到的钱也拿去和她分吧？"

沈跃微微一笑："看来做你们这一行还真赚钱……不过我觉得有些奇怪，金虹的社交圈子好像很狭窄，她出面去找那些医院的负责人，他们为什么轻易地就答应帮忙？"

很显然，这是一个最为关键的问题。孙詹的脸一下子就染上了红晕，虽然她没有马上回答刚才的那个问题，但让人不得不因此生出许多联想。旁边的侯小君正准备问话，却被沈跃用手势制止住了，即刻就听到沈跃说道："你可以不回答我刚才的那个问题。现在，我问你下一个问题：你心里是不是有些恨金虹，或者是对她不满？"

孙詹的身体一激灵，急忙道："不，我怎么可能恨她呢？"

她在撒谎。侯小君也看到了她脸上微表情的变化，顿时明白了沈跃刚才阻止自己提问的原因。很显然，金虹和那些医院的负责人之间肯定是有着某些暗中交易的，从刚才孙詹的反应来看，那样的交易除了金钱之外还应该包括孙詹的美色。也就是说，金虹只是在孙詹和那些医院负责人之间起到了一个桥梁的作用。

为了避免被调查者的尴尬和抵触，马上改变提问的方式，也同样可以获得想要知道的答案，这是一种非常高明的技巧。这一刻，侯小君感到受益匪浅，与此同时，她也明白了最近几天沈跃不再让她提问的原因——无论是在提问的重点还是技巧的把握上，她确实还差得太远。

而让侯小君有些没有想到的是，沈跃却在继续询问前面的那个问题："小孙，我可不可以这样认为：金虹的个人生活其实还算是比较传统和保守的。是这样吗？"

孙詹的目光有些飘忽，回答道："算是吧。"

沈跃一下子就笑了起来，道："'算是吧'是什么意思？哦，我明白了。那么，据你所知，金虹和他人有暧昧关系是从什么时候开始的？"

孙詹目瞪口呆地看着他。刚才，当沈跃刚刚触及那个敏感问题的时候却忽然间转移了话题，但是又偏偏以另外的方式重新回到了最前面的那个关键问题上面，而且仅凭她的片言只语就似乎知道了一切真相。孙詹的目光从目瞪口呆瞬间变成了惊恐，身体也控制不住地战栗了起来。沈跃却直直地看着她，缓缓说道："小孙，我并不想去触及你的个人隐私，现在我只想知道金虹的事情，关于她的所有事情，你必须如实地告诉我。你应该知道，即使我不问你也会有别的人来问你的。"

孙詹无法逃避，终于讲出了她与金虹一起所做过的那一切。

孙詹和金虹初识是在省妇产科医院，当时孙詹刚刚到那里去接洽药品入院的事情。那时候金虹正处于离婚前夕。当金虹得知孙詹和她是同一所医学院毕业的情况后顿时对她格外热情。药品进入医院首先要征得科室主任的同意，金虹帮忙去找了杜主任，使得孙詹负责的药品能够顺利进入这家医院。

孙詹非常懂得行业内的规矩，事成之后给金虹买了一套高级化妆品，同时还给她包了一个丰厚的红包。从此以后两个人就经常来往，关系也越来越亲密，金虹从孙詹那里了解到了许多药品销售的情况，有一次她忽然对孙詹说道："我倒是认识不少医院的负责人，不如我们俩合作。"

孙詹当然求之不得，不过金虹随即隐隐约约暗示了她今后要陪医院的主要负责人吃喝甚至别的事情，孙詹深知这个行业的潜规则与不易，于是也就红着脸点了头。接下来两个人的生意做得很顺利，孙詹在做药品生意的同时开始投资房产，虽然为此付出了许多，但她还是觉得很有成就感。

大约在一个月之后，金虹正式与郝四文离婚，一家三甲医院的院长调离，新上任的院长开始清理前任的利益关系，孙詹和金虹代理的药品也因此被停了下来。这家医药是孙詹和金虹两个人药品生意利润的重要来源，金虹通过各种关系才终于将新任院长请了出来。

然而，那位新院长对孙詹根本就不感兴趣，一起喝酒的时候一双眼睛赤裸裸地在金虹的身上扫视，一顿饭下来，金虹的嘴巴都说干了但是那位院长始终没有松口。后来当那位院长离开之后孙詹提醒金虹，想不到却因此被她大骂了一顿。

又过了一个多月，那家医院忽然通知孙詹可以重新供货了，孙詹跑去问金虹是不是她重新找了关系，结果那天她发现金虹的脸苍白得厉害。当时孙詹问她是不是生病了，却想不到金虹恶狠狠地说了一句："我把那狗日的野种给打掉了！"

孙詹顿时明白了一切，也不知道是怎么的，她的心里竟然觉得有些高兴。从那以后，孙詹的内心才真正将金虹当成是朋友，她觉得自己和她终于平等了。

"就这些情况，我说的都是实话。"孙詹最后说道。

在孙詹讲述的过程中沈跃一直在注意着她的表情。她确实没有撒谎。沈跃看着她："我相信你说的都是真话。现在我还有最后一个问题：你知道催眠密码吗？"

孙詹点头，道："报纸上在报道你的内容中提到过这样的概念，我是学心理学的，所以很留意这件事情。"

侯小君瞪着她："原来你早就知道沈博士，那你为什么假装不认识他？"

孙詹慌乱地道："我做的有些事情见不得光，我害怕。"

沈跃倒是理解她的这种恐惧，继续问道："那么，你和金虹说起过有关催眠密码的事情吗？"

孙詹回答道："是她主动问起我关于这个概念的事情。"

沈跃的眉毛一动，问道："你怎么向她解释的？"

孙詹道："我对她说，其实催眠密码既简单又复杂，密码的内容由施术者随便设定，而对解密者而言，难度却是非常的大。"

沈跃又问道："还有呢？"

孙詹想了想，回答道："好像就说了这些，其他的我都记不得了。"

沈跃站了起来，温言对她说道："你还年轻，最好是能够主动去给有关部门说清楚有些问题。我始终相信一句话：通过行贿得来的生意是做不长久的。你好自为之吧。"

从孙詹的住处出来，侯小君忍不住问道："沈博士，有时候我不大明白你的思路。比如说刚才，虽然我们从孙詹那里知道了一些事情，但是这些事情对我们接下来的调查究竟有什么样的帮助呢？"

沈跃回答道："其实我也没有什么固定的套路，只是沿着案件显露出来的线索一步步清理下去。我们的调查方式与警方不同，警方更注重线索以及线索之间的逻辑，而我们研究的是与案件有关的每一个人的心理。我还是那句话：任何人做任何事情都是受内心支配，有的是显意识，而有的是潜意识。我们通过研究被调查对象的心理去寻找他们的犯罪动因，并以此推断其下一步行为，由此去发现更多的线索，比如说刚才，我们至少从孙詹的口述中知道了金虹不要孩子的另外一个原因，也就更加理清楚了她心理发展变化的整个脉络……"

侯小君道:"沈博士,怎么我依然觉得糊里糊涂的呢?"

沈跃微微一笑,说道:"记得我对你讲过心理学中的破窗效应。金虹的父母早年两地分居,她因为是女孩子而得不到重视,由此造成了她心理上的第一次伤害。后来,父亲的出轨进一步让她陷入极度的痛苦之中。她刚刚上大学不久就与郝四文谈恋爱了,也许并不是因为郎才女貌,也不一定就是一见钟情,而最可能的情况就是,她极度缺乏爱。她需要温暖,需要依靠。然而,童年和青年时期的心理阴影让她的内心极度恐惧,她因此而拒绝要孩子。也许当时她只是有着那样的想法,而郝四文也并没有强求,但郝四文的父母对此有着非常鲜明的态度,在他们那样鲜明的态度之下,郝四文最终,不,应该是从一开始就放弃了对金虹的理解,直接倒向了父母那一方,他开始劝说金虹……小君,你想想,在那样的情况下金虹的心理又会发生什么样的变化呢?"

金虹似乎明白了,回答道:"她会忽然发现,原来自己多年来以为的依靠并不可靠,所以她必须自立自强,然后她想到了去挣钱,却想不到挣钱也并不容易,甚至还因此付出了那么巨大的代价。"

沈跃点头道:"是的,就是这样。要知道,金虹的心理并不正常,在她一次次受到伤害,一次次失望之下,即使做出任何疯狂的事情都是可能的。"

侯小君也点头道:"所以她特别想成功,特别希望能够超越他人。在试管婴儿的研究方面她永远超越不了杜主任,于是她就想到了将这门技术应用到新的领域。为了能够取得成功,她试图去说服甘文峰与她合作,因为甘文峰是显微外科方面的专家,而器官移植的实验特别需要这样的专家。可是她想不到甘文峰拒绝了她,即使她用身体去诱惑,不,很可能她早就与甘文峰发生了关系,然后以此要挟对方,不过依然遭到了对方的拒绝。在那样的情况下,她才不得不催眠了甘文峰并抹去了他的那部分记忆。"

沈跃接过话说道:"甘文峰虽然喜欢金虹,但他有着最起码的底线,所以他一次次地拒绝了金虹，不过他是爱金虹的，所以也就没有向警方举报。甘文峰去日本考察学习的事情想必金虹事先已经知道，于是就报了名。在日本的时候金虹再一次劝说甘文峰，结果甘文峰在对方强势的逼迫下竟然出现了阳痿，这很可能是金虹没有能够抹去的一部分真实的记忆。很显然，当时甘文峰依然拒绝了金虹，金虹气急败坏之下在已经被催眠的甘文峰面前骂出了'你是一个没用的男人'这句话，想不到她的这句话却激发了甘文峰内心深处那根最为敏感的神经，他终于觉醒了，从表面上看他从对金虹的爱中觉醒了，其实在甘文峰的潜意识中，他早已将金虹视为恶魔。所以，在甘文峰的内心深处，真正想杀死的人就是她，金虹。"

侯小君问道："也就是说，甘文峰杀害他妻子的事情仅仅是偶然？"

沈跃摇头说道："不，也不能全然说是偶然。甘文峰的婚姻本来就存在着很大的问题，如果单纯从这件事情上看好像是偶然，但是，如果我们仔细去分析甘文峰的性格、行为以及他的婚姻状况就会发现，其实发生这一切也是必然。"

侯小君想了想，似乎确实是这样。她郁郁地道："可是，虽然我们已经知道了这么多，但这些东西只能解释我们已经了解到的那一切，似乎对我们接下来的调查并没有多大的帮助。"

沈跃忽然就笑了起来，说道："不，也许我已经可以破解掉金虹施加给甘文峰的那个催眠密码了。"

侯小君惊喜地问道："真的？要是甘文峰曾经去过金虹的实验室就好了。"

沈跃却摇头说道："我认为几乎不大可能。"

侯小君诧异地问道："为什么？"

沈跃凝目说道："甘文峰是一位优秀的医生，虽然被情色所迷，但依然有着最起码的职业道德底线，如果他真的去过金虹的实验室，说不定早就报警了。以我对甘文峰这个人的了解，最可能的情况就是：金虹只是对他说起了那方面的想法。仅此而已。"

　　也许是持续用药的缘故，甘文峰的眼神看上去是那么的空洞，毫无神采可言，而且在这短短数天的时间里面他长胖了许多。沈跃十分相信中医的说法：一个人最重要的是精气神，这三者不归位就如同一具行尸走肉。

　　我们每个人的内心都充满着欲望，所以我们才不是那么完美。这一次，当沈跃面对甘文峰的时候心里对他充满着敬意。沈跃相信自己的判断，他相信眼前的这个人是因为坚守最后的底线才变成了这个样子的。

　　沈跃问了医生甘文峰现在的情况，医生告诉他说总体的情况还不错，不过依然是有时候清醒有时候糊涂，清醒的时候他总是在看自己的双手，而且数次流泪。沈跃又问："现在距离他清醒的时间大概还有多久？"

　　医生回答说："不好说，几乎没有什么规律。"

　　沈跃说："那我等。我先和他说会儿话。"

　　随后，沈跃去坐到了甘文峰的病床旁，医生、护士和侯小君站在不远的地方。房间里面很静，光线稍显昏暗，窗外有风拂过，病房里面的窗帘随之而飘动。沈跃开始对甘文峰说话，目光看向窗外，声音非常柔和："天气真好啊，这正是手术的最佳季节。每年都是这样，这个时候医院里面的病人是最多的，等着做手术的病人排起了长队。甘医生，这个时候你不应该在这个地方，而是应该在医院、在手术台上……"

　　沈跃的话语似闲聊，似唠叨，但是给人以一种温馨的力量，侯小君很快就注意到，刚才甘文峰那空洞的眼神以及麻木的面容竟然慢慢地变得生动起来。沈跃依然絮絮叨叨说道："你是一个好医生，不但技术精湛，而且对病人心怀仁心，最近很多病人都在问你们科室的护士：甘医生呢？甘医生怎么还不来上班啊……"

　　"你是沈博士？"忽然，一个细小的声音从甘文峰的口里发出。尽管沈跃早已看到了他眼神和表情的变化，但这一刻，他依然有些激动。沈跃朝他微微一笑，点头道："是的，我是沈跃。"

甘文峰瞬间想起了什么，眼泪一下子就涌了出来，黯然地道："我回不去医院啦，我杀了人。"

沈跃看着他，道："不，你可以回去的。现在我已经调查清楚了，你是在被金虹催眠之后才杀了人，其实你想要杀的人是金虹，而不是你妻子。"

甘文峰满脸的惊恐："怎么可能？"

沈跃依然在看着他，问道："你想知道真正的真相吗？你还想回到手术台去吗？"

甘文峰避开了他的目光，哆嗦地道："我当然想。可是……"

沈跃握住了他的手，真挚地道："请你一定要相信我，配合我，我可以让你变回从前的那个你！"

甘文峰被催眠了，他是在自我意识非常清醒的情况下被沈跃催眠的。沈跃使用的当然是最为稳妥的传统催眠方式。

沈跃非常小心，在甘文峰进入催眠状态之后仔细检查了几次，终于确定没问题后才开始进入下一个程序。

沈跃的声音比刚才更柔和："甘文峰，你现在正在日本东京的大街上，你和金虹刚刚一起吃完饭，正在回酒店的路上。"

甘文峰的脸上露出了笑容，说道："嗯，她好美，可是我有些害怕。"

"你害怕什么？"

"我配不上她。"

"但是她很主动，也许她是真的喜欢你。"

"她告诉我说她离婚了。"

"是的。她一直挽着你的胳膊，你们已经到了酒店的外边。然后呢？"

"我还是感到害怕，我要和她保持距离。"

"然后呢？"

"她对我说：回到房间后赶快洗个澡，她马上就来。我有些不敢相信，也很期待。"

这是金虹没有能够抹去的部分真实的记忆，包括后面的一小部分。沈跃小心翼翼地道："是的，你很激动，也有些忐忑，你洗完了澡，等待了很久，她终于来了。然后呢？"

"我、我怎么都不行，她开始骂我，朝我生气……"

最为关键的时候到了，沈跃朝早已站在旁边的侯小君递了个眼神，侯小君咬牙切齿地说出了两个字："成功！"

甘文峰忽然愣了一下，问道："谁在说话？"

沈跃依然用前面的语气问道："然后呢？"

"她骂我骂得越来越难听，我非常生气，狠狠地去掐住她的颈子……"

失败。沈跃瞪了一眼有些惊慌失措的侯小君，侯小君一下子反应了过来，急忙说出了沈跃在来这里之前告诉她的下一个密码："我一定要成功！"

有如钥匙打开巨锁的那一瞬间，甘文峰忽然间说出了一句与前面内容完全不相同的话来："金虹，我不会答应你的，我也劝你千万不要去做那样的事情……"

催眠密码一旦被解开，接下来的事情就简单多了。沈跃是这方面的专家，在经过简短的诱导之后，甘文峰被抹去的那些记忆很快就得到了恢复。不过甘文峰的意识被金虹粗糙的催眠手法破坏得比较严重，他的精神状态要彻底恢复正常还需要一段时间。

不过，恢复了记忆的甘文峰所讲出的部分情况已经足以说明真相。沈跃的分析是正确的，金虹一次次主动与甘文峰接近的目的就是为了让他参与那个惨无人道的实验，但是被甘文峰一次次拒绝了。

沈跃没有具体去询问甘文峰究竟与金虹发生过关系没有，在这样的情况下不能让甘文峰再次受到刺激。揭开他人内心的隐私也是一种强烈的刺激。其实这个问题并不重要，重要的是已经恢复了全部记忆的甘文峰在语言和表情中无意识地流露出了对金虹的厌恶，这也进一步证明了沈跃的全部分析结论。

总之就是，喜好美色、意志力一贯薄弱的甘文峰确实坚守住了他内心深处最后的那一道底线。

甘文峰还明确告诉了沈跃，他真的不知道金虹的实验早已开始。沈跃知道，也许是甘文峰不愿意、同时也不敢那样去想，否则的话他将陷入极度的抉择矛盾之中。

"这似乎毫无意义。"侯小君对沈跃如此说道。

沈跃摇头道："不，至少我们拯救了一位优秀的外科医生，今后会有许多病人因此摆脱痛苦。"

沈跃的话让侯小君感到汗颜，她忽然意识到自己的格局可是要比沈跃低了许多、许多。这时候侯小君忽然想起一件事情来，说道："我知道甘文峰梦中的那个黑衣人是谁了。"

沈跃朝她微微一笑，道："你说来我听听。"

侯小君道："很可能就是金虹的丈夫郝四文。"

沈跃不置可否，笑道："我们不用再继续探讨这个问题了，这个问题对这起案件的调查毫无意义。"

侯小君知道沈跃不喜欢谈论与案件毫无关系的隐私，不过她对甘文峰的那个梦实在是很感兴趣，她执着地道："沈博士，我们只是讨论一下那个梦不可以吗？"

　　沈跃笑了笑，回答道："从释梦的角度上讲，你的分析是对的。甘文峰确实是一个内心自卑的人，他认为自己远远不如郝四文，而且郝四文可是金虹的丈夫……呵呵，你懂的。"

　　侯小君也禁不住地笑了。

16 杜 主 任

"哟！稀客啊。"龙华闽没想到沈跃会主动跑到他的办公室来，玩笑般地说道。

沈跃只是笑了笑，一屁股坐下后就直接问道："龙警官，如果你发现有个人很可能是犯罪嫌疑人，而且你明明知道这个人在撒谎，但是找不到任何证据，在这样的情况下怎么办？"

龙华闽有些兴奋："你的意思是说，在金虹的背后确实还有另外的人？快告诉我，这个人究竟是谁？"

沈跃摇头道："我不知道，目前只是推测。"

龙华闽点头道："其实我也一直在怀疑这一点。金虹与孙詹合作做药品生意所赚到的钱大约有一百万，按照目前市场上代孕的价格，九个婴儿至少就得需要九十多万，这其中还有代孕失败的可能，再加上代孕妇女的生活费以及实验所需要的场所租金、仪器设备、药品试剂等，她赚的那点钱似乎还远远不够。"

这一点沈跃也早已想到过，所以才去进一步调查金虹是否还有别的收入来源，可是调查的结果让他感到失望。不过也正因为如此，才使得他更加觉得在金虹的背后还应该另有其人。沈跃点头，忽然问了龙华闽一句："龙警官，你觉得金虹是一位天才吗？"

　　龙华闽怔了一下，问道："你怎么忽然问我这样一个问题？"

　　沈跃道："科学研究是一件艰难的工作，要想取得成功殊不容易。我们都知道这样一句话：天才是百分之一的灵感加上百分之九十九的汗水。其实很多人并不知道，在这句话的后面还有一句：但那百分之一的灵感是最重要的，甚至比那百分之九十九的汗水都要重要。要知道，医学前沿学科的研究所需要的知识面是非常广泛的，其中包括生理学、药物学、医学物理、医学统计等。金虹确实比较聪明，但她毕竟只是一位大学本科生，虽然后来又攻读了在职研究生，但她的基础医学知识的积淀依然远远不够，一个再自信的人也不可能盲目地去做那样的研究的。"

　　龙华闽的眼睛一下子就亮了："你的意思是说，在金虹的背后还应该有着一个甚至是数个医学方面的专家？"

　　沈跃摇头道："我不相信会有数个。我始终认为，这个世界上有良知、有底线的人还是占绝大多数，科学界确实有做事没有底线的疯子，但那样的人毕竟极少。我曾经分析过科学界那种疯子的心理，他们往往认为自己所做的那一切都是正确的，是在为人类的未来做贡献，所以他们认为牺牲掉一少部分的生命也是值得的。其实这是一个职业伦理的问题，其中的对与错很难说得清楚，就如同安乐死这个问题上人道主义方面与法律方面之间的悖论一样。"

　　龙华闽朝他摆手道："现在我们不要去谈论这样一个复杂的问题。小沈，其实你已经有了怀疑的对象了，是吧？"

　　沈跃犹豫了一下，点头道："你是知道的，我最不愿意的事情就是随便去怀疑他人，所以我一直都是试图从心理学的角度去分析和解析那些被调查对象，而我现在的分析结果是，这个人完全具备成为金虹同伙的心理逻辑和动机。然而从目前的情况来看，金虹的笔记本电脑失窃的事情应该已经传出去了，也就是说，金虹的那个同伙很可能已经意识到事情已经败露了。在这样的情况下，你说这个人接下来第一件要做的会是什么？"

龙华闽皱眉道："当然是毁灭证据，切断一切与他有关的线索。"

沈跃点头道："是啊，这就是我最担心的事情，而且这样的情况很可能已经发生。如果没有了任何的证据，即使明明知道对方是在撒谎也意义不大。"

龙华闽道："我们可以先试试，万一你能够通过微表情识别取得突破呢？以前不都是这样的吗？"

沈跃想了想，点头道："也就只好如此了。"

龙华闽看着他，问道："你说的这个人是不是金虹所在科室的那位杜主任？小沈，虽然你以前在面对那些专家的时候也特别的小心翼翼，因为你的内心对他们非常尊重，但是这一次你似乎更加小心，这是不是因为你曾经是医学生的缘故？"

沈跃叹息着说道："医生这个职业非常特殊，他们担负着病人健康与生命的责任，如今的医患矛盾越来越严重，医生这个职业也因此越来越面临着危机，我实在是不希望……万一我的结论是错误的呢？"

龙华闽点头道："小沈，我完全理解你的这种担忧，其实我也很想知道，你是从什么地方发现了那位主任的问题的？"

沈跃回答道："还是通过心理分析。我已经和那位杜主任见过一面，当时也并没有发现她在撒谎，不过当金虹的事情慢慢浮出水面之后我就开始去分析有些事情，很快就发现有些事情不大正常——省妇产科医院的试管婴儿技术遥遥领先于全国，成功率甚至超过了许多西方发达国家，但这项技术的领头人似乎并没有得到她应有的待遇。我和那位杜主任见过一面，这个人见到我的时候看似随意而客气，但在交谈中非常谨慎，说出的话可谓滴水不漏。而且这个人的眉眼之间显得有些刚毅，应该是一位有能力、有想法的女性。我让曾英杰去了解过这个人的情况，发现她的经历也比较特别。这个人从二十世纪九十年代开始进行试管婴儿方面的研究，由于得不到医院方面的支持，所以初期的研究非常困难，她是顶着巨大的压力才完成了前期所有的研究项目的。可以这样讲，她是在第一例试管婴儿成功之后才引起了医院方面的重视，随后医院开始投入大量资金建立实验室、改善病房条件、引进人才、对外宣传，等等。后来，省妇产科医院的这项技术越来越成熟，成功率越来越高，当时的医院院长高升到省卫生厅，分管业务的副院长转正，另外两位副院长都去了别的医院任正职，但是这位林主任依然在当她的科室主任，仿佛医院所取得的这些成就根本就和她没有任何的关系。"

龙华闽问道："所以你认为她也就因此而对医院方面产生了怨恨？"

沈跃摇头道："产生怨恨是必然的，而问题的关键并不在于此。侯小君去走访了几位省妇产科医院的医生，他们对杜主任的评价似乎并不高，他们认为这位杜主任也就是借用了国外以及国内其他研究人员的成果，只不过是率先在省妇产科医院开展此项技术罢了。而且据那些人讲，杜可薇这个人非常强势，科室的用人、奖金分配等就连现任医院的负责人都插不上手，由此可见，我对杜可薇的第一印象是正确的。"

龙华闽不以为然地道："这还是不能说明什么问题。"

沈跃朝他摆手道："龙警官，我给你讲一个真实的故事。我中学时候有位班主任，他姓李，这位李老师的课上得特别好，但人非常好强。有一年学校评选优秀教师，结果他落榜了，不仅仅是称号没有了，一万多块的奖金也泡了汤。龙警官，你知道我们的那位李老师接下来干了一件什么事情吗？"

龙华闽饶有兴趣地问："他干了什么？"

沈跃微微笑着说道："他花了一万多块钱去买了一台当时最好的笔记本电脑，然后抱着那台笔记本电脑直接跑到了校长的办公室，朝着校长大声说了一句：老子有钱！你们不给我奖金无所谓！说完后就扬长而去。"

龙华闽大笑，道："你的这位老师有性格。"

沈跃也笑，说道："其实李老师在乎的并不是钱，而是荣誉。很多人都认为杜可薇在试管婴儿技术方面的成就不足挂齿，只不过是在他人研究成果的基础上率先进行临床实验罢了。龙警官，假如你是杜可薇的话，你心里会因此产生什么样的想法？"

龙华闽似乎明白了，回答道："我会愤怒，痛恨医院和他人对我的不公，但是对这样的情况又无能为力，毕竟人们的评价是事实。所以，我必须要取得新的成就，让那些轻视我的人知道我的真正价值，让那些踏着我肩膀获得提拔的跳梁小丑暴露于天下……不对，小沈，我好像被你给带进去了……这不是有罪推论吗？"

沈跃摇头道："这并不是什么有罪推论，而是心理分析。既然你刚才都那样去想了，更何况是内心充满着怨怒、心理上极度不平衡的杜可薇？"

龙华闽禁不住点头道："你的分析好像很有道理。也就是说，金虹其实是被杜可薇拉下水的？"

沈跃道："似乎只有这样才符合所有事情发生的逻辑。杜可薇对科室的控制是有目共睹的，但是孙詹通过金虹几乎垄断了整个科室大部分的药品，这说明了什么？"

龙华闽站起身来踱步，说道："小沈，我明白你的顾虑了。这起案子背后隐藏的东西骇人听闻，但是我们现在缺乏有力的证据。杜可薇在医院里面虽然受重视的程度不够，但她毕竟是一位杰出的学科带头人，而且那么多曾经失去希望的夫妻对她感恩戴德，这件事情一旦处理不好的话将会给我们带来很大的麻烦，所以，现在我们必须要寻找到足以证明她犯罪的重要证据。"

沈跃点头道："是的。对这样的人，我们暂时还不能随意去动。万一我们的推测是错误的呢？"

龙华闽朝他摆手道："我相信你的心理分析结论。那么，你觉得我们接下来应该怎么办才最好呢？"

沈跃苦笑着说道："还是你刚才说的那句话：证据，我们需要充分的证据。"

龙华闽想了想，道："首先，我们得内紧外松，一定要想办法堵住杜可薇出国的理由。嗯，这好办，如果她真的有那样的举动，我们在她通关的时候随便找个理由就是……等等，我得马上去了解一下情况，万一她趁机逃跑了就麻烦了。"他即刻去拨打了电话，"你们查一下最近省妇产科医院的杜可薇是否有出国的申请，这件事情要注意保密。"放下电话后，龙华闽对沈跃说道，"他们很快就会向我反馈结果的……"

沈跃道："如果我是她的话肯定不会马上出国，那样的话岂不是太容易暴露了？不过杜可薇毕竟只是一个普通人，如果她真的做了那样的事情必定心头有鬼，说不定她会通过某种方式对警方进行试探。比如，她会以参加学术会议为借口，将出境的时间安排在一个月之后。"

龙华闽点头道："极有可能……"这时候办公桌上的电话响了，他接听后禁不住朝沈跃竖起了大拇指，"小沈，你真是料事如神。杜可薇今天刚刚提交了去法国参加学术会议的申请，学术会议的时间是在一个月之后。"

沈跃即刻道："这件事情不用去查了，学术会议很可能是真的，全世界各种各样的学术会议很多，她只不过是选择了一个符合她需要的时间罢了。即使这次会议并不存在，我们也不能以此给她定罪。说到底她的目的就是试探，同时也是心存侥幸——万一警方根本就没有怀疑到她呢？"

龙华闽道："这样一来反而对我们非常有利，我们完全可以暂时按兵不动，一个月的时间对你来讲应该足够了。"

沈跃没有说话，皱着眉头思考了一小会儿后才摇头说道："不，或许我们应该打草惊蛇。"

龙华闽惊讶地问道："为什么？"

沈跃道："如果杜可薇真的就是金虹背后的那个人，虽然她是医学方面的专家，但她进行的毕竟是惨无人道的婴儿活体实验，内心深处多多少少都会存在着罪恶感的。像她这样的人往往比一般人更多疑、更敏感。或许她现在只是在试探，但紧接着就很可能会有如惊弓之鸟，说不定马上就会去找一个合适的理由逃出国外。如果现在我就直接去找到她，直接向她表明我们对她的怀疑之意，在这样的情况下无论她以什么样的理由申请出国警方都可以拒绝。这是阳谋，她根本就无法破解。"

龙华闽想了想，咧嘴笑道："好主意！"

"杜主任，我们又见面了。"沈跃的脸上带着笑容，对眼前这位满头华发但皮肤依然光润的医学专家说道。

杜可薇像上次见面一样依然保持着和蔼可亲的微笑，问道："沈博士今天还是为了金虹的事情来找我的？"

沈跃笑道："只能是这件事情。"

杜可薇皱眉道："可是，上次我已经把我知道的都告诉你们了啊……"

沈跃摇头道："不，你并没有告诉我们关于她的全部。这一点想必杜主任心里非常清楚。"

杜可薇直直地看着他："沈博士，你这话是什么意思？"

沈跃顾左右而言他："杜主任，孙詹和你是什么关系？"

杜可薇愣了一下，回答道："没什么关系。怎么了？"

沈跃满脸诧异的样子，问道："那我就不明白了，既然孙詹与你没有任何关系，你们科室的药品为何大部分都是她供应的呢？"

杜可薇满脸严肃地道："人家代理的是正规厂家的产品，质量没问题，价格也很合适，我们为什么不能用？"

沈跃点头道："这倒是。不过据我所知，好像还有别的医药公司也向你们提供过同类的药品，价格甚至比孙詹的还低，不知道杜主任为什么不使用呢？"

杜可薇看着沈跃："沈博士好像不是纪委的吧？如果上边怀疑我以权谋私，那就请相关部门的人来找我谈。"

沈跃不以为然地道："杜主任，现在我是受警方的委托向你调查金虹的案子，所以我提出的任何问题你都必须要回答。"

杜可薇冷冷地道："说到底你并不是警察，所以我也就有拒绝回答你任何问题的权利。沈博士，你请回吧，让警方的人直接来找我。"

沈跃耸了耸肩，道："我确实不是警察，所以你是对的。好吧，我会对警方转述你刚才的话的，让他们的人直接来找你。对了，我倒是愿意提醒你一下：即使是警方的人来了你也可以拒绝配合他们的调查，除非是……"

让沈跃有些意外的是，杜可薇并没有去接他的话，而是依然冷冷地看着他。沈跃又一次耸了耸肩，说道："好吧，就这样……"当他转身准备离去的时候忽然就问了一句，"杜主任，创造生命与毁灭生命，这两件事情哪一样让你更快乐？"

杜可薇的脸色变了一瞬，不过很快就恢复了正常，冷冷地道："我不知道你在说什么。"

沈跃也淡淡地道："如果金虹还活着的话，她肯定知道我这话的意思。杜主任，你已经被警方盯上了，接下来可要小心哦。"

杜可薇的脸上全是愤怒："你在威胁我？我告诉你，我这个人从来都不怕任何人的威胁。"

沈跃摇头道："我并没有威胁你，也不会威胁你，因为那是在触犯法律。我只是好心地提醒你。杜主任，你应该知道，任何罪恶都是见不得阳光的，它总有被暴露的那一天。"

杜可薇很快平静下来，道："我不知道你在说些什么，不过我也要提醒你一句：不要自以为是，你并不是警察。"

沈跃一下子就笑了起来，而且笑得很灿烂，说道："杜主任，谢谢你的提醒。再见。"

刚才两个人的对话短暂而激烈，让站在一旁的侯小君心里"怦怦"直跳。她心里不禁想：如果是我的话，也敢于像沈博士这样去和杜可薇交锋吗？不，我会心慌，会害怕……正这样想着，忽然就听到沈跃在问："小君，你刚才有什么发现没有？"

侯小君回答道："她有些心虚了，但是我们没有证据。"

沈跃点头道："是啊，证据……我们要怎么做才能够寻找到证据呢？"

侯小君道："我觉得最好是能够找到那间实验室，即使是杜可薇已经销毁了那个地方，但雁过留声，也许我们因此能够从中找到有关她的证据。"

沈跃笑了笑，说道："这样吧，一会儿让大家坐到一起来讨论这件事情。"

侯小君顿时明白，此时的沈跃心里已经有了初步的结论，他让大家坐到一起来讨论的目的一方面是为了集思广益，而另一方面却是为了引导他们每一个人的思维方式。准确地讲，这是沈跃习惯性的、比较独特的教学模式。

几个电话之后，正在外边办事的彭庄、匡无为和曾英杰都赶回了康德 28 号。关于甘文峰和金虹的案子的调查进展情况，在座的每一个人都比较清楚。一直以来都是这样，沈跃会将每一起有意思的案件都作为一次完美的教学。

"案件调查到目前为止，我们的目标已经非常明确地指向了杜可薇，但是现在我们缺乏有力的证据。我们寻找线索和证据的方式与警方不一样，因为我们是立足于心理分析。当然，这并不是我们为了心理分析而刻意去另辟蹊径，而是因为这方面才是我们的优势。"沈跃按例先开了个头，随后说道，"还是老规矩，大家都谈谈自己的想法吧。"

曾英杰首先道："现在我才明白，原来沈博士早就开始在关注这个人了，那我就先介绍一下这个人的情况吧。其实杜可薇的情况与金虹非常相似，她早年从我们省的医学院毕业，分配到省妇产科医院，后来就读了在职研究生，她的导师是国内第一批研究试管婴儿技术的。杜可薇曾经与她的导师发生过一段感情，这件事情在当时影响很大，也因此影响了杜可薇以后的感情生活和事业发展——她终身未嫁，后来在试管婴儿领域取得很大成就后还因为当年的事情受到影响，几次副院长的提名都没有能够通过······"

曾英杰所介绍的情况比较详细，其中包括医院负责人、部分同事及病人对这个人的评价，也大致谈及了她的主要性格特征。当曾英杰介绍完情况之后，侯小君即刻问道："英杰，杜可薇会不会开车？她有没有私家车？"

曾英杰回答道："她没有驾照，所以也就没有买车。"

侯小君又问道："那她平日里出行怎么办？乘坐出租车？地铁？公交车？"

曾英杰摇头，回答道："这个就不知道了。"

这时候沈跃插了一句话："像这样的问题貌似寻常，但非常重要。出行是我们日常生活中最为重要的方面之一，我们在调查的过程中不应该忽略掉。就本案而言，这个问题显得尤其重要——只要那个神秘的实验室真的存在，杜可薇就需要使用交通工具经常去往那里。除非那个神秘的实验室就在杜可薇的家里。对了英杰，杜可薇住在什么地方？她家住几楼？"

曾英杰回答道："她住的是医院的老家属区，后来按照政策购买了，三楼。"

彭庄问道："既然现在已经打草惊蛇，她会不会有所行动？虽然那样做很傻，但很多人就会忍不住去干傻事。"

沈跃点头道："你说的是大多数普通人的心理，因为恐惧和侥幸，很多人会因此失去最起码的智商，但杜可薇犯这种低级错误的可能性不大，因为她是做大事的人。但凡做大事的人，在格局上往往会比常人要大许多，而且还非常善于隐忍。这么多年来，杜可薇一直没有得到她应得的待遇，虽然她的内心充满着不满甚至是愤怒，但依然隐忍了下来，这就足以说明问题了。"

匡无为道："没错。多年前我认识一位医生，这个人医术不错，因为与医院的负责人有矛盾长期被打压，后来他就跑到国外去了，结果到了国外不到两年又回来了，据说是国外根本不承认我们国家的行医资格执照。这个人其实就是平常人，因为他做不到隐忍。"

侯小君思索着说道："说到隐忍，我忽然想到了一种可能：或许那个神秘的实验室依然还在，只不过杜可薇暂时将它关闭了，而且切断了她与那个地方所有的线索。"

很显然，沈跃是赞同她的这个分析的，微笑着问道："你为什么这样认为？"

侯小君分析道："这么多年，花费了那么多的钱，付出了如此巨大的风险和精力，如果就此彻底停止实验的话岂不是太可惜了？此外，在这次打草惊蛇之前，或许她根本就没有想到我们已经将怀疑的对象指向了她，无论是她没有想到或者是心存侥幸，她都不应该轻易将那个地方毁掉。而现在，她肯定不敢轻举妄动，这样一来反倒使得那个地方变得更加安全了。"

匡无为道："你的分析确实很有道理，可是我们要如何才能够找到那个地方呢？"

曾英杰皱眉道："她不会开车，受精卵的短暂保存只需要低温条件就可以了，所以，她完全可以乘坐地铁或者公共汽车去往那个地方，而且那样做也不大容易被人发现。我看这样，能不能将杜可薇和金虹的照片发给各个派出所，请他们挨家挨户去走访，如果有人认识她们的话……"

沈跃想了想，道："这是没办法的办法，工作量太大了。而且最好不要使用杜可薇的照片，目前我们手上没有她犯罪的任何证据，这样做是违法的。先用金虹的照片试试吧，毕竟她已经死了，而且毕竟还算漂亮，识别度相对要高一些。除此之外你们还有别的什么办法没有？大家都好好想想。"

大家都陷入了沉默。侯小君忽然发现沈跃的嘴角处露出了一丝细微的微笑，问道："其实你已经有了别的更好的想法，是吧？"

沈跃并没有责怪她对自己微表情的观察，因为他也是在刚才那一瞬，脑子里面忽然绽放出了让他自己都感到兴奋不已的灵感。沈跃道："就在刚才，我忽然有了一个想法，那就是进一步去打草惊蛇。"

侯小君不解地问："进一步？"

沈跃点头道："是的。我曾经给你们讲过心理学效应方面的内容，其中的破窗效应特别有意思。一座房子窗户破了，如果没有人去修补，要不了多久其他的窗户也会莫名其妙地被人砸破；一面墙，如果出现一些涂鸦没有人去清洗掉，很快地，墙上就布满了乱七八糟、不堪入目的东西。这是一种非常奇怪的现象。心理学家研究的就是其中的'引爆点'——地上究竟要有多脏，人们才会觉得反正这么脏，再脏一点无所谓？情况究竟要坏到什么程度，人们才会自暴自弃，让它烂到底？犯罪其实就是失序的结果。纽约市曾经可以说是一片混乱，无处不抢，无日不杀，人们大白天走在马路上都会害怕。地铁更不用说了，车厢脏乱，到处涂满了污言秽语，坐在地铁里人人自危。后来心理学家应用破窗效应的理论，先改善犯罪的环境，使人们不易犯罪，再慢慢缉凶捕盗，回归秩序。当时的这个做法虽然被人责骂为缓不济急，但是纽约市还是从维护地铁车厢干净着手，并将不买车票白搭车的人用手铐铐成一排站在月台上，公开向民众宣示政府整顿的决心，结果发现这样的方式非常有效，纽约就是这样从最小、最容易的地方着手，打破了犯罪环结，使这个恶性循环无法继续进行下去。"

曾英杰问道："关于纽约的这个案例我倒是知道，可是这与我们现在手上的案子又有什么关系呢？"

沈跃道："我始终相信一个人的堕落都是存在着原因与过程的，说到底就是底线的最终被突破，而这个底线被突破的过程就是破窗效应，这就如同我曾经讲过的穿着新鞋子在雨天泥泞的道路上行走的过程一样。此外，破窗效应最大的危害是人与人之间的相互影响，既然杜可薇影响到了金虹并最终将她拉入了犯罪的深渊，肯定也就同时还在不知不觉中会影响到别的人。这么多年来，杜可薇一直担任着科室主任，而且独断专行，而她下面的医生和护士很少有要求调离的，你们说说，这其中的原因究竟是为什么？"

曾英杰似乎明白了，说道："杜可薇的团队给这家医院带来了巨大的影响力和经济效益，她所在的科室当然也是最大的受益者。可是一个团队光靠金钱是维系不住的，除此之外更重要的就是领导者的奖惩分明与亲和力。也就是说，在杜可薇的这个团队里面，除了金虹与她的关系最为紧密之外，其他的人也会或多或少知道一些关于她的隐秘事情。在这样的情况下，如果我们一一去调查杜可薇身边的每一个人，想必一定会有所收获。"

侯小君顿时有些激动起来："这样的话，我们得到新线索的速度岂不是要比人海战术快多了？！"

沈跃补充道："不仅仅是如此，只要我们能够掌握杜可薇曾经经常去的地方的大致范围，然后再进一步打草惊蛇，说不定就能够迫使杜可薇采取相应的行动，这样一来我们就比较容易拿到她犯罪的证据了。"

这时候侯小君忽然想起另外一件事情来，问道："既然金虹有一台那样的笔记本电脑，想必杜可薇也应该会有，我们为什么不从这方面去想办法？"

沈跃摇头道："如果杜可薇保存实验相关资料和数据的笔记本就在她身边的话，肯定已经被她彻底毁掉了。不过从常规来讲，那样的笔记本电脑应该就放在实验室，这样使用起来才方便。也许就现在而言，杜可薇的那台笔记本电脑已经成了她最大的心病，我们也就正好从这方面去做文章。"

彭庄问道："那么，金虹的笔记本电脑为什么在她的住处呢？"

沈跃分析道："也许当时金虹是准备带着那台笔记本电脑出国的，她希望能够借出国的机会再次劝说甘文峰，或许她的这个想法最终被杜可薇制止了，也可能是金虹自己也觉得那样做风险太大……谁知道其中真正的原因是什么呢？"说到这里，他笑着对大家说道："你们看，再复杂的问题只要经过大家在一起讨论新的思路也就有了，这就叫集思广益。"

侯小君问道："接下来还是我们俩去省妇产科医院？"

沈跃想了想，道："这次英杰也一起去吧，毕竟他有警察的身份。"

其实也用不着一个一个去调查杜可薇科室的每一个人，既然杜可薇的团队相当于是医院里面的一个小小的独立王国，那么在其中关键的岗位上她必定会使用自己信得过的人。这个信得过说到底是双方面的，最常见的情况就是下属对她的绝对服从。所以，沈跃直接就找到了科室的护士长。

护士长的工作不仅仅是管理护士，还包括了整个科室的后勤服务，同时也是医生和护士以及病人之间的桥梁和纽带，更是科室主任意志的直接执行者。

护士长姓梁，四十来岁年纪，稍微显胖，她进入医院会议室的时候步伐较快，很显然，这是一个性格泼辣、做事风风火火的人。梁护士长一进来就开始叫嚷："我们忙得要命，究竟什么事情非得要让我马上来啊？"

接待沈跃他们的医院副院长解释道："这几位是省公安厅刑警队的同志，他们来找你了解点事情，你尽量配合吧。"

从这位副院长的话中，沈跃真切地感受到了杜可薇领导的团队的桀骜不驯，沈跃微微一笑，对梁护士长说道："我们是为了金虹的事情来的，梁护士长少安毋躁，请坐下来我们慢慢谈。"

梁护士长愣了一下："刑警队的？金虹不是在日本意外死亡的吗？你们干吗来找我？"

她的表情是真实的，眼前这个人不是杜可薇和金虹的合作者。沈跃瞬间就有了一个基本上的判断，他微微笑着说道："金虹虽然是死于意外，但她的死牵涉一起重大案件，而且这起重大案件还很可能牵涉你们的科室主任杜可薇。"

梁护士长张大着嘴巴，忽然不住摇头说道："不可能，我们杜主任不可能去做犯罪的事情。"

沈跃看着她，问道："你为什么这样认为？"

梁护士长道："杜主任多么好的一个人啊，多少个差点破裂的家庭都是因为她重新有了希望，她就是那些孩子的母亲，这样的人可以说是伟大的，怎么可能是坏人呢？！"

沈跃竟然在点头，随即问道："那么，金虹呢？金虹在你的眼里又是一个什么样的人呢？"

梁护士长想了想，道："我觉得她是和杜主任一样的人，虽然在专业水平上比起杜主任来还相差太远，但是我们科室的人都知道，杜主任一直是把她当接班人在培养的。所以，你刚才说金虹牵涉一起什么大案子，我根本就不相信。"

沈跃笑了笑，说道："好吧，我们先暂时把这件事情放一放。你们杜主任除了和金虹的关系最好之外，还和别的什么人关系不错？"

梁护士长摇头道："我可没有说杜主任和金医生的关系最好。杜主任对科室里面的人都不错，她是专家，很有威信，对我们每个人都很好。"

沈跃诧异地问道："哦？难道这么多年来她就从来没有和科室里面的任何人产生过矛盾？"

梁护士长道："还真是这样。以前杜主任刚刚开始做试管婴儿的时候很艰难，科室里面有人不理解她，可是随便别人怎么说她都假装没听到一样，后来她的研究成功了，科室很快发展了起来，大家对她只有尊敬，她说什么都不会有人反对。"

沈跃微微一笑，问道："主要还是因为收入增加了许多，是吧？"

梁护士长乜了沈跃一眼，说道："我们都是普通老百姓，最关心的当然就是收入了，不像有些人，又想当官还想发财。对我们来说，除了钱别的都是假的。"

她说得没错，这就是现实。沈跃禁不住笑了起来，说道："是的，现代社会嘛，金钱确实能够解决很多问题。那么杜主任呢，她是不是也把钱看得很重？"

梁护士长的脸上充满着崇敬，回答道："她和我们不一样，她最关注的是医学研究。在科室里面她从来不搞特殊化，和大家拿一样多的钱。"

沈跃又问道："据我所知，医药代表可是会单独给科室主任药品回扣的，难道杜主任在这个问题上也例外？"

梁护士长回答道："我们科室的药品是金医生在负责，杜主任信任她，我们当然也信任。即使金医生收了医药代表那样的钱，想必杜主任也是知道的，我们并不关心那样的事情，那是人家该得的。"

她的话表达得很清楚，说到底就是杜可薇早已定下了规矩，下面的人也就会无条件地执行并认同。由此可见，杜可薇这个人确实很有能力，而且极其受人尊敬。这样的情况会给接下来的调查增加更大的困难，沈跃不禁皱了皱眉，又问道："杜主任为医院做了那么多、那么大的贡献，但是一直没有得到提拔，这个问题你怎么看？"

梁护士长义愤填膺地道："她自己倒是无所谓，可是我们都替她抱不平呢。算了，这也不是我们老百姓可以左右的事情……要是我们杜主任当院长的话，说不定每个省都有我们的分院了。"

沈跃又差点忍不住笑了，说道："我想，这其中总是有什么原因的吧？"

梁护士长依然愤愤不平："狗屁的原因，我们现在的院长不也离婚了？他还不是因为在外面有了别的女人？"

这下沈跃再也笑不出来了，顿感头疼，急忙道："好吧，好吧，我们说说别的事情。平日里杜主任下班后一般去什么地方？嗯，这件事情你可能不知道，毕竟她和你之间只是纯粹的工作关系。"

这是标准的激将法，但是很多人偏偏受不了这样的激将，究其原因就是我们内心深处的自卑在起作用。我们每个人都是自卑的，只不过自卑的内容不同。果然，梁护士长一下子就激动了起来，大声道："谁说我不知道？她经常晚上都在实验室里面。"

"实验室"三个字顿时让沈跃全身一激灵，问道："你说的实验室在什么地方？"

梁护士长道:"就在我们医院里面啊,怎么了?"

沈跃这才意识到自己的反应过激了些,不过也就在这一瞬,他忽然想到了一种可能,即刻又问道:"很多时候金虹也会和杜主任一起在实验室里面加班。是这样吗?"

梁护士长回答道:"也不是很多时候,不过一个月也有好几次吧。"

沈跃紧接着又问道:"其他的医生呢?他们也会使用这个实验室吧?不过其他的人都是白天使用,是不是这样?"

梁护士长觉得这个问题有些莫名其妙,道:"是啊,当医生很累的,像杜主任和金医生那样特别喜欢搞科研的可不多,不然的话杜主任为什么会把金医生作为接班人?"

沈跃咧嘴笑道:"嗯,你说得很有道理。"随即,沈跃将一份复印件递到了梁护士长的手上,"你看看这个。"

梁护士长仔细看了看,皱眉道:"我不是医生,看不懂这是什么。"

沈跃向她解释道:"这是金虹的电脑里面保存的东西。"说到这里,他的表情变得非常严肃起来,"经过有关专家鉴定,这里面的内容涉及人体活体实验。梁护士长,人体活体实验你应该知道是什么意思吧?"

梁护士长愣愣地问:"什么意思?"

沈跃放慢了语速,一字一字地道:"就是将活着的婴儿身体里面的器官去做器官移植实验,而那些婴儿的来源很可能就是她们储存的多余的卵子和精子。梁护士长,你明白我说的'她们'指的是谁吗?"

梁护士长浑身一哆嗦,脸色瞬间也变成了土黄色:"不可能,怎么可能呢……"

沈跃看着她:"你认为我是在骇人听闻?你觉得我手上的这份材料是假的?"

梁护士长急忙道:"我可没有这样说,可是……"

沈跃当然明白她此时内心的震惊与不可置信,说道:"你知道我为什么要把这份材料拿给你看吗？因为我不希望你成为犯罪嫌疑人的帮凶。无须推测，当你从这里回到科室后你们的杜主任肯定就会问你今天我们找你的情况，如果你把刚才我们之间的对话内容告诉了她，那你也就涉嫌犯罪了。梁护士长，我的意思你明白了吗？"

梁护士长紧张得不得了，问道："那我要怎么说才好？"

沈跃笑了笑，说道："随便你怎么回答都可以，但是绝对不能将我问你的问题以及你的回答告诉她，因为一旦你告诉了她，结果就只可能是一个：她会马上毁掉一切罪证。"

梁护士长忽然间清醒了过来，大声问道："既然你们已经认为她犯了罪，为什么不直接去找她？"

沈跃摇头道："原因很简单，我们需要证据。"

梁护士长顿感脑子里面糨糊似的乱成一团，说道："我知道了。"

沈跃看着她，正色地道："其实你并不明白我的意思，不过你现在也不需要搞得那么清楚。你只需要记住我刚才的话，千万不要告诉她今天的真实情况，同时也不要告诉别的任何人。这样就可以了。"

其实梁护士长依然没有能够从刚才的震惊中清醒过来，毕竟刚才沈跃的话完全打破了她多年来对杜可薇固有的认知，但是她已经意识到了问题的严重性，急忙连声应承。此时沈跃也放下了心来，他明白，人的本性都是自私的，在这样的情况下，大多数人都会选择自我保护，所谓的义气在眼前的这个人身上应该不会出现。沈跃温和地朝她笑了笑，问道："你们科室的病案都保存在什么地方？"

梁护士长回答道："按规定，医院所有的病案都会由医院统一存档，我们科室的也一样。"

沈跃又问道："与此同时，那些病案资料也会同时录入电脑，是吧？"

梁护士长点头，道："是的。"

沈跃很是客气地对她说道："梁护士长，谢谢你告诉了我们这么多的情况。对了，刚才这最后的一个问题你也千万不要向任何人泄露。"

梁护士长点头道："我知道了。"

"沈博士，难道你真的认为杜可薇和金虹的人体实验就是在医院的实验室里面做的？"梁护士长离开后侯小君问道。

沈跃并没有即刻回答她的这个问题，对曾英杰道："你去把医院的院长叫来一下。"

曾英杰去了。这时候沈跃才反问侯小君道："难道你不觉得这样的可能性极大吗？"

侯小君依然心存怀疑，说道："我只是觉得杜可薇和金虹不会如此大胆，她们那样做的风险岂不是太大了？"

沈跃摇头道："不，她们这样做的风险恰恰才是最小的。"

侯小君惊讶地问道："为什么？"

沈跃分析着说道："可以这样说，杜可薇在科室里面具有绝对的权威，而且非常受人尊敬，而她的科室基本上成了医院里面的独立王国，在这样的情况下，她做任何事情甚至都不需要去向他人解释。"

侯小君这才真正明白了沈跃的意思，惊讶地问道："你的意思是说，那些代孕者从怀孕到分娩竟然都是在这家医院里面完成的？"

沈跃点头道："很可能就是这样。"

侯小君目瞪口呆："这……她这也太大胆了吧？嗯，这样一来的话倒是可以解释我们所有的疑惑了。沈博士，既然是这样，那我们为什么不让警方马上去搜查杜可薇的实验室呢？说不定那个地方真的有地下室。"

沈跃看着她，道："万一我们的分析是错误的呢？以杜可薇在那么多不育不孕夫妻心中的地位，以及她在医学界的影响，会造成多大的后果？"

正说着，曾英杰带着院长进来了，沈跃对曾英杰说道："你还是去外边看着，别让其他人靠近。"然后对院长说道，"接下来我们之间的所有谈话以及要做的任何事情都必须严格保密，我相信你能够做到这一点。"

院长虽然知道沈跃在调查金虹的案子，但完全没有想到问题会严重到要他这个院长严格保密的程度。院长神色凝重地道："这一点沈博士请放心，这是起码的原则问题，我绝不会对任何人讲的。"

沈跃的语气客气并温和了些，继续说道："请你原谅我刚才所说的话，这也是为了案子。虽然现在我还不能将具体的案情告诉你，但你应该有一个心理准备：这起案件非常重大，必将震惊到高层。所以，我们希望你能够全力配合我们做好接下来的每一件事情，而且还必须要做好保密工作。"

院长心里更惊，急忙道："沈博士就直接吩咐吧，我们一定全力配合。保密方面的事情你不用担心，我会安排素质最好的工作人员协助你们的调查的。"

沈跃点了点头，道："我先问你一件事情：杜可薇的实验室当时是谁负责装修的？"

院长回答道："记得当时是她自己找的人，不过费用是医院出的。"

沈跃问道："哦？当时医院没有进行招标？"

院长回答道："前些年我们医院确实亏欠了她许多，特别是她的前期研究，由于没有自己的实验室，她都是去医学院做实验，费用也是她个人自理。既然医院已经决定专门为她建一个实验室，她提出的所有要求当然就会无条件地去满足了。"

沈跃明白了，问道："也就是说，利用那间小洋楼建实验室的事情其实就是杜可薇提出来的？"

院长点头道："是的。那时候我还是另外一个科室的主任，不过对这件事情还是比较了解的。"

沈跃又问道："你们现在能不能查到当时装修实验室的公司是哪家？"

院长想了想，道："应该可以查到吧？不过相对来讲比较麻烦一些，毕竟过去了这么多年，得慢慢去查阅当年财务的账目。"

沈跃道："还有更麻烦的一件事情：我们需要一份在你们医院做试管婴儿的所有人的名单。"他指了指曾英杰，"请你将这份名单交给他。英杰，你拿到这份名单后马上去查清楚每一个病人的情况，如果名单中有当时属于未婚，或者已经有过孩子的，全部列为重点调查对象。"

院长此时一听沈跃这话就顿时明白了，他来不及去调整震惊的内心，颤抖着声音问道："沈博士，你这是在怀疑我们医院的试管婴儿研究所在违法请人代孕？"

沈跃看着他，沉声说道："不仅仅是如此，问题比你想象的要严重得多。这不是怀疑而是事实，只不过现在我们需要的是确凿的证据。"

院长的声音依然在颤抖："那些代孕生下来的孩子呢？"

沈跃拍了拍他的肩膀，道："你别问了，事情的真相很残酷，你今后会知道一切的。我再一次向你强调，一定要注意保密，一定！"

"他们会不会泄密？一旦杜可薇知道了这些情况的话，她必定就会马上销毁掉所有的证据。"当院长离开后曾英杰担忧地问道。

沈跃回答道："应该不会。无论是刚才的这位院长还是那位护士长，他们都已经意识到了事情的严重性，在这样的情况下他们泄密的可能性微乎其微，毕竟泄密对他们没有任何好处，反而还会因此给他们带来巨大的麻烦。反过来讲，即使泄了密，即使杜可薇销毁了她手上现有的证据，不是还有那些代孕者在吗？她们才是最最重要的人证。"

侯小君忽然道："也许那些孩子的尸体早已被杜可薇处理掉了，但她电脑里面的资料绝不会被轻易毁掉的，那可是她多年来研究的成果。"

沈跃点头道："所以，尽快找到那些代孕者，同时查清楚杜可薇的实验室究竟有没有地下室，这两方面前者最为重要，一旦我们掌握了确凿的证据之后，就可以马上对杜可薇的实验室进行搜查，同时拘捕杜可薇。"

　　曾英杰即刻道："我马上向龙总队汇报，这件事情需要大量的人手。"

　　沈跃却朝他摆手道："你马上去和刚才那位院长衔接，龙警官那里我直接去找他。英杰，不要着急，一定要把每一件事情都搞清楚，杜可薇跑不了的。"

17 代 孕

　　龙华闽独自一个人在办公室里面哼着小曲，他已经很久没有像这样高兴过了。是的，他的心情好极了，不仅因为能够与沈跃相识并合作，更因为他当初没有看错人，极力地撮合成功了康如心与沈跃的婚姻。

　　沈跃实在是太优秀了，他的优秀不仅仅是他在心理学方面超乎寻常的造诣，更在于他独立于这个时代的人品。他深知人性的善与恶，往往能够见微知著地看穿他人。正因如此，他在每一次与罪恶交锋的过程中总是堂堂正正、阳谋先行，而罪恶是最见不得阳光的，所以，任何罪恶在沈跃面前最终都会败下阵来，无处可逃。

　　这一次也是如此。在此之前龙华闽一直在揣测沈跃又将从何处入手，结果沈跃果然没有让他失望。沈跃拿捏到了杜可薇和金虹犯罪环节中最为重要的那一环——那些代孕者。即使他目前的调查已经泄密，杜可薇也一样无力回天。这就是堂堂正正，这就是阳谋。

　　心正、内心充满着阳光才能堂堂正正做事，才不屑于使用阴谋。很显然，沈跃就是这样的人。龙华闽知道，此案距离尾声已经不远了，沈跃一定会很快将所有的证据呈现在他面前。

　　然而，龙华闽还是太乐观了，此时他并不知道的是，沈跃那边还是遇到了意想不到的状况——经过调查，医院里面的病案中并不存在沈跃以为的那些情况。

侯小君问沈跃："难道我们的分析是错误的？"

沈跃将自己的思路重新捋了一遍，摇头道："我们的思路几乎是唯一可以解释各种疑问的答案，而且也最符合杜可薇以及她所领导的整个团队的心理，杜可薇将自己的团队打造成铁板一块，难道仅仅是为了与医院的负责人抗衡？不，那只是表面。以杜可薇在专业方面的成就，想要接纳她的医院很多，她根本用不着将自己的团队打造成铁板一块去与医院的负责人抗衡，直接离开就可以了，可是她为什么偏偏要那样做？"

曾英杰问道："沈博士，一直有个问题藏在我心里面：杜可薇为什么要做活体实验？从动物实验开始做起不是更合法、更安全吗？"

沈跃回答道："原因很简单，直接从人体实验做起更直接、更快速，当她取得了实质性的成果后再伪造或者程序化去做一番动物实验就可以了。杜可薇在试管婴儿方面的成就主要还是来源于前人的成功，她深知基础研究的困难，但是又迫切地想要证明自己，于是走捷径就成了她最佳的选择。而且从心理上讲，任何一个通过走捷径成功的人，他们在一般情况下是不会舍近求远的，因为他们已经尝到了走捷径的甜头，这也是人类惰性的本能使然。"

曾英杰点头道："所以，我们以前的所有分析以及结论都应该是正确的。那么，为什么会出现现在这样的情况呢？我想这其中或许有以下的可能：第一，杜可薇从一开始就没有将那些代孕者的病案存档；第二，那些病案已经存档了，但是因为金虹的事情让杜可薇忽然意识到了危险，也可能是因为医院方面或者是那位护士长的泄密，于是杜可薇就去贿赂了病案室的工作人员，销毁了那些病案，同时也删除了电脑里面那些病案的记录。"

沈跃想了想，忽然就笑了，说道："你说的第一种情况不大可能，杜可薇的团队虽然是铁板一块，但医院的出入院制度和程序她是无法改变的。也就是说，任何一个病人不可能直接就住进某个病房里面，他们必须在入院处登记并缴费后才能够进入医院住院，而且出院的时候也必须办理相关的手续。在我们开始调查金虹的案子之前，杜可薇不可能会想到自己有暴露的那一天，不然的话她就不会那样做了。所以，你说的第二种情况可能性最大。倒也是，杜可薇不做最后的挣扎倒是奇怪了。对了，当初那位给实验室做装修的公司负责人找到没有？"

曾英杰点头道："找到了，可是他说那地方根本就没有什么地下室。我询问他的时候小君也在场，小君没有发现他有撒谎。"

沈跃问道："当时的项目负责人是谁？你们问了没有？"

曾英杰猛地一拍大腿："是啊，当初装修康德 28 号的时候虽然是和那家装修公司签的约，但具体负责的却是项目经理。我怎么没想到这个？！"

沈跃朝他摆手道："这件事情让警方的人去办，我们还是马上见一下医院病案室的那几个人吧。对了英杰，你把手上的病员名单拿去和出入院登记处的记录核对一下，尽快找出现有名单上没有的那些人。"

医院病案室只有三个人，两个人负责病案的保存、查找，一个人负责电脑登记。这次的询问医院院长也在场，这当然是沈跃要求的，毕竟这件事情涉及医院的管理和纪律方面的问题。一开始的时候沈跃只是看着眼前的这三个人不说话，结果很快就发现他们都变得紧张起来。这时候沈跃才开始问话："其实你们已经知道了我们为什么来找你们，是吧？"

三个人异口同声，而且一齐摇头说道："不知道。"

沈跃也摇头："不，你们知道的。告诉我，杜可薇给了你们多少钱？"

其中一个姓李的工作人员愕然道："杜可薇？她给我们钱干什么？"

沈跃紧紧盯着他，冷冷地道："看来你是这里的负责人。嗯，果然是这样。现在我告诉你们，杜可薇很可能涉嫌一起重大案件，你们帮助她销毁病案，如果现在依然继续隐瞒情况的话，那你们就不仅仅是违纪的问题了，而是犯罪。"

眼前的这三个人的脸色一下子就变了，沈跃再一次问道："告诉我，杜可薇给了你们多少钱？"

姓李的工作人员急忙道："杜主任只是说那些病案有问题，说是要拿回去重新整理一遍。她是专家，我们不敢多说什么。"

这时候院长也忍不住生气了，质问道："那你们为什么要把电脑里面的记录也删了？"

姓李的工作人员急忙解释道："杜主任说了，等她重新整理好了之后再重新登记，而且还特地告诉我们不要把这件事情告诉任何人，否则的话会对她的科室造成不好的影响。"

沈跃淡然一笑，说道："虽然你的话是真的，但事实上你们明明知道这样做是错误的。难道不是吗？如果你们认为这样做并没有违反医院的规定，那为什么还要收她的钱？说到底还是你们见钱眼开，置医院的规章制度于不顾。你们想过没有，杜可薇为什么要拿回那些病案？难道你们真的相信她说的那个理由？"

姓李的工作人员强辩道："在这医院里面，谁敢不听她的话？！我们也是没办法。"

院长更是愤怒："你们为什么不向我报告？沈博士说得对，明明是你们见钱眼开！告诉我，杜可薇究竟给了你们多少钱？"

姓李的工作人员低下了头，小声回答道："每个人一万……"

院长气极："你们……"

沈跃朝他摆了摆手，问道："什么时候的事情？"

姓李的工作人员回答道："昨天上午，刚刚上班的时候。"

那是在与梁护士长谈话之前，也就是说，杜可薇已经提前感觉到危险了。沈跃问管理电脑的那位工作人员："删除后的那些病案记录还可以恢复吗？"

这位工作人员急忙回答道:"其实,我暗地里保存了一份……"

沈跃饶有兴趣地看着他,问道:"为什么要暗地保存一份?"

这位工作人员回答道:"当时我就觉得这件事情不大对劲,但是又不好拒绝她,所以就悄悄留了一份底。"

看来这个人还算比较清醒,知道趋利避害。沈跃点头道:"那就把你保存的那份记录给我们吧,就现在。"

名单上面有十多个人,沈跃比对了曾英杰从医院出入院处拿到的名单,发现完全吻合。从病案里面的内容上看,其中有几个人是在怀孕超过六个月后引产,原因是婴儿发育异常。正常生产的小孩中有一对是双胞胎,出院记录上都注明的是母婴情况正常。

曾英杰问沈跃:"现在是不是可以搜查杜可薇的实验室并拘捕她了?"

沈跃摇头道:"不着急,马上找到名单上面的这些人,先拿到口供后再行动也不迟。"

这时候院长也忍不住问道:"杜可薇为什么要那样做?那些婴儿都去了什么地方?"

沈跃叹息了一声,道:"杜可薇和金虹用这些婴儿做了活体实验,主要是进行器官移植方面的研究。"

院长满脸惊骇,失控地叫了一声:"什么?!"

沈跃的内心也极度难受,似乎有一股浊气哽咽在胸间难以呼出,他摇头说道:"所以,这件事情必须永远保密,这是医学界的一桩巨大丑闻,更是反人类的罪行。这样的事情不能让公众知晓,否则的话……"

沈跃不能继续说下去了。杜可薇和金虹的罪行似乎完全脱离了医学伦理的范畴,因为孩子一旦出生就是一条鲜活的生命,不管他们是通过什么样的方式出生的。杜可薇和金虹的邪恶就在于，她们不但创造了生命，而且还亲手残忍地杀害了他们。

无论是现在还是将来，随着科学技术的快速发展，也许人类将要面临的类似问题会越来越多，但对人类本身而言，始终应该将尊重生命放在第一位。此时，沈跃忽然想起自己第一次上人体解剖课的那一刻：他和身边的每一个同学都心怀敬意、真挚地向面前的每一具尸体鞠躬。

警方并没有听从沈跃的建议，而是马上拘捕了杜可薇并搜查了她的实验室。警方已经从当时负责装修实验室的项目经理那里得知，实验室的下面确实存在着一个地下室，当时杜可薇要求装修公司做了一道暗门，为此项目经理还额外得到了一笔不菲的报酬，杜可薇要求他永远对此事保密。当然，杜可薇也给了他一个合理的解释——那样做只不过是为了医学研究的保密。

然而，警方在地下室里面却并没有搜查到任何有用的证据，里面的设备仪器并不能说明任何问题。杜可薇的笔记本电脑也找到了，但是里面的资料并没有器官移植方面的内容，通过恢复硬盘的数据也毫无发现。

杜可薇在面对警方讯问的时候全然否认了犯罪的行为，当她面对金虹电脑里面那些资料的时候只是冷冷地反问了一句："金虹的事情与我又有什么关系？"

一直到这时候龙华闽才意识到沈跃的建议是正确的，急忙拿起电话给沈跃拨打过去："你暂时用不着把所有的证据都找齐，只要能够先证明杜可薇具有犯罪事实就行。"

沈跃倒也没有和他计较什么，说道："你们这样做也没有错，我知道你们现在的处境。不用着急，到目前为止我们已经找到了名单上面的几个人了，我马上对她们进行询问。"

是的，此刻沈跃、曾英杰和侯小君正在一个叫徐晴的女孩面前，这个女孩刚刚完成代孕不久，身材还没有完全恢复。此时的她眼神中充满着慌乱与无助，低着头不敢去看眼前的这几个人。

也不知道是怎么的，这一刻的沈跃心里难受得厉害，他叹息了一声，对侯小君说道："还是你来问她吧。"

其实侯小君的心里也很难受，她也是女人，而且现在已经了解这起案子的全部经过。侯小君强敛住心神，柔声对眼前的这个女孩子说道："我们不是来抓你的，只是希望你如实把事情说清楚。"

徐晴慌乱地不住点头。侯小君继续说道："请你告诉我，你才大学毕业不久，而且还是未婚，为什么非得要去代孕呢？"

沈跃在旁边暗暗点头，侯小君在询问方面确实要比彭庄和匡无为高出一筹。刚才这个问题的答案虽然看似明了但也必须要问。在这样复杂而充满着极度悬念的案件面前，能够做到不急不缓，从源头开始问起实属不易。

徐晴回答道："家里送我读书借了很多钱，我又一时间找不到合适的工作。"

果然是想象中的答案，而这恰恰是现实社会的常态。侯小君的声音依然柔和，充满着同情："我能够理解。不过作为一个刚刚大学毕业的女孩子，要走出这一步的话想必十分艰难。那么，当时她们是怎么找到你的？"

徐晴的眼泪一下子就出来了，哽咽着回答道："我在网上看到的广告，广告上面的价格很诱人，那个价格可以让我一次性还完家里所有的欠款之外还略有剩余，我是女孩子，长得又不漂亮，心想怀孩子也是迟早的事情，而且广告上说他们会替客户保密，于是我就打了电话过去，接电话的是一个女人，声音很好听，她马上就约我见了面。见面后她说我的身体状况看上去很不错，然后带着我去省妇产科医院做了全身体检，体检结果出来后对方就和我签了约，还预付了一笔钱。我马上就把那笔钱寄回了家里……"

被调查者在回答问题的过程中容易出现转移话题的情况，这是潜意识在抗拒话题的深入。所以，侯小君即刻就问了一句："然后是不是就让你住进了医院？"

　　徐晴摇头道："签约后那个人对我说：你毕竟是未婚，所以今后医生在询问你的时候你要按照我们帮你编的故事回答。随即她就教我怎么回答医生的问题，当我完全记住后才带我去了一个地方，那是在晚上，那个人带我去了医院里面的一栋小洋楼，进去后我发现那地方像一个实验室，我有些害怕，这时候一个漂亮的女医生出现在了我的面前，她安慰我说不要紧张，就是一个小手术。接下来那个医生让我脱掉裤子和内裤后躺在了一张奇怪的床上，不一会儿我就感觉到下面一阵清凉，我正感到害怕的时候忽然就听到那个漂亮医生在说：别紧张，这是在给你消毒……咦？你怎么还是处女？我有些害羞，回答说：我已经拿定主意了，你做吧。那个漂亮医生叹息了一声，说道：你可要想好。我说：我早就想好了。漂亮医生又叹息了一声，不一会儿我就感到下面一阵刺痛，同时听到医生在说：我把你弄破了，这样才方便做接下来的手术。对了，今后你想自然生产还是剖腹？我想了想，回答道：剖腹吧，我怕痛……"

　　也许是受到侯小君温和的言语以及富有同情心的目光所感染，徐晴很快就克服了内心的慌乱与惶恐，讲述起来也越来越沉静而翔实。苦难之人讲述自己的苦难往往平淡，因为他们的内心早已认可并接受了那样的悲剧。然而她的讲述在沈跃他们听来却仿佛字字带血，心里的沉重压迫得差点喘不过气来。徐晴继续在讲述着："手术其实并没有做多久，大概不到一小时吧，开始的时候感到里面有些胀痛，但那样的胀痛很快就被恐惧压制住了。我在心里对自己说，别害怕，你就要当妈妈了。可是，可是我怎么都没有要当妈妈的感觉，还是害怕……当手术做完之后，那位漂亮医生开始向我交代今后的注意事项，比如要注意营养，不能剧烈运动，尽量不要感冒，即使感冒了也不要随便用药，等等。然后我就离开了那个地方，我回到自己的出租屋，那天晚上一夜都没睡着，我一次又一次去摸自己的肚皮，心想原来这样就可以怀上孩子。我没有去找工作，合同上规定了不允许，接下来我就天天待在住处，开始的那段时间没有什么感觉，大约过了三个月之后我就毫无缘由地开始呕吐，吐得精疲力竭，那个和我联系的人经常给我打电话，还每周要到我的住处来一次，她对我说，越是这个时候就越要多吃东西，必须要强迫自己多吃东西……我没想到怀孕竟然那么痛苦，但是想到家里欠下的钱，我终于坚持了下来。到怀孕接近五个月的时候，我第一次感觉到了孩子在肚皮里面动，也不知道是怎么的，那一刻我忽然就有了当妈妈的感觉，虽然没有幸福感，但心情还是很愉快，我经常和肚子里面的孩子说话，我唱歌给孩子听……慢慢地，孩子越来越大，我的双腿开始浮肿，我每天坚持去买菜然后自己做饭，周围的人问起我孩子的父亲，我就说他出国打工去了，这是那个联系我的人教我的。一直到怀孕八个多月后，我的身体越来越沉重，那个联系人又来了，她看了下我的状况，然后出去打了电话回来就带着我去了妇产科医院，还是那个漂亮的女医生负责给我做检查，这时候我才知道她姓金，金医生说我的情况非常好，让我安心住院待产。怀孕接近十个月后的有一天，我忽然感觉到剧烈的腹痛，就在当天，金医生给我做了剖宫产手术，产下了一个八斤多的男孩子。接下来我又在医院住了不到一个月，伤口愈合后就带着孩子出院了。就在当天晚上，那个联系人来了，她带走了那个孩子，她告诉我说，钱已经打到了我的账户上，让我随时去查收。也不知道是怎么的，那时候我忽然就觉得那笔钱不是特别重要了，当她抱着孩子离开的时候，我差点就哭了出来……"

　　说到这里，她的眼睛已经是红红的了。侯小君再也问不下去了，眼眶里面已经全是眼泪。沈跃克制着内心的难受，问道："当时你想过没有，她们会把孩子带去什么地方？"

　　徐晴回答道："我没敢问，不过我一直在想，肯定是某个不能怀孕的女人出了这笔钱。我心里虽然难受，但我知道，那孩子并不是我的，我只是他的临时妈妈罢了。"

　　沈跃不再问她任何问题，柔声说道："实话告诉你吧，这是一起非常恶性的案件，所以今后你必须要以证人的身份去法庭做证，接下来你会被接到一处安全的地方住下来……"

徐晴惊恐地问道："那孩子究竟去了什么地方？"

虽然她不是孩子的亲生母亲，但母爱在这一瞬间彻底表现了出来。沈跃不忍告诉她事情的真相，叹息着说道："以后你会慢慢知道的……"

"怎么办？这还是不能证明杜可薇就是犯罪嫌疑人。"侯小君问沈跃。

沈跃点头道："是啊，很可能这件事情一直都是金虹在操作，然而金虹已经死了……先找到那个中间人再说吧。小君，你尝试着按照网上的联系方式给那个人打一个电话，但愿她的联系方式已经作废。"

侯小君明白沈跃的意思，问道："万一要是杜可薇匿名警示了那个人呢？"

沈跃顿感头疼，道："还是先找到那个人再说吧，如果真的联系不上了，就让彭庄来一趟，通过画像找到那个人。还有，英杰马上去查一下那个给徐晴划钱的账户，一切等下一步再说。"

那个电话果然联系不上了。彭庄通过徐晴的描述画出了画像，警方立即开始按图索骥。警方的力量全体出动，根据画像很快就获得了那个人的相关资料。此人名叫田静，目前在某小区一个家庭里面做保姆，不过近日已经失踪。

"一定要找到她，这个人非常重要。金虹不是傻子，绝不会一点不给自己留后路，而田静作为重要的中间人，想必金虹应该告诉过她一些有关杜可薇的事情。"沈跃如此分析道。

曾英杰提醒道："如果不能尽快抓到田静，就必须放掉杜可薇，这样一来警方就非常被动了。"

沈跃不以为然地道："该放掉就放掉吧，最多就是向她道个歉，我不相信杜可薇会不依不饶大造舆论。即使是她要造舆论也无所谓啊，这个责任龙警官想必是担得起的。"

曾英杰没想到沈跃会如此淡然，顿时急了："可是……"

沈跃打断了他的话："没有什么可是的，最终找到杜可薇犯罪的证据，这才是我们的目的。最近我也在学国内的法律，杜可薇的情况完全符合刑事拘留的条件，至少她有严重犯罪的嫌疑。难道我们三十天还找不到她犯罪的证据？"随即问侯小君道，"分析一下，你认为这个田静会藏在什么地方？"

侯小君想了想，说道："她丈夫在省城一家建筑工地打工，家里有两个孩子，目前她丈夫也失踪了，不过在这种情况下他们回老家的可能性不大，毕竟老家有父母替他们养着孩子。他们逃得太急，像他们这样的人往往习惯于将多余的钱存进银行，而不是随身携带。他们的文化水平都不高，应该不会想到警方会监控他们的银行账户，所以，只要他们去银行或者柜员机取钱的话就会暴露踪迹。"

沈跃赞道："不错。我说过，任何一个人的行为都是心理动机在起作用，田静夫妇说到底还是社会底层的人，他们挣钱不容易，也正因为如此才会被金虹和杜可薇看中而成为她们的中间人，也许她并不知道金虹和杜可薇要那些孩子去做什么，也许她明明知道自己是在犯罪也依然会继续去做那样的事情，因为她看重的只是钱。所以，小君的分析是有道理的，像田静夫妇那样的人身上不可能带太多的现金，无论他们逃到任何地方都会去银行取钱。像他们那样的学历，要重新找一份工作并不容易，更何况他们是在逃亡的过程中。"

侯小君的分析果然没错，四天后田静在临省的某个县被抓获，正是她去柜员机取钱的时候被银行的监控所发现。

田静被直接送到了康德28号，因为这个犯罪嫌疑人是沈跃重点要询问的对象。

田静三十多岁年纪，长得珠圆玉润的，怎么看都不像是两个孩子的母亲。虽然此时她的脸上全是惊恐，但沈跃想象得到，眼前这个女人笑起来的时候一定很好看。

沈跃早已让警察除去了她的手铐，沈跃知道，这间经过特别布置的空旷审讯室足以让眼前这个女人感受到威压。沈跃就站在她的面前，来回慢慢走动却一言不发。此时四周一片宁静，沉闷的空气让田静差点喘不过气来。沈跃就这样一直不停地来回走动着，也不知道过了多久，他忽然站在了田静的面前，俯身下去看着她，问道："那些孩子都是你抱走的？"

已经几乎到达崩溃临界点的田静想也没想地就不住点头并回答道："是啊……"她正觉得不大对劲，就听到沈跃即刻又问了一句："你知道自己是在犯罪，是吗？"田静依然没有来得及思考，惯性般地回答道："是啊……"

这时候沈跃才将一张椅子提到田静面前不远处，坐下，然后看着她，点头道："很好，到目前为止你的认罪态度很不错。其实你不认罪也无所谓，那些代孕者可都认识你，有她们在就足以将你送进监狱了，而现在的问题是，你究竟想要在监狱里面待多久？"

这一刻，田静的心理彻底崩溃。从被抓获的那一刻起，她一路上都在想着如何避重就轻，甚至拒不承认自己所干过的那些事情，而此时，她却忽然有了一吐为快的冲动："你们想要知道什么，我都说……"

沈跃摇头道："不是我们想要知道什么，而是你究竟干过哪些违法的事情。都讲出来吧，讲出来了心里面就轻松多了。这样吧，我先问你：你最先认识金虹还是杜可薇？"

田静愣了一下，问道："杜可薇是谁？"

沈跃的心里一下子凉了半截，回答道："就是金虹科室的主任，杜主任。你不认识她？"

田静点头道："认识，只是不知道她的名字。"

沈跃顿时松了口气，又问道："那你先认识杜主任还是金医生？"

田静回答道："先认识的金医生。"

沈跃道："那好吧，你从如何认识金医生开始说起。"

那天晚上，田静在马路边见到一个女人蹲在那里"嘤嘤"哭泣，那个女人哭泣的声音不大，但听起来很让人难受，田静朝她走了过去，问道："你怎么了？"女人的哭声一下子就停了，抬起头来看了她一眼，揩拭着眼泪，说道："没事。"

田静发现这个女人很漂亮，说道："你肯定有事，说说吧，也许我能够帮你什么。"

漂亮女人没有理会她，转身就要离开。田静不大放心，即刻跟了上去，说道："我们都是女人，大家认识也是缘分，反正我们之间又不认识，你说出来我听听，这样的话你的心情也就会好很多。"

漂亮女人似乎觉得她的话很有道理，指了指马路对面的一家小饭馆："我想喝酒，你可以陪我吗？"

田静已经把话说到了前面，也就不好拒绝，于是两个人就去了对面的那家小饭馆。从此她们两个人就认识了，田静知道了这个漂亮女人的名字，还知道她是医生，因为面临离婚心情不好所以一个人躲在那里悄悄哭泣。

那天晚上两个人喝了不少酒，不过都没有喝醉，最后两个人分开的时候还互相留了电话号码。过了没几天，田静就接到了金虹的电话，金虹在电话里面说要请她吃饭，而且还有重要的事情要对她讲。

两个人在一家酒楼见了面，吃饭的时候金虹问她："你想不想挣钱？挣很多的钱？"

田静回答道："我当然想了，可是要怎么样才能挣很多的钱呢？"

金虹说："我是省妇产科医院的医生，专门从事试管婴儿方面的研究……"随即就向她解释了什么是试管婴儿，最后说道，"有的女人不能怀孕但是又特别想要孩子，有些事情我去做不大方便，所以需要一个中间人。你什么事情都不要管，如果有人给你打电话说愿意做代孕妈妈的话你就去见对方，我们的要求很简单，就是身体要好，年轻……"

听完了金虹的介绍之后，田静觉得事情并不难，而且金虹答应只要体检合格一个人就给她一万块钱，她当时想也没想就答应了——自己和丈夫出来打工不就是为了钱吗？

大约过了一个星期，田静接到了第一个电话，她与那个女人见面后觉得基本上符合条件，于是就带她去做了体检，没多久那个女人就怀孕了，事后金虹兑现了给她一万块钱的承诺，她觉得这钱挣得很容易，所以就一直做了下去。这些年来从来都没有出过任何事情，直到前几天她忽然接到了一个电话，说警察已经发现了她这些年来做的事情，让她赶快离开这个地方躲起来。

讲到这里，田静说道："金医生每一次都让我在晚上的时候把孩子抱到她的实验室去，我就开始怀疑她了。有一次我问她，怎么从来没见过那些孩子的亲生父母？金医生当时就不高兴了，说，有些事情你不要管，我又从来没少过你一分钱。我想也是，从此以后就再也不多问了。"

沈跃问道："那你是如何与杜可薇……就是那位杜主任认识的呢？"

田静回答道："有天晚上我接到了金医生的电话，她告诉我说，最近出生的那个孩子可以抱回来了。我觉得有些奇怪，就问她：不是才出生半个月吗？以前都是要满月的时候给你们抱去的啊？她一下子就生气了，说，让你抱来就抱来，哪来那么多的废话？我抱着孩子去了实验室，发现和以往不同的是里面多了一个人，那个女人年龄比较大，她一见到我脸色就变了，马上就质问金医生：你怎么不告诉我她今天要来？金医生解释说，田静告诉我说孩子的代孕妈妈身体不大好，我就让她提前把孩子抱来了。她说话的时候悄悄给了我一个眼色，我急忙点头，说，就是就是。那个女人狠狠瞪了金医生一眼，不过并没有再说她什么。第二天上午我接到了金医生的电话，她告诉我说那个女人是她的科室主任，姓杜，让我千万不要把那天晚上见到过那个女人的事情告诉别人。"

沈跃问道："其实你知道金医生是故意对你说那番话的，是吧？"

田静点头道："是的。那天晚上我就觉得不大对劲了，很明显，金医生就是故意让我见到那个女人的。"

沈跃紧接着就问道："所以，你就更加坚信她们做的事情见不得光。是吧？"

田静这才反应过来自己刚才说漏了嘴："我……"

沈跃站了起来，忽然叹息着说了一句："田静，想不到你还是心存侥幸，从一开始就在对我撒谎。"

田静满脸惊骇，嘴里却并不承认："我、我没有……"

沈跃冷冷地道："像金虹那样的女人，她会蹲在马路边哭泣？不，她只可能躲在某个别人看不到她的地方独自一个人流泪。对，当时你是发现了正在哭泣的她，只不过是在另外的某个地方。其次，金虹从小远离父母，极度缺乏安全感，她岂会随随便便和一个陌生人去喝酒？除非是她觉得绝对安全，或者是能够控制住对方。告诉我，你为什么要撒谎？"

田静的脸色瞬间变得苍白，哆嗦着嘴唇不说话。沈跃看着她，缓缓地道："你是有两个孩子的女人，为什么每次抱着那些孩子离开的时候总是那么冷漠？唯一的解释就是，从一开始金虹就告诉了你她的目的，当然，金虹对你撒了谎，她告诉你说，那些孩子是用来卖钱的，正因为这样你才觉得你完成一次任务赚一万块钱很划算，因为你曾经也干过这样的事情，只不过你以前赚得不多。嗯，看来我的猜测没错。那么，你曾经拐骗过多少个孩子？这似乎已经不重要了，肯定不止一个。拐骗过妇女没有？也干过？确实也是，你这张脸很具有欺骗性。为什么后来不再干那样的事情了？差点出事？嗯，所以你害怕了。你丈夫参与了没有？我实在无法理解，你们夫妻可是有孩子的人，怎么就不替那些失去孩子的父母想想呢？难道金钱对你们真的就那么重要？我明白了，你们就是这个世界上最最自私的人，只想到自己的家和孩子，别人的痛苦和死活与你们毫无关系。"

沈跃越说越愤怒，然而怎么都骂不出脏字来，他强迫自己冷静下来，继续说道："好了，这些事情留给警方去继续调查吧。"他再一次来到田静面前，"在城市里的生活太艰辛了，远远不如你们以前拐卖人口赚钱来得那么容易。当你忽然发现有个女人独自躲在阴暗处哭泣的时候，内心的犯罪欲望瞬间就被点燃了。在你看来，那是一个不错的机会，因为陷于痛苦的女人最容易被欺骗，于是你去到了她的身边，温情脉脉地表达着你的关怀。可惜你碰见的是金虹，她是一个聪明的女人，很快就从你的言语中知道了你的企图。嗯，如果我是金虹的话接下来会怎么做？用语言要挟你？不，她的力气没有你的大，这样做的话你就会马上逃跑。高声呼喊？这样做固然可以让你被抓获，但对她来讲得不到任何好处。她假装相信你的话，然后骗得了你的身份证？嗯，这才是最好的办法，这样你就跑不掉了，她就可以控制住你了，因为她正好需要一个像你这样的人。接下来的事情就简单了，正如你所讲述的那样，她带着你去了那家小饭馆，将她的计划告诉了你。你一听是让你干老本行，而且还有钱赚，再加上你的身份证在她手上，你就更加没有了反抗的想法……"

田静早已瘫软在椅子里面，唯有惊恐的眼神在表示着她依然处于清醒的状态。一个人的学历低并不代表她什么都不懂，这一刻，她终于知道这个世界上确实有福尔摩斯那样的神探存在。

曾英杰终于松了一口气："有了田静这个人证，就可以正式批捕杜可薇了。"

沈跃却摇头道："不，证据还不充分。"

曾英杰苦笑着说道："可是，很可能的情况就是，所有代孕者的手术都是金虹做的。"

沈跃点头道："是这样。一方面为了防止万一被暴露后所带来的风险，另一方面杜可薇对试管婴儿技术已经没有了过多的激情，还有就是为了培养和提高金虹这方面的技术水平，所以杜可薇具体参与其中的可能性极小，她的主要兴趣肯定在活体器官移植实验上面。金虹电脑里面的东西虽然我不是特别懂，但其中的数据非常翔实、完整，所以我非常怀疑那就是杜可薇的实验数据。我为什么会这样认为呢？原因很简单：活体婴儿的来源不容易，从科学研究的角度上讲数量其实很少，因此，金虹在这样的实验中最多也就是充当着实验助手的作用。"

曾英杰问道："可是，要如何证明这一点呢？"

沈跃回答道："很简单，找到杜可薇保存下来的实验数据。"

曾英杰怀疑地问道："难道她真的会把那些数据保留下来？"

沈跃问他："如果你的手上保存着某起重大案件的相关证据，明明知道对方已经威胁到了你的安全，在这样的情况下你会轻易毁掉手上的证据吗？"

曾英杰摇头道："当然不会。可是我和杜可薇不一样，我是警察，我有着自己的信念。"

沈跃道："不，她和你是一样的。对杜可薇来讲，证明自己以及对医学科学的热爱就是她的信念。对于像她这样的犯罪者不能用常人的心理去评判，因为她有着与我们大多数人完全不一样的价值观念。比如，她会坚定地认为，牺牲极少数人的生命从而挽救众多人的生命是值得的。"

曾英杰被说服了，他相信这个世界上确实有这样的一类人存在。他问道："可是，要如何才能够找到那些数据并证明它们就是杜可薇保存下来的呢？"

沈跃缓缓地道："既然她那么在乎他人对她的评价，那就从心理上彻底摧毁她所有的自信。不过这需要有一个人配合我们。"说到这里，他叹息着摇了摇头，"我本不想使用阴谋诡计的，但除此之外似乎就没有别的办法了。"

曾英杰并不明白此时沈跃的内心，只是对他的办法感兴趣，问道："谁？"

沈跃回答道："上次警方请来的那位专家，不过我必须亲自去说服他。"

18—级刊物

沈跃终于出现在了杜可薇的面前。头发花白的她依然神态端庄、安详，不过沈跃还是从她淡然的表情中看到了一丝轻蔑以及讥讽，没有慌张。

沈跃在杜可薇的面前坐下，看着她，沉默了数秒之后才开口说道："一般来讲，当我面对女性犯罪嫌疑人的时候会事先让警察去掉手铐，因为我始终认为那样的东西不应该戴在女人的手上。但是你不一样，我并不担心你会攻击我，不过我觉得你需要这样的东西，特别是你的内心，更需要有这种东西的约束。我曾经说过这样一句话：智商越高的人一旦犯罪，对整个社会造成的危害也就越大。很显然，你就是这样的人。"

杜可薇看了他一眼，冷冷地道："我不知道你在说什么。我没有犯罪，所以我不是你说的那个什么犯罪嫌疑人。"

沈跃耸了耸肩，道："我知道此时你内心的想法。对，你拿走了那些病历，让人删除了电脑里面的存档，但你可以告诉警方说是为了不让死去的金虹声名受损，你那样做只不过是一时糊涂，最多也就是一个帮助他人销毁罪证的小罪名。你一直躲在金虹的背后，虽然那次田静在实验室里面看到了你，而且你也知道金虹的意图，但这依然不能作为你犯罪的证据，那个实验室本来就是医院给你配备的，你出现在那个地方很正常。更何况如今金虹已经死了，一切都死无对证，你完全可以说自己当时什么都不知道，即使有些事情不符合逻辑也无所谓，你可以说自己的心思全部在试管婴儿的医学研究上面，很多事情记不起来了，甚至是忘记了，如此一来警方也拿你没办法。"

杜可薇淡淡地道："本来就是这样。"

沈跃摇头道："不，事实上不是这样的。这一点警方清楚，我也清楚，你心里更是明白。掩盖得再严密的事实它始终还是事实，即使你逃脱了法律的制裁但事实依然存在在那里，所以我们的老祖宗才说，除了你知我知之外还有天知道，正所谓举头三尺有神明。当然，像你这样的人是不相信什么神灵的，因为你只相信你自己。"

杜可薇忽然笑了，讥讽般地问道："难道沈博士不是唯物主义者？"

沈跃摇头道："我信奉多种哲学思想。人类对这个世界的认识非常有限，每一种哲学都有着它们独有的合理性，所以我十分推崇信仰上的自由。但是像你这样的人完全不一样，因为你突破了作为人类最起码的底线，你在创造生命的同时又在残忍地毁灭生命，也许在很多时候你都无法说服你自己，经常处于极度自我矛盾的痛苦之中，但你依然在继续着那样的实验，你告诉自己说，这样做是为了让今后更多的人获得新的生命，是对医学的重大贡献。"

杜可薇不说话，但是沈跃已经从她的脸上看到了认同。沈跃叹息了一声，继续说道："然而，你真实的内心却是极度自私的。这个世界上有很多人都是这样，总是要用冠冕堂皇、光辉伟大的借口去掩饰自己内心的邪恶与肮脏，甚至在很多时候以此去说服、欺骗自己。你也一样，你太需要得到他人的认可，你的内心充满着愤怒，你幻想着未来的某一天能够取得巨大的成功，甚至幻想着获得诺贝尔医学奖，你要让那些看不起你的人、曾经不给你公平待遇的人都跪伏在你的脚下，请求你的原谅，你要让世人都知道这个世界对你的不公平。如此等等，这才是你内心深处最最真实的东西。"

　　杜可薇终于说话了："我是有那样的梦想，难道梦想和理想也有错？"

　　沈跃摇头道："一个人即使有天大的梦想和理想都没有错，但是你的方式错了。那些鲜活的生命不应该作为你实现理想和梦想的工具，他们是人，是生命。"这一刻，沈跃忽然意识到眼前这个人绝不会轻易承认她曾经所做过的那一切，即刻装出恍然大悟的样子，继续说道，"也许在这个世界上我是最能够知道你内心真实想法的不多的人之一。是的，在你的世界观里面，那些孩子的生命并不是真正的生命，因为他们本不应该属于这个世界，因为他们是你所创造的，所以你就有毁灭掉他们的权力。杜可薇，你把你自己当成了上帝，这样的想法实在是太可笑了。"

　　杜可薇不再说话，不过她脸上的愤怒已经一览无余。沈跃轻蔑地看着她，说道："一个人妄自尊大并不特别让人厌恶，但是像你这样的人，一方面冠冕堂皇地自认为是为了科学，为了拯救更多的生命，而另一方面却弄虚作假、欺世盗名，这实在是令人感到恶心。"

　　杜可薇怔在那里好一会儿才反应了过来，怒道："你这话是什么意思？！"

　　沈跃依然轻蔑地看着她，说道："我们得到了金虹电脑里面的那些所谓的实验数据，然后请来了多年从事器官移植研究的曹育德教授，结果当他看到那些实验数据后大为惊讶，他告诉我们说，那些数据和他今年刚刚发表在国内某医学一级刊物上的文章数据几乎一模一样，只不过他的数据是来源于动物实验，而你却用移花接木的手法用到了你的活体实验上面。"沈跃说着，将一本前不久才出版的医学刊物朝她递了过去，"里面第五页的那篇文章……杜可薇，想必这么多年来你所谓的试管婴儿技术研究成果也是如此取得的吧？"

　　杜可薇全身都在颤抖，快速地翻开手上的那本杂志，在大致浏览之后猛然将手上的杂志扔了出去，怒不可遏地道："不可能！这些数据是我亲自做实验的结果，他的数据不可能和我的一模一样！"

　　沈跃忽然就笑了，看着她："是吗？这话可是你自己说的。"

杜可薇愕然地看着他，一下子就醒悟了过来，一贯端庄安详的模样瞬间变成了可怕的扭曲……

这座城市终于结束了持续多天的阴雨天气，晴朗的天空数朵白云飘浮，一架客机正在碧蓝的天空中缓缓前行。沈跃深深地呼吸了好几次，空气中有一丝甜甜的味道。眼前就是甘文峰住家小区的公共区域，他远远地就已经看到了甘文峰，还有他身边的叶新娅。

沈跃朝着他们走了过去，脸上带着微笑。当叶新娅看到沈跃的时候脸一下子就红了，站在那里不知所措。沈跃带着微笑朝她点了点头，目光却落在了甘文峰的双手上面，问道："你的手恢复得怎么样了？还能做手术吗？"

甘文峰回答道："我每天都在锻炼这双手，现在已经差不多和以前一样灵活了。"说到这里，他的神情一下子变得黯然起来："可是我这双手……"

沈跃点头道："没关系，我们康德28号有心理咨询中心，我会安排专家给你做定期的心理咨询。"

甘文峰感激地道："沈博士，实在是太谢谢你了。我……"

沈跃真挚地对他说道："甘医生，你是一位优秀的外科医生，你的病人需要你。"他的目光又落到叶新娅脸上，微笑着说道："对了，我还应该祝福你们幸福。"

叶新娅的脸又红了，眼神中却带着一丝哀怨："我，他……"

沈跃顿时明白了，不过他并没有再说什么，唯有心里在叹息。

（全书完）